BASTEI
LÜBBE

Savannah Smythe

Die Taxifahrerin

Erotischer Roman

Ins Deutsche übertragen von
Sandra Green

BASTEI
LÜBBE

BASTEI LÜBBE TASCHENBUCH
Band 15 337

1. Auflage: Juni 2005

Vollständige Taschenbuchausgabe

Bastei Lübbe Taschenbücher in der Verlagsgruppe Lübbe

Deutsche Erstveröffentlichung
Titel der englischen Originalausgabe: Driven by Desire

Published by Arrangement with Virgin Books, Ltd., London

Dieses Werk wurde vermittelt durch die
Literarische Agentur Thomas Schlück GmbH, 30827 Garbsen
Umschlaggestaltung: Bianca Sebastian
Satz: SatzKonzept, Düsseldorf
Druck und Verarbeitung:
Maury Imprimeur, Frankreich
Printed in France
ISBN 3-404-15337-5

Erstes Kapitel

»Wie kann er es wagen, mir das anzutun? Dieser verdammte, hinterhältige feige Bastard.«

Rachel Wright hatte zwanzig Jahre gebraucht, um so fluchen zu lernen wie eine Hure am King's Cross, aber als ihr Mann sie vor sechs Monaten sitzen gelassen und ihr Bankkonto abgeräumt hatte, sodass sie jetzt einen wütenden Geldeintreiber im Nacken und ein von der Pleite bedrohtes Geschäft vor der Brust hatte, war sie gezwungen worden, schnell zu lernen.

»Weißt du, wie er mich damals angequatscht hat?«, fauchte sie und sah ihre engste Freundin an, während sie Pasta bei ihrem Lieblingsitaliener attackierten. »Ich stieg in sein Taxi, und als ich ihn am Ende der Fahrt bezahlte, teilte er mir mit, dass er mich später zu einem Drink einlädt. Ich fragte ihn, wieso er glaubte, ich ließe mich von ihm einladen. Darauf er: ›Ich bin eben dein Mister Wright.‹ Also wirklich, platter geht's doch nicht mehr, oder? Und ich Närrin falle auch noch darauf herein.«

Wie sie auch auf seine Geschichte hereingefallen war, dass er sich aus der Armee freigekauft hätte, wo er in Wirklichkeit in Unehren entlassen worden war, weil er Sprengstoff unterschlagen hatte. Und sie hatte ihm auch die dürftigen Ausreden abgekauft, dass er eine Reihe von unfähigen jungen blonden Sekretärinnen angestellt hatte, die jeweils immer nur ein paar Monate ausgehalten hatten.

»Mit achtzehn wäre ich auch darauf hereingefallen.« Sharma, die es gewohnt war, dass Rachel ihr Herz bei ihr ausschüttete, warf das Objekt von Rachels Wutausbruch angewidert auf den Tisch. »Jerry wird nicht lange in Saus und Braus leben können. Er wird wieder auf die Schnauze fallen, du wirst es erleben.«

Rachel hoffte, dass sie Recht hatte. Das Foto starrte sie spöttisch an, deshalb drehte sie es rasch aufs Gesicht, denn sie wollte das dümmliche Grinsen ihres Mannes, der bald ihr Ex-Mann sein würde, nicht mehr sehen.

Am Morgen hatte der Briefträger ihr das Foto gebracht, abgestempelt in Brasilien. Da war Jerry zu sehen, rot wie ein gekochter Hummer, wie er ein Cocktailglas mit exotischen Früchten und bunten Papierschirmchen hoch hielt, das unvermeidliche Grinsen im Gesicht. Neben ihm stand die frühere Telefonistin des Taxibetriebs und schob ihre prallen Brüste vor sein Gesicht. Das gebräunte Gesicht, eingerahmt von gebleichten blonden Haaren, war leicht geneigt, weil sie mit der Konzentration eines Schulmädchens bei einer Klassenarbeit am Strohhalm zog und Piña Colada inhalierte.

Beinahe hätte ihr Jerry noch Leid getan, dachte Rachel, weil er sich so klischeehaft verhielt, aber wenn sie das laut sagte, würde es sich wie die Bemerkung einer sauertöpfischen verlassenen Ehefrau anhören.

Das war höchst unfair, denn die achtunddreißigjährige Frau sah überaus attraktiv aus. Ihr mahagonibraunes Haar war glatt und glänzend; kräftige Brauen wölbten sich über lebhaften blauen Augen. Sommersprossen besprenkelten die blasse Haut um Nase und Wangen. Sie hatte sich immer körperlich fit gehalten, aber das hatte ihren Mann nicht gehindert, sie im Stich zu lassen. Dieser törichte blinde Bastard.

»Ich würde dir gern glauben«, sagte Rachel, griff nach dem Foto und zerriss es in kleine Fetzen. »Aber es ist eine Gemeinheit, mir nach all dem auch noch so ein Foto zu schicken.«

Sharma machte eine wegwerfende Handbewegung. »Vergiss doch dieses Arschloch. Er verdirbt mir noch den Appetit. Erzähle mir lieber von deinem neuen Kunden. Ist er nett?«

»Adrian Grodin? Sehr nett und sehr verheiratet. In zwei Wochen fliegen sie aus Paris ein, weil es irgendeine Veranstaltung in Hertfordshire gibt. Großes Haus, große Party mit allem Pipapo.« Ein bisschen Neid klang durch, als sie davon erzählte. Dabei hatte sie für dieses gesellschaftliche Treiben noch nie viel übrig gehabt. Sie hatte genug mit ihrem (gemieteten) viktorianischen Cottage in Henley zu tun und war froh, dass sie überhaupt einen Job hatte.

»Himmel, sagst du, er heißt Grodin? Das ist ein Künstler, der im vergangenen Jahr in die Valmez Familie eingeheiratet hat.«

Sharma schnappte gern Klatsch aus den höheren Gesellschaftsschichten auf und kannte sich wie kaum jemand in diesen Kreisen aus. Es war ihr einziges Laster, behauptete sie.

»Wer ist denn die Valmez Familie?«, fragte Rachel.

Sharma richtete sich auf einen längeren Vortrag ein, hob ihre schweren Brüste unter dem seidenen Sari an und legte sie auf den Tisch. Sie sah aus wie die Dorfklatschtante, die sich zur Nachbarin über den Gartenzaun lehnt.

»Also«, begann sie im verschwörerischen Tonfall, »ihr Vater hält immer noch seine beschützende Hand über das Töchterchen, obwohl Robyn schon in den Vierzigern ist. Zweimal war sie schon verheiratet, aber wie Stephanie von Monaco sucht auch sie sich immer die falschen Männer aus. Der eine war Löwenbändiger, der andere Straßenfeger. Adrian Grodin hat auch nicht mehr vorzuweisen als ein imposantes Stück in der Hose und ein bisschen Talent, aber diesmal hat der Vater seinen Segen gegeben. Große Hochzeit, viele Fotos in Paris Match. Wie man hört, muss Robyn immer schon eine Zicke gewesen sein, aber seit ihrer Heirat mit Grodin ist sie unausstehlich geworden. Du hast also eine aufregende Zeit vor dir.«

»He, das klingt ja super«, sagte Rachel mit Galgenhumor. Sie glaubte, schon genug Probleme zu haben. Das anspruchsvolle Haus, in dem sie mit Jerry gewohnt hatte, war gerade verkauft, aber sie stand noch mit einer fünfstelligen Summe in der Kreide, und der Banker rückte ihr immer enger auf die Pelle. »Hast du schon mal Bilder von ihm gesehen?«

Sharma überlegte einen Moment. »Ja, vor einiger Zeit hat der Saturday Telegraph einen Artikel über ihn mit seinen Bildern illustriert, das muss kurz nach der Hochzeit gewesen sein. Ich halte nicht viel von seinen Bildern. Er spezialisiert sich auf Akte.«

»Das passt«, warf Rachel ein.

»Ja, aber sie sind scheußlich. Er laberte von der ästhetischen Schönheit der weiblichen Form, aber meiner Meinung nach schafft er es, selbst die schönste Frau hässlich auf die Leinwand zu bringen. Sie sind alle fahl und knochig, oder er malt ihnen pralle Titten und Ärsche. Er verwendet Gelb für seine Gesichtsfarben. Er taugt nichts.«

»Aber das hat ihm nicht geschadet, nicht wahr?« Plötzlich fiel ihr etwas ein, was nur bedingt mit dem Thema zu tun hatte. »Soll ich dir was sagen, Sharma? Mr. Grodin wünscht, dass ich das nächste Mal die Mütze trage.«

Sharma hatte ihr aus Jux eine Chauffeursmütze gekauft, die sie aber erst ein oder zwei Mal aufgesetzt hatte, weil ein paar Betrunkene auf dem Nachhauseweg noch für einen Lacher sorgen wollten.

»Er ist wohl ein bisschen bizarr, was?« Sharmas Interesse an Grodin war geweckt worden, als Rachel ihr erzählt hatte, wie sie sich kennen gelernt hatten.

Sie hatte in der Ankunftshalle auf die Fluggäste aus Paris

gewartet, den Folienkarton mit dem Namen ihres Fluggastes in der hoch gehobenen Hand. Unter den männlichen Taxifahrern und Chauffeuren fiel sie auf wie eine Rose unter Disteln. Einige waren ordentlich gekleidet, aber die meisten sahen verlottert und übergewichtig aus. Die meisten hatten sie mit spöttischen oder verächtlichen Blicken bedacht, einige sogar feindselig, als sie das erste Mal in ihrem eleganten schwarzen Kostüm und den hohen Stöckelschuhen aufgetaucht war. Mehrere Geschäftsleute hatten ihr im Vorbeigehen ihre Karte zugesteckt, ein paar mit anzüglichen Angeboten auf der Rückseite. Rachel hatte nichts dagegen. Das gehörte zum Job.

Adrian Grodin war mit Abstand der umwerfendste Mann gewesen, der wie in Zeitlupe durch die Doppeltüren schritt. Er hatte einen saloppen cremefarbenen Anzug getragen, weit und schlotternd, wie es sich nur ein betuchter Europäer erlauben kann. Seine kurzen Haare glänzten wie gesponnenes Gold. In einer Hand trug er eine Attachétasche in zweifellos echtem Krokodilleder, in der anderen Hand eine Kleidertasche von Vuitton. Zwischen den uniformierten Schwarzanzugträgern, die wie Ameisen um ihn herum wieselten, sah er wie ein Engel aus.

Er ging direkt auf sie zu, obwohl sie wusste, dass er an diesem Tag nicht ihr Kunde war. Als er dicht vor ihr stand, schien er sie mit seinem Etienne Aigner Cologne so sehr einzunebeln, dass sie es noch später an ihrem Körper wahrnehmen konnte. Es reichte ihr eine kleine cremefarbene Karte, auf der sein Name und eine französische Telefonnummer geprägt war, und steckte sie in ihre Bluse, bevor sie danach hatte greifen können.

»Ihre bitte«, sagte er mit seinem starken französischen Akzent. Einen Moment lang war sie zu verwirrt gewesen – von seinem guten Aussehen, von der direkten Ansprache und von seinen goldenen Augen. Sie fummelte in ihrer Tasche nach ihren Geschäftskarten und schob sie zwischen den ersten und zweiten Knopf seines Seidenhemds. In diesem Moment waren sie miteinander verbunden, und sie wusste, dass er früher oder später eine Rolle in ihrem Leben spielen würde.

»Wahrscheinlich ist er einer der schönsten Männer, denen ich je begegnet bin«, sagte Rachel. »Er hat auch was von einem Lebemann. Bei ihm muss ich auf meine Tugend achten.«

Sharma nippte an ihrem Chablis und hinterließ den Abdruck ihrer Lippen auf dem Glas. »Wenn du die Gelegenheit hast, solltest du ihn vögeln. Dann weißt du wieder, wie es geht.«

»Aber was ist mit seiner Frau?«

Sharma hob die Schultern. »Sie sind beide Franzosen, oder? Sie gehen locker damit um.«

»Sharma McKenzie, ich hätte nie gedacht, dass ich mal so was Dummes von dir höre! Das ist, als wenn ich dir sagte, weil du eine Pakistani bist, hast du Matt auf Curry heiß gemacht, oder dass Colin geizig ist, weil er aus Schottland kommt.« Colin war Sharmas Ehemann, ein Gynäkologe, und Matt war ihr Sohn.

»Gutes Argument. Wann hast du eigentlich das letzte Mal eine gute Nummer geschoben?«

»Frag lieber nicht. Ich kann gar nicht glauben, dass ich zwanzig Jahre lang mit diesem Scheißkerl verheiratet war. Das letzte Mal, dass wir zusammen geschlafen haben, ist über ein Jahr her.« Rachel blickte sich im Lokal um und fuhr leiser fort: »Er kannte auch nur zwei Positionen. Er auf mir – und die Hundestellung, wenn er Geburtstag hatte.«

Sharma schnaufte verächtlich und lachte laut auf. Die anderen Leute im Restaurant starrten zu ihnen, und sie mussten beide kichern.

Später, als sie sich gerade in Sharmas Küche voneinander verabschieden wollten, kam Sohn Matt herein. Er ging gleich zum begehbaren Kühlschrank und sagte über die Schulter: »Hi, Rachel.« Da er Sharmas Sohn war, hatte er ihren Charme und ihre Wortgewalt geerbt. Als sie ihn kennen gelernt hatte, war er fünfzehn und schon größer als Rachel gewesen. Jetzt, als Achtzehnjähriger, hatte er eine glatte Schokoladenhaut, große braune Augen und dichte Brauen, die ihm diesen intensiven Blick verliehen, dem die Mädchen in Oxford reihenweise zum Opfer fallen würden. Im Herbst fing er mit seinem Studium an – wegen seiner hohen Intelligenz ein Jahr früher.

Rachel hatte die hungrigen Blicke bemerkt, mit denen er sie in letzter Zeit bedachte, wann immer er glaubte, dass sie es nicht merkte. Als er sie jetzt sah, färbte sich sein Gesicht rosa.

»Hat er schon eine Freundin?«, fragte sie, als Matt oben in seinem Zimmer war und vor seinem geliebten Power Mac saß.

»Ich wünschte, er hätte eine. Sie stehen Schlange bei ihm, aber er scheint kein Interesse zu haben.«

»Du glaubst doch nicht, dass ...?«

»... dass er schwul ist? Ganz sicher nicht. Du solltest mal sehen, was er unter seinem Bett versteckt.« Sharma blieb vor der Haustür stehen. »Weißt du was? Ich bestelle für morgen Abend einen Tisch bei Quagliano's. Ich lade dich ein, aber ich erwarte eine Gegenleistung.«

»Alles, was du willst. Ich bin dir eine Menge schuldig.« Rachel nahm die Freundin in die Arme und drückte sie, und als sie zu ihrem Auto ging, fragte sie sich, wie sie sich für all die finanzielle und emotionale Unterstützung der letzten Monate je revanchieren könnte.

Als Matt McKenzie eine Woche später die Tür öffnete, stockte ihm fast das Herz. Da stand Rachel vor ihm und hielt eine Flasche Rioja in der Hand. Schwarze Lederhose, schwarze Lederstiefel mit hohen Absätzen und eine kurze Jacke über einer weißen Seidenbluse, deren Knöpfe sich über der vollen Brust spannten. Rachel lächelte freundlich, und Matt trat verlegen beiseite und ließ sie ein.

»Ist Sharma noch nicht aus Stratford zurück?«

»Nein.« Er zitterte und fühlte sich schwach. In der Vergangenheit war sie oft der Mittelpunkt seiner feuchten Träume gewesen, aber nie hatte sie so scharf ausgesehen wie heute Abend. »Sie hat angerufen. Ich soll dir ausrichten, dass sie sich etwas verspäten wird.« Er wusste nicht, was er sonst noch sagen sollte. »Möchtest du eine Tasse Tee?«

Sie hielt die Weinflasche hoch. »Zeige mir, wo ich den Korkenzieher finde. Wenn sie nicht da ist, fangen wir eben ohne sie an.«

Matt hätte sich in den Hintern beißen können. Da stand eine sexy Frau vor ihm, und er bot ihr nichts anderes als eine langweilige Tasse Tee an. Er hätte fragen sollen, ob sie einen Gin Tonic haben wollte oder einen Whisky. Froh, dass er was tun konnte, holte er ihr den Korkenzieher. Wieder klingelte das Telefon, und er lief hin.

»Hallo, Mum.« Er hörte mit wachsender Ungläubigkeit zu. Ihr Kunde konnte sich nicht zwischen Beige und Kirschrot entscheiden, deshalb hielt sie es für wichtig, die Nacht in Stratford zu bleiben, um der Entscheidung des Kunden auf die Sprünge zu helfen.

Matt warf Rachel einen schuldbewussten Blick zu. Sein Vater war bis zum Wochenende auch dienstlich unterwegs, und das bedeutete, er würde mit dieser Frau allein im Haus sein. Allein mit der Frau, von der er schon seit Monaten träumte. Und sie schien es auch nicht eilig zu haben, wieder zu gehen. Er reichte ihr den Hörer und lauschte ihrem Teil der Unterhaltung.

»Überhaupt kein Problem. Matt wird sich um mich kümmern.« Sie zwinkerte ihm sexy zu. »Ich meine, wenn du mir überhaupt traust, mich mit ihm allein zu lassen.«

Dann: »Ich werde lieb zu ihm sein. Okay, wir sehen uns am Freitag.« Sie reichte Matt den Hörer und lächelte den jungen Mann an. »Nun gut, dann werden wir den Wein unter uns aufteilen müssen. Oder schlägst du was anderes vor?«

»Nein!«, rief Matt rasch. »Ich meine, ich hätte noch was fürs College zu tun, aber das kann warten.«

Er sah auf den Korkenzieher in seiner Hand und dann auf die Weinflasche, aber er wusste, das würde er nicht schaffen. Er zitterte viel zu stark.

»Soll ich das übernehmen?« Rachel nahm den Korkenzieher an sich und öffnete die Flasche. Matt stellte zwei Gläser auf den Tisch.

»Hast du schon gegessen?«, fragte Rachel.

»Ich habe eben erst eine Pizza gegessen.« Matt nippte nervös an seinem Wein. Er hätte jetzt keinen Bissen hinunter gekriegt. Sein Magen schien irgendwie verknotet zu sein, und der Knoten wurde noch härter, als sie ihre Jacke auszog. Ihre Brüste drückten sich gegen die weiße Seide, und auch die Nippel zeichneten sich unter dem BH deutlich ab. Unbewusst leckte er sich die Lippen. Er war hart, seit ihr Parfum ihm entgegengeweht war, und er wusste, er würde erst zur Ruhe kommen, wenn sie gegangen war und er sich endlich befriedigen konnte.

Sie schien seinen starren Blick nicht wahrzunehmen, streckte sich lässig und drückte ihm ihre Brüste noch weiter entgegen. »Hast du was dagegen, wenn wir ins Wohnzimmer gehen? Diese Hocker sind für meinen Po zu hart.«

»Ja, sicher, ich muss nur mal kurz zum Computer, ich drucke gerade was aus dem Netz.«

»Du bist im Internet? Das habe ich immer mal sehen wollen. Hast du was dagegen, dass ich es mir mal anschaue, damit ich weiß, wovon die Leute so schwärmen?«

Matt erlitt eine kleine Panikattacke, aber dann fiel ihm ein, dass seine Mutter ausgerechnet an diesem Morgen sein Zimmer aufgeräumt hatte. Wieso sie auf diese Idee gekommen war, hatte er nicht begriffen, denn gewöhnlich überließ sie dem Hausmädchen diese üble Aufgabe. Die Poster, die überall an seinen Wänden hingen, kamen ihm jetzt albern vor, sie passten zu einem Jungen, nicht zu einem Mann. Die Vorstellung, dass Rachel auf seinem Bett sitzen würde, ließ heiße und kalte Schauer über seinen Rücken laufen.

»Ja, dann komm mit«, sagte er. Er hoffte, dass es sich nicht zu zögerlich anhörte.

Es war ein großes Zimmer, in einer Ecke das Bett und der Arbeitsplatz des Computers, ein Fernseher mit Lautsprecherboxen in der anderen. Das Bett war breit, ein gusseisernes Gestell, die Decke unter Papieren und CDs kaum zu sehen. Die Wände waren mit Filmplakaten, Popbands und attraktiven Mädchen tapeziert. Sandra Bullock und Gwynneth Paltrow schienen seine Lieblinge des Monats zu sein.

Auf dem Schreibtisch schob er Papiere zusammen, um Platz zu schaffen. Er drehte sich nach Rachel um, die seine CD-Sammlung musterte.

»Ich kann eine einlegen, wenn du möchtest.«

»Ja, gern.« Sie reichte ihm Coldplays *Parachutes.* Eine gute Wahl, dachte er. Sie beugte sich über seinen Stuhl, um auf den Schirm sehen zu können.

»Du kannst dich setzen«, sagte er und wies auf den Stuhl.

»Nein, alles bestens. Ich sitze den ganzen Tag.« Sie rührte sich nicht von der Stelle, und er setzte sich hin und spürte beinahe das Gewicht ihrer Brüste auf seinen Schultern. Die Musik war leise und klang wunderbar, das Licht gedämpft wie immer, wenn er vor dem Bildschirm saß. Seine Finger huschten über die Tasten, dann gab er die Adresse der besten Suchmaschine ein und wartete.

»Es ist ganz einfach«, erläuterte er. »Siehst du diese Zeichen? Du suchst dir eins aus und drückst drauf.« Er wählte ›Media and Entertainment‹. »Jetzt kannst du wählen.« Er klickte mit der Maus auf die neuen Filme im April, zusammen mit den Kritiken aus verschiedenen Zeitschriften. »Die Möglichkeiten sind endlos. Du musst nur wissen, wie man die Maus bedient.«

»Wenn du also mit der Maus hierhin gehst« – sie legte ihre Hand auf seine und richtete den Pfeil mit der Maus auf einen langen Kasten am oberen Bildschirmrand – »und schreibst irgendein Wort hinein, dann listet er dir alles auf, was es zu dem Begriff zu sehen und zu lesen gibt?«

»Ja, richtig.« Seine Stimme zitterte. Ihre Hand lag warm und sanft auf seiner. Ihr Parfum war leicht und blumig und irre sexy. Seine Erektion tobte in ihrem Gefängnis der Levis, und er betete, dass Rachel nichts davon bemerkte.

Sie klickte und schrieb ›Harvey Keitel‹. Sofort erhielt sie eine Liste mit verschiedenen Beiträgen über ihr Stichwort. Sie klickte auf einen Beitrag und begann zu lesen.

»Er ist ein großartiger Schauspieler. Hast du ihn in ›Pulp Fiction‹ gesehen?«, fragte sie. »Oh, vermutlich nicht, du bist ja erst seit drei Monaten achtzehn.«

Er nickte. »Ein paar Filme über achtzehn habe ich schon gesehen, aber so eine große Sache war das nicht.«

»Ist schon verrückt, was? Ab sechzehn kannst du Sex haben, aber du musst noch zwei Jahre warten, ehe du dir Sex im Kino anschauen darfst.«

Matt versuchte zu antworten, aber die Worte vertrockneten in seiner Kehle. Sie lehnte sich noch ein bisschen weiter vor, um den Text auf dem Schirm besser lesen zu können. Der oberste Knopf ihrer Bluse hatte sich geöffnet, und er konnte eine cremige Brust sehen, die in einem blassrosa durchsichtigen Körbchen steckte. Er sah den dunklen Warzenhof und den festen rosa Nippel.

Sie bewegte sich leicht, und dabei knisterte ihre Lederhose. Er nahm einen Schluck Wein und spürte die Wirkung sofort, das Rumoren im Bauch und das Schwirren im Kopf. Er war entsetzt, dass dieser Nippel ihn so sehr in Versuchung führte. Er hätte Rachel am liebsten gepackt und gleich hier auf dem Boden genommen. Oder, wenn er sich nicht traute, wäre er wahnsinnig gern ins Bad gegangen.

»Entschuldige«, sagte sie nach einer Weile. »Wenn man einmal damit angefangen hat, kommt man nicht mehr davon los, was?« Sie sah ihn an, und er hob den Blick in ihr Gesicht.

Ihr Mund war so nahe, dass ihm gar keine Wahl blieb – er presste seine Lippen auf ihren Mund. Es schien nur natürlich zu sein. Seine Lippen waren warm und trocken, und ihre waren feucht und offen. Die beiden Zungenspitzen berührten sich. Völlig verwirrt zuckte er zurück. Gedanken an seine Mutter jagten durch seinen Kopf. Dass er sich dazu hatte hinreißen lassen, eine ihrer Freundinnen zu küssen – Himmel, den Skandal mochte er sich nicht vorstellen. Viele Monate Hausarrest.

Er öffnete den Mund, um sich zu entschuldigen, aber diesmal küsste sie ihn, und ihre Zunge suchte seine. Er wimmerte leise und traute sich nicht, sich zu bewegen. Sie lächelte ihn an.

»Willst du es noch mal versuchen?«

Er nickte dumpf. Sie neigte den Kopf, und scheu erwiderte er den Kuss; er schmeckte den Wein und trank ihn von ihrer Zunge. Sie nahm seine Hand und legte sie auf ihre Brust. Jetzt war er mutiger und knetete das weiche Fleisch, und sie küsste ihn heftiger. Er versuchte, sich ihrem Tempo anzuschließen, aber das gelang ihm nicht, weil er zu sehr mit dem beschäftigt war, was mit ihm geschah.

Ihre Lippen waren noch miteinander verbunden, als sie ihn auf die Füße zog, und dann stolperten sie zum Bett, fielen hin und sahen zu, wie die CDs auf den Boden rutschten. Fieberhaft ruckte er zwischen ihren Schenkeln.

»Stopp!« Sie drückte ihn von sich und stand auf. Auch er richtete sich auf und hätte am liebsten geweint.

»Mrs. Wright ... ich meine Rachel ... es tut mir Leid. Ich wollte nicht ...«

Sie legte einen Finger über seine Lippen. »Du hast noch keine Frau gehabt, nicht wahr?«

Alle seine stolzen männlichen Instinkte drängten an die Oberfläche. »Natürlich habe ich schon eine Frau gehabt.«

»Ja, aber ich spreche von einer richtigen Frau. Eine, die weiß, was zu tun ist.«

Er atmete schwer, lehnte sich aufs Bett zurück und sah sie mit einem ungläubigen Ausdruck an. Sie öffnete die restlichen Knöpfe ihrer Bluse und ließ sie von den Schultern gleiten. Der Anblick von ihr, wie sie in BH und der engen Lederhose vor ihm stand, brachte ihm den Steifen zurück, den er verloren hatte, als er an die Reaktion seiner Mutter gedacht hatte. Rachels Brüste reckten sich ihm entgegen, die Nippel hart wie Patronen.

Ihr Blick fiel auf die Beule in seiner Jeans. Sie fuhr sich mit der Zunge über die Lippen, dann nahm sie die Brüste in die Hände und strich über ihre Nippel. Sie beobachtete seine Reaktion.

»Willst du mich anfassen, Matt?«

Ihre Hüften bewegten sich langsam vor und zurück, ein sanftes Kreisen, das die schlanke Taille und den festen

Po betonte. Sie ließ sich vor ihm auf die Knie nieder. Er fühlte sich überwältigt und fürchtete, auf der Stelle abzuschießen.

Sie hob seine Hand und saugte den Mittelfinger in ihren Mund.

»Tu das nicht!«, rief er entsetzt.

»Das ist okay«, sagte sie. »Du wirst erst kommen, wenn ich es dir erlaube.«

Er nickte. »Es ist nur, dass du so phantastisch aussiehst«, sagte er. »Heiß.«

Heiß? Was war das für ein banales Wort, um eine Frau zu beschreiben, die seine Phantasie seit über sechs Monaten beherrschte? Er konnte sich nicht genau erinnern, wie es begonnen hatte. Vielleicht damals, als ihr Mann sie verlassen hatte. Zuerst hatte er sie bedauert, dann war ihm nicht in den Kopf gegangen, wieso ein Mann eine so attraktive Frau einfach im Stich lassen konnte. Natürlich war ihm auch bewusst geworden, dass sie jetzt allein war, aber selbst in den kühnsten Träumen wäre ihm eine solche Szene, wie sie sich jetzt auf seinem Bett abspielte, nicht in den Sinn gekommen.

»Lege dich zurück und genieße es«, sagte sie, knöpfte sein Hemd auf und zog es aus seiner Jeans. Er hatte einen glatten, elastischen Körper. Eine schmale Haarspur lief vom Brustkorb zum Nabel. Er zog instinktiv den Bauch ein, als sie sich über ihn beugte.

Ihre warme Zunge schleckte über seine Nippel, dann zog sie eine feuchte Linie hinunter zum Nabel. Seine Hoden fühlten sich zum Bersten gespannt an und drückten unangenehm gegen den harten Jeansstoff.

Sein Mund klappte unwillkürlich auf, als sie sich wieder aufrichtete und ihre Brüste über seinen Oberkörper glitten. Sie leckte über sein Kinn und über die empfindliche Haut hinter dem Ohr. Leise ›Ah‹-Laute klangen as seiner Kehle;

er konnte sie nicht zurückhalten, obwohl er sich auf die Unterlippe biss.

Der Geruch einer erregten Frau in Leder stieg ihm in die Nase. Sie setzte sich wieder auf, beobachtete seine verdutzte Reaktion und legte seine Hände auf ihre Brüste. Er begann sie zu kneten und war mit so viel Eifer dabei, dass es fast schmerzte. Sie hielt seine Hände fest.

»Langsam«, raunte sie. »Wir haben viel Zeit.«

Sie zeigte ihm, wie sie berührt werden wollte, mit den Fingerspitzen sanft über die erigierten Warzen. Sie hakte die Daumen in ihre Körbchen und ließ die Brüste ins Freie. Die Festigkeit des Stoffs hielt sie hoch und zusammen, und die brombeerfarbenen Nippel luden zum Schmecken ein.

Als er damit begann, mit der Zunge über die Nippel zu wischen, war sie es, die die Luft anhielt. Er barg das Gesicht zwischen den Brüsten und drückte erst den einen, dann den anderen Nippel zwischen Daumen und Zeigefinger. Ihre Hüften begannen unruhig zu rucken, die Lippen halb geöffnet, der Atem stoßweise in seinen Haaren.

Er tastete nach dem Reißverschluss ihrer Hose und zog ihn hinunter, dann schlüpfte er mit einer Hand zwischen ihre Beine. Seine Finger gruben sich tief unter das schwarze Leder, dann fand er ihr Höschen, schob sich daran vorbei in die nasse Wärme, die er instinktiv suchte. Die jahrelange Lektüre der *Cosmopolitan* seiner Mutter half ihm, den Weg zu finden und das Richtige zu tun. Ihre Spalte fühlte sich wie geschmolzen an.

Sie schaffte es, eine Hand zwischen ihre sich windenden Körper zu schieben, dann griff sie an seine Hoden. Er zuckte zusammen.

»Hör zu«, flüsterte sie, ein wenig außer Atem. »Wenn du lernen willst, wie du eine Frau beglücken kannst, dann tu es auf meine Weise.«

Er bezähmte sich, wenn auch mit Mühe. Es wäre so leicht

gewesen, sie aufs Bett zu drücken und mit Wildheit in sie hineinzustoßen, aber er hätte höchstens fünf Sekunden überstanden. Er sah zu, wie sie sich aufrichtete und die schwarze Lederhose abstreifte, zusammen mit den hohen Stiefeln.

Als sie vor ihm stand, hielt er die Luft an. Der winzige Tanga passte zur blassrosa Farbe des BHs. Sie spreizte ihre Beine ein wenig, und hechelnd sah er die geschwollenen Labien. Sie fuhr mit den Fingern in ihr Höschen, strich über die Schamlippen und streckte dann eine Hand nach ihm aus.

»Willst du wissen, wie eine richtige Frau schmeckt?«

Gierig saugte er ihre Finger in den Mund. Sie schmeckte köstlich nach Moschus und einem Hauch von Leder. Sie drückte seinen Kopf zwischen ihre Beine, und er schob den Tanga zur Seite und nagte an den prallen Labien. Mit der Zunge strich er kurz über die geschwollene Klitoris.

Rachel wurde von seinem Geschick überrascht, und keuchend und voller Wonne hielt sie sich an seinen Haaren fest. Er zog den Tanga über ihre Hüften und schob ihn weiter nach unten. Rachel legte sich aufs Bett und spreizte die Schenkel, damit er sie besser erkunden konnte. Die schwarzen Härchen, die ihr Geschlecht umgaben, waren feucht und weich und bewegten sich unter seinen heißen Atemzügen.

Sie langte hinunter und spreizte mit zwei Fingern ihre Labien. Sie wollte offen sein für ihn. Sie erinnerte ihn an einige der Frauen, die er in den Magazinen gesehen hatte, die er unter seinem Bett aufbewahrte, besonders, als sie mit den langen Fingern über die geheimnisvollen Falten ihres Geschlechts strich.

Er sah dem Spiel ihrer Finger eine Weile zu, dann tauchte sein Kopf wieder hinab, und als er mit der Zunge über die Klitoris strich, stockte ihr der Atem. Sie stöhnte laut und öffnete sich ihm noch weiter. Er sog den pulsierenden Kitzler in den Mund, und sie stöhnte lauter und ruckte mit kreisenden Bewegungen des Beckens gegen ihn. Er spielte weiter und berauschte sich an ihren lüsternen Lauten.

Er spürte, wie sich ihre inneren Muskeln zusammenzogen, und dann wurde sein Gesicht mit ihrem Honig überflutet. Am liebsten hätte er voller Stolz einen Triumphschrei ausgestoßen. Es war ihm gelungen, seiner angebeteten Göttin einen Orgasmus zu bescheren!

»Das hast du nicht zum ersten Mal gemacht«, sagte sie, als sie wieder zu Atem gekommen war.

»Ich habe Mums und Dads Videos gesehen«, gab er grinsend zu. »Verdammt, es funktioniert!«

»In den meisten Fällen. Aber du musst sehr genau zugeschaut haben, Matt. Ich glaube, du hast dir eine Belohnung verdient.« Sie streichelte über seine Haare, aber nicht auf eine mütterliche Art. Sie sah aus wie eine Frau, die zwar voll befriedigt war, aber noch nicht genug hatte.

Sein Schaft schwoll wieder an und erinnerte ihn daran, dass er noch im Gefängnis seiner Jeans steckte. Ohne Warnung drehte Rachel ihn auf den Rücken, dann schob sie sich auf ihn und rieb ihre Brüste über seinen Brustkorb. Gleichzeitig zog sie den Reißverschluss seiner Hose nach unten und legte eine Hand auf seine harte Beule.

»Setz dich auf«, sagte sie.

Er gehorchte und fühlte sich verlegen unter ihren musternden Blicken. Vielleicht war er nicht groß genug für das, was sie gewohnt war. Sie wies ihn an aufzustehen. Er verschränkte die Arme vor der Brust, als wollte er ihr seine Gelassenheit demonstrieren, während sie mit den Händen über seinen Rücken und die festen Pobacken strich. Er streifte auf ihr Geheiß seine Unterhose ab und legte sich dann wieder auf den Rücken, und sie beugte sich über ihn und betrachtete ihn das erste Mal aus der Nähe.

Er war groß für sein Alter. Der Penis streckte sich, lauerte wie auf dem Sprung. Jedes Pochen empfand Rachel als Kompliment für ihre reifen Kurven. Sie wischte mit der Zunge über die behaarten Hoden, und er stöhnte hemmungslos auf.

Sie war besser als alle seine Phantasien zusammengenommen. Er konnte immer noch nicht glauben, dass sie hier war, in seinem Zimmer, splitternackt, und sich seinem Schwanz bewundernd widmete. Er spürte wieder ein Gefühl der Verzweiflung in sich steigen und stemmte sich dagegen. Er wollte ihr zeigen, was er sonst noch konnte, wie hart er sie nehmen würde, aber ihr Mund war so warm und ihre Haut so sanft, dass er sich ihr willenlos überließ. Seine Hoden spannten sich und näherten sich dem Explosionspunkt. Bei ihrer heißen Zunge und dem wunderbaren Körper war er einfach hilflos.

Sie ahnte die auflaufende Spannung in ihm und zog sich im letzten Moment zurück. Sie verharrte eine Weile, bis seine Lust wieder kontrollierbar war, und dann erst bestieg sie ihn. Ihre feuchten Falten schlangen sich um seinen Schaft. Sie neigte den Oberkörper über ihn und ließ die vollen Brüste über sein Gesicht tanzen.

Seine Hände hatten ihre Hüften gepackt und drückten ihr geschmeidiges Fleisch. Ungeduldig ruckte er von unten gegen sie, um ihr anzuzeigen, dass er in sie eindringen wollte, aber das ließ sie noch nicht zu, weil es ihr viel zu viel Spaß bereitete, ihn mit ihrem Körper zu necken.

Aber Frustration und neu gewonnenes Selbstbewusstsein gaben ihm genug Kraft, dass er sich aufrichten und sie mit Schwung auf den Rücken werfen konnte. Jetzt hatte er die Kontrolle und konnte die Reise tief in ihre Pussy antreten. Er schloss unwillkürlich die Augen, als er die Enge in ihrem Inneren spürte, und dann riss er ungläubig die Augen auf, als sein Schaft von ihren inneren Muskeln gemolken wurde.

Er schluchzte vor Wonne, aber er wollte nicht, dass es so schnell zu Ende ging. Ihre Finger gruben sich in seine Pobacken, spreizten sie, drückten sie wieder zusammen und pressten sie, damit er noch tiefer in sie eindringen konnte.

»Willst du mich?«, fragte er mit heiserer Stimme. Er wollte die Folter in die Länge ziehen.

»Was glaubst du?«, fragte sie neckend.

»Alles von mir?« Er blieb tief in sie versenkt und hörte, wie sie frustriert stöhnte.

»Alles von dir«, sagte sie gepresst. »Ich will alles von dir.«

»Dann sage es. Bitte mich darum. Sage ›Ich will deinen Schwanz, Matt‹.«

Er spürte, dass sie zögerte. Schließlich war sie zu ihm gekommen, um ihm etwas beizubringen, denn das war ihm in den letzten Minuten klar geworden. Aber die Kontrolle hatte sich verlagert, und jetzt war sie seine Sklavin. Noch lehnte sie sich gegen die Erkenntnis auf, wie er auch an dem starken Massieren seines Schafts bemerkte.

Er hielt dagegen, indem er sich nicht bewegte, und damit spannte er sie auf die Folter. Je länger er jetzt wartete, desto größer würde nachher seine Ausdauer sein. So, glaubte er, würde es auch sein Vater tun, wenn er mit der Mutter schlief.

»Sprich es aus«, drängte er.

Sie sah ihn mit glänzenden dunklen Augen an. Die Zungenspitze befeuchtete die Oberlippe.

»Ich will deinen Schwanz, Matt.«

Jetzt begann er zu pumpen. Mit seiner ganzen Kraft stieß er in sie hinein. Seine Zähne knirschten, er sah Sterne vor seinen Augen explodieren, als er sich den heißen Traum erfüllte, der ihn schon seit Monaten quälte. Auch wenn er sie nie wieder sehen würde, dann würde er stets ihren wunderschönen Körper vor Augen haben, der sich ihm hingegeben hatte, und das leichte Beben ihrer Lippen, als sie mit uneingeschränkter Offenheit sagte: *Ich will deinen Schwanz, Matt.*

Aber dieses eine Mal würde ihm nicht genügen. Sie hatte eine Flamme in ihm entzündet, und er war nicht bereit, sie gleich wieder zu löschen.

Zweites Kapitel

Es war ein Glücksfall gewesen, dass Jerry den Plänen seiner Frau Rachel zugestimmt hatte: Sie selbst wollte ihr eigenes Taxiunternehmen haben. Er hatte ihr einen alten Mercedes der S-Klasse gegeben und gedacht, sie würde bald wieder bei Kaffeeklatsch und Maniküre sein, spätestens, wenn sie die erste Steuererklärung ausfüllen musste. Der Taxischein war nur eine Formsache gewesen, und der lange Wagen konnte sie auch nicht irritieren; sie war schon einige Male eingesprungen, wenn einer von Jerrys Fahrern krank geworden war.

Aber die Reaktion der männlichen Kunden hatte sie ermutigt, und sie war von Anfang an entschlossen gewesen durchzuhalten, auch ohne Jerrys Hilfe. Sie hatte einen kleinen Kredit bei der Bank aufgenommen, sich ein paar schicke schwarze Hosenanzüge gekauft und über Reklamezettel jeder Firma in Hertfordshire ihre Dienste angeboten.

Jerry war amüsiert gewesen, aber nicht lange, denn dann war deutlich geworden, dass sie jene Kunden erhielt, auf die er es schon immer abgesehen hatte. Während er an Freitagabenden im Pub saß, kutschierte sie den einen oder anderen Millionär nach Heathrow. Das Leben war unfair.

Dann war er abgehauen und hatte ihr einen so hohen Schuldenberg zurückgelassen, dass sie wieder ganz am Anfang stand. Doch es war nicht nur die hohe Summe, mit der das Bankkonto belastet war – sie hatte es auch noch mit Reginald Tagger zu tun, einem Kredithai, der für seine brutalen Methoden bei der Geldeintreibung berüchtigt war. Er forderte 20.000 Pfund, die Jerry im Spiel gegen ihn verloren hatte. Schlimmer noch: Jerry hatte ihre Unterschrift gefälscht, sodass sie es war, die dem Hai diese Summe schuldete.

Es dauerte sechs Monate, bis Rachel erkannte, dass Jerry sie von ihrem alten Ich befreit hatte. Ihre Ehe war seit einiger Zeit schon schal gewesen, aber sie war zu eingelullt gewesen, um das zu bemerken. Doch jetzt verwandelte sie sich in die neue Rachel und fürchtete sich ein wenig vor dem, was sich unter der achtunddreißigjährigen Mittelmäßigkeit, die sie bisher gelebt hatte, finden würde.

Dass sie Matt vor ein paar Wochen verführt hatte, war nur der Anfang gewesen. Zuerst war sie von Sharmas Vorschlag entsetzt gewesen, aber es hatte nur einer Flasche Shiraz und eines von Sharmas köstlichen Curry Lammfilets bedurft, um sie zu überreden. Das allein zeigte ihr, wie weit sie in so kurzer Zeit gekommen war.

Der Tag, an dem sie Robyn und Adrian Grodin vom Flughafen abholte, war auch der Tag, an dem Rachel erkannte, dass ihr Leben auch viel schlimmer hätte verlaufen können. Bisher war sie so sehr damit beschäftigt gewesen, die Trümmer ihrer Ehe einzusammeln, dass sie kaum bemerkt hatte, dass sie lebte. An diesem Tag, während ihr Radiosender Liebesschnulzen spielte und die Sonne auf das Asphaltband der M 25 schien, konnte sie endlich einmal an ihren Bankmanager denken und sagen: Leck mich.

Sie wusste, dass es mit Robyn Grodin Ärger geben würde, als sie den übel gelaunten scharlachroten Schmollmund das erste Mal sah. Ganz offensichtlich hatte Adrian seine Frau nicht darauf vorbereitet, dass eine attraktive brünette Frau in Stilettos sie am Flughafen erwarten und zur Party chauffieren würde. Nicht weniger offensichtlich war, dass Robyn ihrem Mann einige Jahre voraushatte. Rachel schätzte ihn auf Anfang vierzig, während Robyn ihren fünfzigsten Geburtstag schon hinter sich hatte. Aber wie die meisten betuchten Französinnen hatte sie quasi schon von Geburt an großen Wert auf ihr Äußeres gelegt.

Sie war sehr klein und sehr chic; die Brüste kaum mehr als Bienenstiche, der konkave Bauch in einem schwarzen Wollmini, dazu hohe schwarze Stiefel mit scharlachroten Sohlen. Ihre dunkelbraunen Haare lagen wir dichte Bürsten um den Kopf, und zwei lange Locken rahmten ihr schmales Gesicht ein. Der blasse Teint betonte die dunklen Augen und den knallroten Mund, dessen Farbe genau auf die Handtasche von Chanel abgestimmt war. Robyn sah so unerbittlich aus, wie Adrian gütig wirkte, aber Rachel vermutete, dass sie den Kontrast zu ihrem eigenen Vergnügen kultivierten.

Robyn sprach ein schnelles Französisch, das sich wie ein Maschinengewehrfeuer anhörte. Sie ignorierte Rachel völlig; für sie war die Chauffeurin nichts anderes als eine weitere Dienstbotin, zu der man nicht freundlich sein musste.

Rachel ertrug es mit Gleichmut. Sie war an launische Kunden gewöhnt, und noch war sie nicht in einer Situation, in der sie sich vom Verhalten der Kunden beleidigt fühlte. In ihren eigenen hohen Absätzen überragte sie Robin um manche Zentimeter, und das allein machte sie verlegen. Neben der zierlichen Frau, die jetzt ungeduldig neben der Fondtür wartete und an ihrem schlanken Zigarillo zog, kam sie sich wie ein Holzfäller vor. Rachel legte eine kleine Vuitton Tasche, die schwerer war, als sie geglaubt hatte, in den Kofferraum und hielt Robyn die Tür auf.

Im Innern des Autos gab es ein unübersehbares Schild, das in mehreren Sprachen, auch in Französisch, verkündete, dass Rauchen nicht erlaubt war. Robyn ignorierte das Schild, sah Rachel herausfordernd an und blies eine dicke Rauchwolke in den vorderen Teil des Wagens.

Rachel überlegte einen Moment und wandte sich dann

mit aller Höflichkeit, die sie aufbringen konnte, an Adrian. »Könnten Sie Ihrer Gattin vielleicht erklären, dass mein nächster Gast an Asthma leidet? Deshalb würde ich sie gern bitten, im Auto nicht zu rauchen.«

Adrian sprach auf Französisch mit seiner Frau, aber er sprach viel länger mit ihr, als für die kurze Bitte erforderlich gewesen wäre. Am Ende waren Robyns Lippen nur noch ein schmaler Strich des Ärgers. Sie blies noch eine Wolke ins Wageninnere, bevor sie das Zigarillo aus dem Fenster warf.

Adrian wartete, bis Rachel hinter dem Lenkrad Platz genommen hatte, dann sagte er in seinem französischen Akzent: »Sie werden sich an sie gewöhnen.«

»Ist das eine Entschuldigung oder eine Drohung?« Die Worte waren heraus, bevor Rachel sie aufhalten konnte. »Oh, entschuldigen Sie, Mr. Grodin.«

»Nicht nötig. Sie ist eine schwierige Frau.« Er lächelte trocken. »Wir sind erst seit einem Jahr verheiratet, aber das weiß ich schon.«

Rachel fuhr sie zum Savoy und wartete zwei Stunden lang, bis sie sich für die Party umgezogen hatten. Als sie wieder auftauchten, sah Robyn atemberaubend aus, aber Rachel hätte sich lieber die Zunge abgebissen, als ihr das zu sagen. Adrian trug einen weißen Frack, eine burgundrote Fliege und einen Kummerbund in derselben Farbe. Die blonden Haare waren glatt zurückgekämmt, wie es die Mode in den Zwanzigern war.

Robyn trug ein blassblaues Seidenkleid, das aus mehreren Stoffschichten bestand, die alle durchsichtig waren. Nur ein paar aufgestickte Blumen bewahrten ihre Sittsamkeit. Die zierlichen hohen Absätze klackten auf dem Asphalt, als Rachel aufsprang und ihr die Tür aufhielt. Adrian stieg ein, und als Rachel wieder Platz genommen hatte, erklärte er, die Zwanziger Jahre wären das Motto der

Party. Er und Robyn hätten zu Hause extra den Charleston geübt.

Da fauchte Robyn ihn an, er sollte still sein, und knallte die Trennscheibe hoch.

Chauffieren sollte in erster Linie etwas mit Fahren zu tun haben, dabei bestand es hauptsächlich aus Warten.

Es war ein lauer Sommerabend, und Rachel nahm ihr Abendessen – geräuchertes Hähnchen mit Salat – im Freien ein, denn sie ahnte, dass Mrs. Grodin es nicht schätzen würde, auf der Rückfahrt den wabernden Knoblauchdüften ausgeliefert zu sein. Sie schluckte das Essen mit Mineralwasser hinunter. Man musste schon gut organisiert sein und eine gesunde Diät einhalten in diesem Job, in dem man sich nicht viel bewegte. Rachel war froh, dass sie besser damit umgehen konnte als die meisten männlichen Kollegen.

Es war das übliche Programm, womit sie sich die Zeit vertrieb. Ein kurzer Spaziergang um den Block, ein bisschen Plaudern mit den anderen wartenden Kollegen – mit jenen, die überhaupt mit ihr redeten –, ein rascher Gang zur Toilette, dann zurück ins Auto, lesen und warten.

Sie flegelte sich auf der Kühlerhaube und sah dem rasch schwindenden Licht zu, bewunderte die wie ausgebrannt aussehenden orangefarbenen Wolken, die über dem großen See hingen, und musste an Matt denken.

Sie hatte ihn seit dem Abend, an dem sie ihn verführt hatte, nicht wieder gesehen; sie wollte ihm Zeit geben, eine vielleicht vorhandene Verlegenheit abklingen zu lassen. Inzwischen war ihr klar geworden, dass Sharma, die gerissene Hexe, die Situation nicht nur für Matts sexuelles Wohlergehen herbeigeführt hatte, sondern auch für Rachels.

Zwei Fliegen mit einer Klappe und so, dachte Rachel und lachte still vor sich hin. Wie schön das Leben doch war, obwohl sie draußen vor der feinen Villa stand und nicht drinnen war, wo sich die Elite versammelt hatte.

Licht und Musik fluteten aus dem Haus, und ab und zu war auch lautes Gelächter zu hören. Mitternacht war nahe, und Rachel döste in ihrem Auto, als ein Klopfen an die Scheibe sie zusammenzucken ließ. Draußen stand Robyn Grodin.

»Haben Sie uns nicht gesehen?«, fauchte sie in perfektem Englisch.

»Entschuldigen Sie, Mrs. Grodin.« Rachel öffnete ihr die Tür und war sofort hellwach. Sonst schlief sie bei ihren Jobs nicht ein. Verdammt, wie unangenehm, dass es ausgerechnet an diesem Abend geschehen war.

Adrian Grodin sah höchst vergnügt aus. Sie unterhielten sich kurz, dann wurde die Trennscheibe wieder nach oben gefahren, die Rachel von ihren Gästen im Fond trennte.

Sie lauschte Nina Simone und fuhr über Land, und erst in London gab es wieder Stau, weil eine geborstene Wasserleitung für ein Verkehrschaos sorgte. Rachel öffnete die Trennscheibe und teilte ihren Gästen mit, was draußen ablief.

Natürlich musste es früher oder später mal passieren. Wieder ein erstes Mal in ihrer Laufbahn – ein Paar, das es ungeniert auf ihrer Rückbank trieb.

Zum Glück nahm Robyn nicht wahr, dass Rachel die Szene erfasst hatte, die Französin war mit dem Kopf nach unten getaucht und knabberte am Hodensack ihres Mannes. Adrians Augen waren geschlossen. Er hatte sein Hemd ausgezogen und die Hose geöffnet, und Robyn hielt den strammen harten Schaft in einer Hand.

Rachel spürte einen Stich des Neids bei diesem Anblick, und sie wurde an den Abend erinnert, als sie das erste Mal

Matts Penis zu Gesicht bekommen hatte. Ihre Kehle war trocken geworden, als sie sah, wie entspannt Adrian auf der Bank saß und sich dem Tun seiner Frau unterwarf. Rachel schluckte und versuchte, Speichel zu bilden. Sie starrte weiter in den Spiegel, deshalb sah sie auch, wie Adrians Augen sich langsam öffneten.

Er sah sie und lächelte sie an, dann fuhr er sich mit der Zunge über die Lippen, ehe er mit den Hüften nach vorn ruckte – eine der erotischsten Gesten, die Rachel je gesehen hatte. Es war eine Nachricht, die direkt zu ihrer Pussy geschickt wurde, über den Kopf seiner von nichts ahnenden Frau hinweg.

Robyn reagierte auf das Rucken und schloss die Lippen um den harten Schaft, sie saugte ihn ein und verschlang ihn bis zur Wurzel, ohne sich bewusst zu sein, dass sie sich in der Mitte einer Szene befand, die an Untreue grenzte, begangen von ihrem Mann. Seine Hüften ruckten jetzt rhythmisch auf und ab, aber Rachel wusste, dass er in seinem Kopf nicht Sex mit seiner Frau hatte, sondern mit ihr.

Sie hätte die Trennwand wieder schließen können, aber sie war fasziniert von Adrians sinnlichem Spiel. Robyn, immer noch ahnungslos, was die Zuschauerin anging, stieg auf den Schoß ihres Mannes und raffte ihr Kleid hoch. Sie trug keinen Slip. Dann bemerkte Rachel noch, dass Adrian völlig unbehaart war, auch seine Hoden waren kahl.

Bevor sich Rachel das Bild genauer einprägen konnte, hatte Adrian seinen Schaft zwischen die geschwollenen Labien seiner Frau gesteckt. Auch sie war im Schambereich völlig unbehaart. Er hielt sie eng an sich gedrückt und schaute über ihre Schulter auf Rachel.

Sie konnte sich auf nichts anderes konzentrieren als auf diesen stattlichen Schweif, der in seine Frau hineinpumpte. Robyn kreischte vor Wonne und rieb ihre kleinen Brüste über den nackten Oberkörper ihres Mannes.

Rachel musste an das Sprichwort denken: In der Nacht sind alle Katzen grau. Sie wusste, das war unfair, aber es schien, dass Sex ein großer Gleichmacher sein konnte.

Sie lächelte, als sie bemerkte, wie Adrians Gesicht sich verzog, dann hörte sie ihn stöhnen und keuchen, aber er hörte nicht auf, Rachel anzusehen, während er sich im schlängelnden Körper seiner Frau ergoss.

Eine laute Hupe ließ Rachel zusammenzucken. Sie blickte nach vorn. Das Auto hinter ihr betätigte wieder die Lichthupe. Der Stau vor ihr hatte sich aufgelöst, sie hatte freie Fahrt.

Sie schob den Knüppel auf ›Drive‹ und drückte langsam das Gaspedal nieder, noch völlig benommen vom Geschehen auf der Rückbank.

Zwischen ihren Schenkeln fühlte sie eine klebrige Nässe, als hätte Adrian Grodin sie penetriert und nicht seine Frau. Sie atmete kräftig durch. Es kostete sie große Anstrengung, sich auf ihren Job zu konzentrieren.

Als sie das Paar vor dem Hotel verabschiedete, drückte Adrian ihr einen dicken Stapel mit Pfundnoten in die Hand.

»Sie haben uns ausgezeichnet chauffiert. Wir werden Sie wieder benutzen.«

»Niemand benutzt mich, Mr. Grodin«, antwortete sie und hielt seinem Blick stand.

Er nickte, lächelte zum Abschied und folgte seiner Frau gehorsam ins Hotel.

Am nächsten Tag stand sie wieder in der Ankunftshalle, um einen anderen Kunden abzuholen, einen Stammkunden aus Basingstoke. Solche zeitnahen Aufträge waren dünngesät, denn zwischen dem Einchecken der Grodins und der Landung der Maschine aus New York lag nur eine halbe Stunde.

Sie stärkte sich mit einem Kaffee und gesellte sich dann mit ihrem Folienschild zu ihren Kollegen, deren Kartonstücke, auf die sie mit Filzstift den Namen ihres Kunden geschrieben hatten, sich dürftig gegen ihr Schild ausnahmen.

Sie stand da und ertrug schweigend die feindseligen Blicke der Kollegen. Selbst die, mit denen sie in Wartezeiten schon mal ein Wort wechselte, hielten sich jetzt von ihr fern, sie wollten nicht in den Geruch kommen, mit der gemeinsamen Feindin zu kollaborieren.

Dies war der Teil ihres Jobs, den sie am meisten hasste, vor allem, wenn ihre Periode kurz bevorstand und sie sich ohnehin schon unsicher fühlte.

Ihr Kunde kam durch die Doppeltür, sie begrüßten sich freundlich und gingen hinüber ins Parkhaus. Er wartete an der Ausfahrt, während sie das Auto holte. Als sie sich ihrem Wagen näherte, sah sie zwei Leute davor stehen. Zuerst dachte sie sich noch nichts dabei, aber dann entdeckte sie, worauf die beiden Männer starrten.

Jemand hatte mit schreiend roter Farbe das Wort HURE über ihre silberne Kühlerhaube gesprüht.

Drittes Kapitel

»Er hat sich wie ein richtiger Gentleman verhalten«, sagte Rachel zu Sharma. »Aber wenn es noch einmal passiert, verliere ich vielleicht mein Geschäft. Der Bankmanager hat mich fast beschuldigt, es selbst getan zu haben, um die Versicherungssumme zu kassieren.«

Sie hatte ihrem Kunden angeboten, das Geld für die Rückfahrt nach Basingstoke zurückzuzahlen, aber das hatte er abgelehnt. Er hatte ihr sogar den Weg zu einer Werkstatt gezeigt, wo man den Schaden für einen geringen Preis behoben hatte. Aber es war natürlich ein peinlicher Zwischenfall gewesen, und die Rechnung hatte den Minusbetrag auf ihrem Konto noch einmal erhöht. In der Nacht hatte sie nicht schlafen können.

Wer hasste sie so sehr, ihr das anzutun? Andere Fahrgäste würden nicht so verständnisvoll sein. Sie hatte schon einen Kunden verloren, weil ihr Wagen nicht rechtzeitig fertig geworden war. Obwohl es nun wirklich nicht ihre Schuld war, fiel es auf sie zurück: Schwache Auslastung des Fahrzeugs, hatte der Bankmanager ihr vorgehalten.

Sharma blickte in Rachels hohle Augen, denen man den Schlafentzug ansah. »Du musst besser essen. Hier, nimm das.« Sie drückte ihr einen Becher mit Vollmilch in die Hand. »Und jetzt will ich von Mr. und Mrs. Grodin hören. Wie ist es mit den beiden gelaufen?«

»Oh, da gibt es eine Menge zu erzählen.« Rachel berichtete, was sie gesehen hatte. Sie saßen am Küchentisch vor ihrem Kaffee. Sharma leckte den Schaum vom Kaffeelöffel.

»Ich kenne keinen Mann, der seine Sinne noch beisammen hat, der sich freiwillig die Eier wachsen lässt. Oder rasiert er sie? Hast du Verletzungen von der Klinge gesehen?«

»So nah war ich doch nicht.«

Eine Weile rührten sie schweigend im Kaffee.

»Ich selbst stehe auf großen behaarten Hoden«, sagte Sharma. »Wenn sie nackt wie ein neugeborenes Baby sind, kämen sie mir viel zu verletzlich vor.«

»Ja, gut, aber wenigstens kriegst du keine Haare zwischen die Zähne«, hielt Rachel dagegen.

Sharma verschluckte sich an ihrem Kaffee und verbrannte sich die Zunge. »Hast du was dagegen, wenn wir über etwas reden, was vielleicht weniger gefährlich ist? Matt scheint einen Hormonkoller zu haben. Heute hat er mich schon zweimal ohne Grund angeschrien.« Sie ging unruhig in der Küche auf und ab. Sie konnte keine fünf Minuten still sitzen. »Kannst du für mich mal die Detektivin spielen, während ich rasch jemanden anrufen muss?«

»Ja, klar.« Rachel verdrängte ihre eigenen Probleme und ging die Treppe hoch. Sie und Sharma hatten nicht viel über jenen Abend gesprochen; Sharma war zufrieden damit, dass alles gut verlaufen war. Matt war in den Wochen danach in euphorischer Stimmung gewesen.

Aber das war Vergangenheit. Seine Tür war geschlossen, und Rachel dachte, dass sie zwar wusste, wie man einen jungen Mann verführen konnte, aber keine Ahnung hatte, wie man in seine Psyche eindrang. Sie atmete tief durch und klopfte leise.

»Hi, großer Junge. Ich bin's, Rachel.«

Keine Antwort. Behutsam öffnete sie die Tür. Er lag auf dem Bett, die Kopfhörer auf den Ohren, die Augen geschlossen. Die langsamen Bewegungen, die sie weiter unten an seinem Körper wahrnahm, verrieten deutlich, was da ablief. Einen Moment lang schaute sie zu, während sie überlegte, ob sie sich wieder davonschleichen sollte, um ihm die Verlegenheit zu ersparen. Aber die neue freche Art von ihr verführte sie dazu, die Tür hinter sich zu schließen und zu seinem Bett zu gehen.

Sie schlüpfte mit einer Hand unter die Decke und schlang ihre Hand um seine, die an der Erektion auf und ab glitt. Ihre freie Hand drückte sie auf seinen Mund, um seinen Überraschungsschrei zu dämpfen.

Sein Unterleib schoss hoch. Er riss die Augen auf. Sie legte einen Finger über seine Lippen. Matt kämpfte gegen seine widerstreitenden Gefühle – Verlegenheit und Lust. Ungläubig starrte er auf die Erscheinung neben seinem Bett.

»Deine Mutter hat mich zu dir geschickt, weil sie sich fragt, warum du dich den ganzen Tag wie ein Bär mit einem wunden Arsch aufführst. Was ist denn los?«

Er setzte sich auf und hob die Schultern, unschlüssig wie der Teenager, der er war. »Nichts«, sagte er.

Sie setzte sich neben ihn aufs Bett, rückte ihm ganz nah und stieß ihn mit dem Ellenbogen an. »Das passt nicht zu dir, Matt. Kannst du mir nicht erzählen, was los ist?«

Er lachte humorlos. »Vielleicht bin ich jung und dumm, aber ich dachte, wenn man mit jemandem schläft, ruft man am Tag danach wenigstens mal an. Zwei Wochen bist du nicht hier gewesen. Ich fühle mich ...«

»Ich weiß«, unterbrach Rachel ihn schnell. Sie verstand ihn, aber sie wusste nicht, wie sie reagieren sollte, ohne sich wie seine Mutter anzuhören. Mit einer solchen Komplikation hatte sie nicht gerechnet.

»Wir hatten großartigen Sex«, begann sie. »Ich werde mich mein ganzes Leben lang daran erinnern, Matt, und ich hoffe, das wirst du auch. Aber ich bin nicht deine Freundin. Bilde dir das nicht ein, denn das wird nie geschehen.«

Er schien lange darüber nachzudenken. Sie konnte beinahe hören, wie sich die Rädchen in seinem Kopf drehten. Wirklichkeit gegen Phantasie.

»Und was ist hier mit dem?« Er warf die Decke zurück und zeigte auf seinen halb steifen Penis. »Was soll ich damit tun? Jedes Mal, wenn ich die Augen schließe, sehe ich uns auf diesem Bett. Ich kann die Bilder nicht vertreiben, Rachel. Ich will dich immer wieder.«

Noch während er sprach, sah sie, wie sich sein Penis aufrichtete und wuchs. Es war ihr unmöglich, nicht hinzustarren. Er lehnte sich auf die Ellenbogen und sah ihr in die Augen.

»Du willst ihn jetzt sofort, nicht wahr? Du willst meinen Schwanz, wie du auch das erste Mal um ihn gebettelt hast.«

Es war ein Schock für sie, dass er ihre Gedanken lesen konnte. Die Versuchung, ihn in ihren Mund zu saugen und ihm die Lust zu bescheren, nach der er schrie, war sehr groß für sie, aber Sharma war unten und konnte jeden Augenblick ins Zimmer treten. Wie sie darauf reagieren würde, wenn sie die Freundin dabei überraschte, wie sie ihrem Sohn einen Blowjob gab, wusste sie nicht. Rachel zwang sich, den Blick von der Erektion zu wenden. Sie blickte in Matts Gesicht.

»Sharma macht sich Sorgen. Sie erwartet keine Entschuldigung für dein aufsässiges Verhalten, aber ich hielt das für eine gute Idee.«

»Und was ist mit dir? Was erwartest du?«

Es war eine Frage, die keinem Achtzehnjährigen zustand. Rachel erhob sich und verließ sein Zimmer, ohne ihm eine Antwort zu geben. Als sie die Treppe hinunter ging, überlegte sie, ob sie Sharma warnen sollte, dass sich die Dinge verkomplizieren könnten, aber dann entschied sie sich dagegen.

Zwei Tage später brachte sie den Mercedes zum nächstgelegenen Reifenhändler. Sie liebte den großen Benz, aber allmählich wurde er ihr zu teuer.

Als sie aus der Werkstatt gehen wollte, erlebte sie den nächsten Schock – Matt stand da, sah sie an und wischte sich die Hände am schmutzigen Overall ab. Sie lächelte und spürte ihr Herz wie wild schlagen. Sein intensiver Blick schien ihre Kleidung zu durchdringen. Sie fühlte sich nackt vor ihm.

»Ich wusste nicht, dass du hier arbeitest.«

»Das tut er ja auch nicht«, sagte einer der anderen Mechaniker. »Er starrt Sie nur an.« Es war nicht böse gemeint; es fiel einem leicht, Matt zu mögen.

»He, ich bin nur Aushilfe, Mann, stimmt's nicht, Jim?« Der Kollege nickte, und Matt fragte: »Ist mit dem Motor was nicht in Ordnung?«

Sie biss sich auf die Unterlippe, um ihr Lachen zu unterdrücken. Er würde seine gebildete Stimme nie verstecken können, ganz egal, wie sehr er versuchte, den Tonfall seiner Kumpel zu imitieren. Sie sagte, dass sie den beiden Vorderreifen nicht mehr traute, weil sie auch schon ziemlich alt wären. Jim sagte, sie würden das Auto auf die Bühne heben und nachsehen.

»Matt, kümmere dich um die junge Lady und sieh nach, ob wir diese Reifen auf Lager haben.«

Matt plusterte sich auf. »Kommen Sie, Mrs. Wright. Wir werden das Kind schon schaukeln.«

»Ich hoffe nur, dass es nicht zu teuer wird«, sagte sie, als sie ihm zuschaute, wie er hinter die Theke trat und mit den Fingern – schwarz unter den Nägeln – über die Tastatur flog. Sie ging auch um die Theke herum, damit sie auf den Bildschirm schauen konnte. Es war nicht ganz ungefährlich, denn sie ahnte seine Erregung. Sein Atem war unregelmäßig, und seine Hände zitterten leicht.

Auch sie fühlte eine tiefe Lust auf den jungen Mann. Der Geruch von Gummi betörte sie, er hing schwer in der Luft wie ein unsichtbarer Vorhang. Gemeinsam sahen sie sich an, welche Alternativen der Computer aufzeigte.

»Das sind die Möglichkeiten, die wir haben, und alle sind vorrätig«, sagte er und tippte auf die einzelnen Posten auf dem Schirm. Seine Stimme zitterte, während ihr Herz schwer wurde. Wieder fünfhundert Pfund, mit dem ihr schwindsüchtiges Konto belastet wurde. Nun, aber dies war eine notwendige Ausgabe, und Rom ist auch nicht an einem Tag erbaut worden.

Ein Mann aus der Werkstatt stand plötzlich neben ihr. »Eh, Sie könnten noch ein paar Meilen auf diesen Socken fahren, aber lange halten sie nicht mehr durch. Sollen wir sie sofort ersetzen?«

»Ja, bitte.«

Matt stand auf. »Ich bringe Sie zur Kasse, Mrs. Wright. Wenn Sie mir bitte folgen wollen?«

Rachel folgte Matt durch die Werkstatt. Das Büro im hinteren Teil der Werkstatt war klein, und überall lagen Rechnungen, Quittungen und Prospekte. Die Wände waren weiß und staubig, die Fenster so hoch und verdreckt, dass niemand hereinsehen konnte. An einem Schrank hing ein Kalender mit nackten Mädchen, und auf dem billigen Schreibtisch standen zwei Tassen mit kaltem Kaffee.

»Jeder benutzt dieses Büro«, murmelte er und entsorgte die beiden Tassen. Sie zog die Tür hinter sich zu, und er wischte sich die Hände an einem Papiertaschentuch ab. Sie fühlte sich plötzlich sehr nervös, während er immer selbstsicherer zu werden schien. Ohne zu zögern, drückte er seine Lippen auf ihre, wobei er darauf achtete, ihre Kleidung nicht mit seinen verschmierten Händen zu beschmutzen.

»Matt, ich denke nicht …«

»Gut, denn ich denke auch nicht.« Er küsste sie wieder und konnte kaum seine Leidenschaft verhehlen, die aus jeder Pore strahlte. Sie konnte seine Lust riechen, sie konnte die Hitze fühlen, die ihn wie ein weiter Mantel umgab. Er nahm ihre Hand und legte sie auf seine Beule. Er war hart.

»Bitte, Rachel. Ich bin verrückt nach dir.«

»Aber ...« Dies war kaum der richtige Zeitpunkt, ihm zu erklären, dass sie nur mit ihm geschlafen hatte, weil sie seiner Mutter einen Gefallen erweisen wollte, und wenn sie ehrlich zu sich selbst war, dann brauchte sie etwas, um sich von ihrer finanziellen Krise abzulenken. »Wenn sie uns erwischen, werfen sie dich raus«, flüsterte sie.

Er schüttelte heftig den Kopf. »Sie werden uns nicht erwischen.«

Sie rieb ihre Hand streichelnd über die Mitte seines Overalls, und er schloss die Augen vor Lust. Seine offene Geilheit ließ auch ihre Säfte fließen; sie fühlte, wie sie nass wurde. Sie trat einen Schritt zurück und hob ihren engen Rock hoch. Jetzt war sie froh, dass sie heute Morgen einen winzigen weißen Tanga angezogen hatte.

Die Augen fielen ihm fast aus dem Kopf, als er das kleine weiße Dreieck sah. Sein Atem beschleunigte sich, und dann spürte er, dass er sich kaum noch bewegen konnte.

Sie übernahm die Initiative, knöpfte den Overall auf und streifte ihn von den Armen, bis er auf den Boden fiel. Darunter trug er enge schwarze Jeans und ein überraschend sauberes weißes T-Shirt.

Er schob auf dem Schreibtisch Papiere zur Seite und lehnte sich dagegen. Unter der engen Jeans zeichnete sich seine Erektion deutlich ab, und Rachel spürte ihre Klitoris zucken. Seine unverhohlene Lust auf sie hatte ein primitives Feuer in ihrem Schoß entfacht, aber sie dachte nicht daran, es unter Kontrolle bringen zu wollen.

Sie zog den Reißverschluss der Jeans nach unten. Der harte Penis beulte seine schwarze Unterhose aus. Er war steif und dick und sprengte die Proportionen seines so schlanken Körpers. Die dunkelrote Spitze schob sich über den Bund der Unterhose und rieb fast gegen den Nabel.

Mit einem Fingernagel fuhr sie an der gespannten Kontur seines Schwanzes entlang, und seine Hüften ruckten ihr unwillkürlich entgegen. Er hielt sich mit beiden Händen an der Schreibtischkante fest.

Das Einzige, was sie in dem kleinen Raum hören konnte, war sein Atem. Sie bückte sich und ließ die Zunge über seinen Nabel wischen, dann blies sie über die feuchte Haut. Sie leckte über die Eichel.

»Oh, verdammt, ich will bei dir rein«, keuchte er, die Stimme verzerrt vor Verlangen.

Ihr lief das Wasser im Mund zusammen, als sie sah, wie sich der Schaft nach ihrem Mund zu strecken schien. Die Atmosphäre im kleinen Büro hatte sich aufgeheizt, und sie wollte nichts anderes als er – von ihm aufgespießt zu werden. Er sollte wie das junge Tier, das er war, in sie hineinpumpen.

Sie drehte sich um, stützte sich am Schreibtisch ab und zog den Tanga zur Seite. Ihr Geschlecht lag offen und bereit da, und er drang mit einem tiefen, harten Stoß in sie ein. Seine schmutzigen Hände lagen auf ihren Hüften und hinterließen schmierige Flecken auf der makellosen Haut.

Er zog sich zurück, ließ nur die Spitze in ihr, neckte sie, indem er ein paar Sekunden reglos verharrte, ehe er langsam wieder in sie eindrang. Sie hatte ihn gut unterrichtet; er bedachte ihr Vergnügen nicht weniger als sein eigenes.

Aber lange konnte er sich nicht beherrschen, dann fing er mit immer schnelleren Stößen an, die sie durchschüttelten. Grunzende Laute drangen aus seiner Kehle.

Sie biss sich auf die Lippen und genoss seine wilden Attacken. Er kam mit einer unbeschreiblichen Wucht, und ihre kleinen heiseren Schreie intensivierten sein Erlebnis noch. Ihr eigener Höhepunkt war weniger heftig gewesen, aber sie fühlte sich von ihm tief befriedigt.

Sie seufzte vor Freude über den unerwarteten Verlauf ihres Reifenwechsels, als er sich aus ihr zurückzog und seinen Overall wieder anzog. Dann reichte er ihr ein paar Papiertücher, mit denen sie sich säuberte.

»Ich wünschte, ich könnte Ihnen dafür einen Rabatt gewähren, Mrs. Wright«, sagte er grinsend.

Bevor sie etwas erwidern konnte, klopfte es an die Tür. Sie hatte das Gefühl, als hätte draußen jemand gewartet, bis sie fertig geworden waren, aber das mochte natürlich auch Ausdruck ihres schlechten Gewissens sein.

»Ihr Auto ist fertig, Ma'am«, sagte Jim.

Er mied ihren Blick, deshalb war sie sicher, dass ihre Vermutungen zutrafen.

»Danke«, sagte sie. »Kann ich bei Ihnen mit der Mastercard bezahlen?«

Viertes Kapitel

Eine Woche später kam sie zurück auf den Parkplatz für Kurzparker am Londoner Flughafen Heathrow und musste feststellen, dass alle vier Reifen zerstochen worden waren. Diesmal war nichts mehr zu retten; sie verlor einen Auftrag, vielleicht einen Kunden, und sie musste erneut siebenhundert Pfund für vier neue Reifen bezahlen. Zum ersten Mal, seit Jerry sie im Stich gelassen hatte, weinte sie sich an diesem Abend in den Schlaf.

Am anderen Tag ging sie zur Bank, um mit Maulwurf zu sprechen. Das war nicht sein Name, aber er hatte eine runde Nickelbrille, eine kleine rosige Nase und gemeine dünne Lippen, die ebenso wie seine Hände nicht ruhen konnten. Er hatte erst kürzlich den Job vom älteren Manager übernommen, der ihr wenigstens ein bisschen Sympathie entgegengebracht hatte. Aber er war plötzlich nach einem Herzinfarkt gestorben, und nun war sie der Gnade des neuen Besens ausgeliefert, der sich offenbar vorgenommen hatte, die wackligen Kunden zu eliminieren. Der Spielraum für eine Erhöhung des Dispositionskredits sei mehr als nur erschöpft, teilte er ihr mit. Sie hatte drei Monate Zeit, um ihm zu zeigen, dass ihre Firma Interlude eine Chance auf dem Markt hatte, sonst würde er den Kredit zurückfordern. Es gab keine Diskussion. Seine Entscheidung, verkündete er, sei endgültig. Der Triumph, dass er die Kontrolle über ihr Leben hatte, stand ihm in den Augen.

An diesem Abend ging sie ihre Finanzen durch, um bei den Ausgaben irgendeinen Posten zu finden, den sie streichen konnte.

Als Jerrys Taxiunternehmen in die Insolvenz gegangen war, hatten sich die wichtigsten Gläubiger auf einen Vergleich eingelassen, der aus der Konkursmasse befriedigt werden konnte. Also blieben jetzt nur noch ihr eigener Dispokredit und Reginald Tagger. Er würde bald den Schuldschein über zwanzigtausend Pfund vorlegen. In den ersten Monaten hatte sie ihn noch vertrösten können, denn sie hatte nichts, was sie ihm hätte geben können.

Sie fragte sich, ob er etwas mit ihren jüngsten Problemen zu tun hatte. Sie war erfahren genug, um zu wissen, wie so etwas ablief. Bald würde er auftauchen und gegen eine bestimmte Summe seinen Schutz anbieten. Sie zuckte schon zusammen, wenn es an ihre Tür klopfte.

Natürlich konnte sie ihn auch jetzt noch nicht bezahlen. Ihre Einnahmen bei Interlude, ihrer eigenen Firma, reichten gerade mal für Miete und Unterhalt. Weil sie keinen Kredit erhielt, würde sie kein zweites Fahrzeug kaufen können, und deshalb sah sie auf absehbare Zeit keine Möglichkeit, ihre Schulden abzubauen. In ihrer Verzweiflung begann sie sogar zu verstehen, warum Jerry getan hatte, was er getan hatte.

Nun hör bloß auf, in diese Richtung zu denken, schimpfte sie. Jerry ist ein Feigling, und du bist keiner. Kämpfen und gewinnen. Verzweiflung macht dich stark. Diese vier Worte schrieb sie auf einen Karton und klebte ihn an die Kühlschranktür.

Sie leierte diese Worte vor sich hin, als sie unterwegs nach Heathrow war, um Adrian und Robyn Grodin abzuholen. Sie fuhr herum und herum, bis sie einen Parkplatz gegenüber einer Überwachungskamera fand. Dann sagte sie den Sicherheitsleuten Bescheid, aber sie hatte den Eindruck, dass sie nur dann etwas unternahmen, wenn sie den oder die Übeltäter auf frischer Tat ertappten.

Widerwillig verließ sie ihr Auto und ging hinüber zur

Ankunftshalle, die ihr allmählich verhasst war. Jedes Gesicht schien einem potenziellen Feind zu gehören. Die Neuigkeit von ihrem Pech hatte sich bei den Kollegen herumgesprochen. Sie starrten sie an, als könnten sie nicht glauben, dass sie immer noch nicht aufgegeben hatte.

War es einer von euch Bastarden?, wollte sie ihnen zurufen, aber sie wusste, dass sie keine Antwort erhalten würde. Die Schranke zwischen ihr und ihnen war spürbar und fast schon sichtbar.

Der folgende Tag, ein Samstag, war ein typischer englischer Sommertag. Sie wachte auf, und zum ersten Mal seit Wochen fragte sie sich nicht, wer heute an ihre Tür klopfen würde. Das war ein Fehler.

Sie fuhr Adrian und Robyn zurück zum Flughafen, hielt vor dem *Starbucks* an, um einen Kaffee zu trinken, fuhr dann zurück, wusch ihr Auto und saugte das Wageninnere und den Kofferraum. Sie musste sich auf die Zehenspitzen stellen, um die Mitte des Dachs zu erreichen. Zufällig blickte sie zur Seite und sah Reginald Tagger.

Sie wusste sofort, wer er war, denn es gab niemanden, der sie an einem Samstagmorgen in einem schwarzen Mercedes besuchte, chauffiert von einem Double von Mike Tyson.

Tagger selbst war noch größer und schwerer. Er trug eine dicke goldene Kette mit einer Kobra ums Kinn, denn der liebe Gott hatte ihm keinen Hals gegeben. Er sah wie ein Ochsenfrosch aus, hervorquellende Augen und feuchte Gummilippen. Abstoßend. Rachel suchte nach dem Baseballschläger, aber sie sah keinen. Trotzdem war sie sicher, dass einer ganz in der Nähe war.

»Ich habe gehört, dass Sie Probleme haben«, sagte er mit freundlicher Miene. »Heutzutage trifft man überall auf

Vandalen, die nicht einmal davor zurückschrecken, Reifen zu zerstechen.«

Sie nickte still. Ihr Gefühl, dass er mit ihrem Ungemach zu tun hatte, war genau richtig gewesen. »Ja, stimmt. Ich stehe mit zwanzigtausend in den Miesen, schulde Ihnen weitere zwanzigtausend und verdiene gerade so viel, dass ich diesen Wagen auf der Straße halten kann. Wenn Sie Geld von mir wollen – ich habe nichts. Wenn Sie mein Auto zertrümmern, werden Sie nie etwas kriegen, und wir verlieren alle.«

Sie polierte weiter und wich seinem Blick aus. Er beobachtete sie ganz genau, betrachtete ihren Po in den engen Shorts und verfolgte ihre langen Beine. Ihre Füße steckten in abgelatschten Laufschuhen.

»Ich könnte einen guten Fahrer gebrauchen.« Er wies mit dem Kopf auf den Schrank von Mann hinter dem Lenkrad des glänzenden Mercedes. »Er ist ein Arsch. Weiß nicht einmal, wie man die Karre einparkt. Ich habe Sie einige Male gesehen und weiß, dass Sie eine verdammt gute Fahrerin sind.« Sie spürte die Hand auf ihrem Po. »Ich glaube, wir könnten ein gutes Team sein.«

Sie wich seiner streichelnden Hand aus. »Ich weiß Ihren Vorschlag zu schätzen, Mr. Tagger, aber ich arbeite nur für mich.«

Im nächsten Moment wurde sie gegen das Auto gedrückt und dort mit einer fleischigen Hand festgehalten. Die andere Hand ballte sich vor ihrem Gesicht zur Faust.

»Ich glaube, Sie wissen meinen Vorschlag überhaupt nicht zu schätzen, Mrs. Wright. Sie schulden mir Geld, und Sie wissen so gut wie ich, dass Sie nicht zahlen können. Ich zeige Ihnen einen Ausweg auf, also sollten Sie ein dankbares Luder sein und die Gelegenheit ergreifen, mir zu danken – so lange Sie noch können. Sie haben zwei Monate Zeit. Danach arbeiten Sie für mich, ob Sie wollen oder nicht.«

Er trat zurück und bückte sich nach dem Eimer mit dem Schmutzwasser. Er kippte den Inhalt über ihr schön poliertes Auto, dann schritt er zu seinem eigenen Wagen. Sein Chauffeur gab Gas.

»Phantastisch«, murmelte sie, und plötzlich wurde ihr ganz übel. Überrascht war sie eigentlich nicht, aber sie hatte gehofft, ein paar Wochen länger Zeit zu haben. Wenn die Frist abgelaufen war, wollte er nicht nur das Geld, sondern auch ihren Körper. Diese Vorstellung verstärkte noch ihre Übelkeit.

Sie zitterte noch am ganzen Körper, als Sharma eine Stunde später zu ihr kam.

»He, du hast doch damit gerechnet, dass so etwas geschieht, oder? Colin hat schon mit seiner Bank verhandelt. Sie ist bereit, dir das Geld zu günstigen Bedingungen zu leihen. Geh darauf ein, dann bist du den Kerl los.«

Rachel schüttelte den Kopf. »Nein.«

»Was soll das heißen? Dir bleibt keine andere Wahl.«

»Aber das bringt nichts. Er wird mir keine Ruhe lassen. Er hat mir klar gemacht, was er will.« Sie schmiegte die Hände um den Kaffeebecher, als müsste sie sich wärmen. Er wollte, dass sie sein Spielzeug war, bis er ihrer überdrüssig wurde, dann würde er sie wie Unrat wegwerfen. »Geld spielt für ihn absolut keine Rolle, Sharma. Seinen Kick gewinnt er dadurch, dass er Leute zermalmen kann.«

»Aber das weißt du nicht genau. Nehmen wir uns zuerst des Problems an, das wir heute kennen.« Sie legte liebevoll einen Arm um die Schultern der Freundin. »Komm heute Abend zum Essen zu uns. Wir haben Gäste, aber für dich haben wir immer einen Platz.«

Rachel schüttelte den Kopf. »Danke, aber ich bin okay.

Ich werde ins Fitness-Studio gehen und meinen Ärger ausschwitzen.«

Rachel war froh, dass Sharma sie nicht bedrängte. Sie war dankbar für Sharmas Hilfe, aber sie wollte sich nicht noch mehr von ihr abhängig machen. Sharmas Besuch hatte sie aber in einer ganz anderen Hinsicht bestärkt: Ein Problem nach dem anderen angehen.

Am frühen Abend fuhr sie zum Fitness-Studio. Es gehörte zu einem bekannten Hotel und war sehr elegant; sie konnte es sich nur deshalb erlauben, weil Jerry den Beitrag ein Jahr im Voraus bezahlt hatte.

Unterwegs bemerkte sie einen roten Porsche 911 in ihrem Rückspiegel. Einer von Taggers Leuten, der sie einschüchtern wollte? Eher nicht, dachte sie, denn niemand auf Taggers Lohnliste hätte ein teureres Auto fahren dürfen als er selbst. Trotzdem war es auffällig, dass ein Fahrer eines solchen Wagens keine Anstalten traf, sie zu überholen. Jedes Mal, wenn sie in den Rückspiegel schaute, war er noch da. Der Lack glänzte in der untergehenden Sonne.

Sie musterte den Fahrer. Er sah gut aus. Dunkles Jackett, dunkle Haare. Mitte vierzig. Weißer Kragen. Ich sollte mich blond färben, dachte sie: Ein Kredithai rückt mir auf die Pelle, eine Bank will mir den Saft abdrehen, Unbekannte vergreifen sich an meinem Auto, und ich denke an Sex. Dann grinste sie. Wenn du auch jetzt noch an Sex denken kannst, kann es mit deinem Schicksal nicht so schlecht bestellt sein.

Sie ließ ihren frivolen Gedanken freien Lauf. Was war, wenn Mr. Porsche auch zu ihrem Fitness-Studio wollte? Was war, wenn er ganz bestimmte gymnastische Übungen von ihr verlangte? Würde sie entsetzt sein wie die alte Rachel? Oder würde sie nur die Schultern heben und ›*c'est la vie*‹ murmeln, bevor sie sich auf ihn stürzte?

Als sie in die Straße zum Hotel mit dem Fitness-Studio einbog und er ihr folgte, rumorte es mächtig in ihrem Bauch. Erwartung, Hoffnung, Vorfreude. Er parkte neben ihr und stieg aus. Über einsachtzig groß, schlank. Teurer Anzug, exklusive Schuhe und Attachétasche.

Sie schwang ihre Tasche über die Schulter, stieg aus und verschloss umständlich die Autotür. Zu ihrer maßlosen Enttäuschung vergeudete er keinen Blick auf sie. Er lief elanvoll die Treppe zum Hotel hoch, während sie durch den Eingang zum Fitness-Studio trat.

In der Umkleide fühlte sie sich völlig niedergeschlagen, ohne genau zu wissen warum. Am liebsten wäre sie wieder nach Hause gefahren, aber sie zwang sich, sich auszuziehen und sich in den orangefarbenen Sportdress zu quetschen. Sie zog den Reißverschluss hoch und sah, wie der elastische Stoff sich um ihre Brüste schmiegte. Ein heißer Anblick, dachte sie, es müsste spannend sein, in diesem Aufzug einen Flirt zu beginnen.

Sie sah ihn in der Empfangshalle, wo er mit der brünetten Frau hinter dem Tresen flirtete. Er hatte sich eine graue Jogginghose angezogen, dazu ein burgundrotes T-Shirt mit Kapuze. Als sie in die Halle trat, blickte er auf, und zu ihrer Verärgerung spürte sie ihr Herz schneller schlagen.

Sie nahm ihre Karte wieder an sich und plauderte kurz mit dem jungen Trainer. Er war blond und freundlich und kannte die Vornamen jedes Mitglieds. Kein Wunder, dass er beliebt war, stets von weiblichen Kunden umringt. Rachel musste leise lachen, wenn sie die trivialen Fragen der Frauen hörte. Sie wollten nichts anderes als seine Aufmerksamkeit. Er lachte Rachel an. Sie wusste, dass sie eine der wenigen Frauen war, die er ernst nahm.

Seit drei Minuten war sie auf dem Laufband, um sich aufzuwärmen, als ihr heimlicher Freund wieder auftauchte; enge dunkelblaue Shorts, weißes Unterhemd. Er setzte sich auf eines der Räder und begann die Knöpfe zu drücken. Eine halbe Stunde lang drehten sie ihre Runden. Rachel betrachtete das Spiel der Muskeln unter der straffen gebräunten Haut, und er sah (hoffte sie jedenfalls) auf die Schweißflecken, die sich auf ihrem Rücken und unter den Brüsten bildeten.

Je mehr sie arbeitete und ihn beobachtete, desto heißer wurde ihr. Im Nacken waren seine Haare kurz und nass; sein Schweiß tropfte und bildete graue Stellen im weißen Hemd. Er war offenkundig sehr fit und konzentrierte sich auf seine Aufgabe, die Augen dumpf, alle Energie nach innen gewandt.

Wie aus heiterem Himmel drängte sich ihr plötzlich das Bild auf, wie er unter der Dusche stand, der athletische Körper von oben bis unten eingeseift. Sie wusste genau, wie er aussah. Lange schlanke Schenkel, fleischiger Schwanz, seidig dunkle Haare auf der breiten Brust.

Ihr Geschlecht fühlte sich heiß und feucht an, was sich nicht länger ignorieren ließ. Beinahe konnte sie die Nässe durch die beiden dicken Lycra-Lagen sickern fühlen, und sie war sicher, dass sich der orangefarbene Stoff zwischen den Beinen dunkel verfärbte.

In diesem Moment blickte er hoch und erwischte sie beim heimlichen Betrachten. Die Lust auf ihrem Gesicht musste offen liegen, was er mit einem dezenten Lächeln quittierte. Plötzlich war ihr Mund ganz trocken; sie stellte das Laufband ab und ging zum Wasserspender. Ihr erhitztes Gesicht kühlte sich ab, doch dann stand er neben ihr, nahm den Pappbecher aus ihrer Hand und trank den Rest, wobei er über den Rand schaute und sah, dass sie noch tiefer errötete.

»Entspreche ich Ihrer Vorstellung?« Er hatte eine tiefe Stimme, gebildet und amüsiert. Das leichte Lächeln erreichte seine Augen, die so blau waren wie das Mittelmeer.

Sie hüstelte und räusperte sich. »Ich habe Sie hier noch nie gesehen. Sind Sie neu dabei?«

Er sah an seinem Körper hinunter. »Sehe ich so aus?«

Wieder errötete sie, dann sagte sie hastig: »Nein, nein, Sie haben einen großartigen Körper. Was ich meinte – sind Sie neu in diesem Club?«

»Das hört sich an, als wollten Sie wissen, ob ich oft hierhin komme.«

»Oh, Mann.« Sie stakste zurück auf ihr Laufband, weg von seinen spöttischen Augen. Er trat auf das Laufband neben ihrem und lief munter weiter.

»Beantworten Sie eine Frage immer mit einer Gegenfrage?«, wollte sie wissen.

Er öffnete den Mund, als wollte er etwas sagen, aber dann grinste er sie an, lief weiter und sagte nach einer Weile: »Nein. Ich übernachte im Hotel. Ich bin geschäftlich hier.« Er betrachtete ungeniert ihren Körper. Das Verlangen in seinem Gesicht war greifbar. »Darf ich Sie zum Abendessen einladen?«

»Wollen Sie das wirklich?« Ihre vollen Lippen wölbten sich zu einem Lächeln, aber sie sah nicht ihn an, sondern die Bilder auf den Fernsehschirmen über ihr.

»Werden Sie mir glauben, dass ich noch nie eine Frau in irgendeinem Fitness-Club angesprochen habe?«

»Und jetzt tun Sie's?«

»Beantworten Sie immer eine Frage mit einer Gegenfrage?«

Sie sah ihn an, und dann mussten sie beide lachen. »*Touché*«, sagte sie. »Abendessen hört sich gut an.« Mit den Fingern tastete sie den Puls an ihrem Hals ab. Er raste schneller als sonst. Gemeinsam gingen sie zu den Umkleideräumen. Seine Hand lag auf ihrem Arm.

»Gibt es eine Sauna hier?«

»Gleich neben...« Aber er führte sie schon zum

Schwimmbecken. Die Nacht war dunkel, und das Wasser lag in glänzender Schwärze da. Ein einsamer Schwimmer vollführte am anderen Ende eine elegante Wende. Sie gingen in den kleinen Umkleideraum, der zu Sauna und Jacuzzi führte. Von der Decke drang leise Saxophonmusik in den Raum. Außer ihnen war niemand da. Neben der Tür lag ein Stapel weißer Handtücher. Er nahm eins und reichte es ihr.

Widerwillig nahm sie es an. Sie war ein bisschen verärgert über seine selbstherrliche Art. Sie kannten sich erst fünf Minuten, und schon erwartete er wie selbstverständlich, dass sie sich in einer engen Kabine neben ihn setzte, nur mit einem schmalen Handtuch bekleidet.

»Bleibt mir was anderes übrig?«

»Nicht, wenn es anschließend zum Abendessen gehen soll.«

Die Entschlossenheit in seiner autoritären Stimme ließ sie erschauern. Sie schloss sich in der Umkleidekabine ein, als sie den Dress auszog. Sie konnte ihr eigenes moschusartiges Aroma riechen. Sie strich über ihr Höschen und überlegte, ob sie es anbehalten sollte oder nicht, aber dann streifte sie es ab. Wenn er wirklich aufs Ganze gehen wollte, würde das Höschen kein ernsthaftes Hindernis für ihn sein.

Als sie aus der Kabine trat, das Handtuch fest um den Leib geschlungen, war er nirgendwo zu sehen. Das kleine Fenster zur Sauna war voller Schwaden, durch die man kaum etwas erkennen konnte. Als sie die Tür aufzog, wurde ihr bewusst, dass sie nicht einmal seinen Namen kannte.

Zu ihrer Erleichterung hatte er das Handtuch um seine Mitte geschlungen. Er saß auf einer der Holzbänke. Es gab drei Ebenen, auf der obersten war es am heißesten. Er hatte auf der mittleren Bank Platz genommen, und der Schweiß tropfte ihm schon von Gesicht und Körper.

»Ich dachte schon, du hättest dich verdünnisiert«, sagte er.

»Warum sollte ich?«

»Schon wieder Frage und Gegenfrage.« Er streckte seine Hand aus. »Ich bin David. Und du?«

»Rachel.« Sie drückte seine Hand. Sie war groß und fest, genau wie ... Ihr Blick fiel auf seinen Schoß, dann sah sie in sein Gesicht. Er hatte ihren Blick bemerkt.

»Gut, jetzt kennen wir wenigstens unsere Namen und können die Formalitäten abschaffen.« Er wollte sein Handtuch wegnehmen, aber ihre Hand hinderte ihn daran.

»Nein, noch nicht!« Es ging ihr zu schnell. Sein Daumen streichelte ihren, als könnte dieser Mann Gedanken lesen.

»Es tut mir Leid, aber wenn ich dich an den Geräten sehe und mir vorstelle, wie der Schweiß sich zwischen deinen Brüsten sammelt und dein Schoß klebrig wird, dann werde ich so hart, dass es anfängt, wehzutun.« Er nahm ihre Hand und legte sie auf die Schwellung, die sich unter dem Handtuch abzeichnete. Er lehnte sich gegen die Sitze der oberen Bank und beobachtete ihre Reaktion.

Ihre Hand war sehr klein, und dagegen nahm sich sein Schaft riesig aus. Sie wurde nervös und wandte das Gesicht ab, aber er hielt ihr Handgelenk fest.

»Wohin willst du denn gehen?«

»Du hast mich offenbar für eine gehalten, die mit solchem Verhalten vertraut ist. Aber ich habe so etwas noch nie getan. Ich weiß nicht einmal, warum ich hier bin.«

»Soll ich dir sagen warum?«

Seine sanfte Stimme lockte sie, ihn wieder anzusehen. Plötzlich kam sie sich wie ein jungfräulicher Teenager vor. Sie nickte stumm und begriff, dass ihr eine goldene Gelegenheit in den Schoß gefallen war.

»Jemand könnte hereinkommen«, sagte sie leise.

Er lächelte. »Ja, kann sein.« Er richtete sich auf und legte ihre Hand erneut auf seine Schwellung. Sie spürte, dass seine Erektion wuchs, und sie erinnerte sich an ihre Vision von ihm unter der Dusche. Ihre Klitoris schlug ihren eigenen Rhythmus, während David das Handtuch auf den Boden fallen ließ.

Sein Penis war genau so, wie sie ihn sich vorgestellt hatte. Lang und rot, die Spitze wie eine reife Pflaume. Sie fuhr mit einer Fingerkuppe über die Länge des Schafts und spürte, wie er leicht zitterte.

Er öffnete seine Schenkel; die Hoden rutschten dazwischen. Sie wogen schwer und waren mit seidigen Haaren bedeckt. Rachel hob die beiden Bälle behutsam an und streichelte sie liebevoll. Er sah ihr zu, die Augen halb geschlossen, und lehnte sich wieder zurück. Mit einer Hand streichelte er ihren Nacken.

»Küss ihn.«

Nach einem geziemenden Zögern fuhr sie mit den Lippen über seinen mit dicken Adern durchzogenen Schaft. Er schmeckte nach Moschus.

»Ja, genau so. So ist es gut. Setz deine Zunge ein. Ah, wunderbar. Himmel, genau da bin ich so empfindlich. Phantastisch, was du mit deiner Zunge anstellst. So warm und so nass ...«

Sie blickte zu ihm hoch. »Als ich sagte, ich hätte so etwas noch nie getan, meinte ich, dass ich noch nie einen Mann im Fitness-Club kennen gelernt habe. Aber ich weiß schon, was ich zu tun habe, wenn ich ihn in der Hand halte. Also halt endlich deinen Mund und lass mich machen. Genieße es einfach.«

Sie saugte ihn wieder in den Mund und beobachtete seine Reaktion. Seine Antwort ging in einem keuchenden Gurgeln unter, als sie mit der Zunge am Schaft auf und ab glitt.

Er schloss die Augen, und je lauter er stöhnte, desto mehr wuchs ihr Selbstbewusstsein. Während er auf der Bank immer tiefer rutschte, empfand sie eine Macht über ihn, die immer stärker wurde.

Seine Finger vergruben sich in ihren Haaren. Sie saugte ihn tiefer in den Mund und setzte ihre inneren Muskeln ein, um ihre Leidenschaft noch zu steigern. Sie spürte, wie der Schaft noch härter wurde. Sie war ihrem Orgasmus so nahe wie er seinem. Ihr Schoß zuckte wie sein Schaft, und von den prickelnden Nippeln schossen heiße Pfeile in ihre Pussy.

Sie konzentrierte sich auf seine Hoden, drückte sie sanft und lutschte sie einzeln in den Mund, während ihre Hand unentwegt am Schaft entlangrieb. Sie hörte ihn zustimmend stöhnen. Seine Finger griffen in die Zwischenräume der Bankbretter, und seine Knöchel traten weiß hervor.

Die intensive Hitze in dem kleinen Raum trieb den Schweiß aus jeder Pore. Ihr Herz schlug gefährlich schnell. Sie hob den Kopf und nahm die Eichel wieder in ihrer feuchten Mundhöhle auf. David war zu schwach, um in ihren Mund zu stoßen, deshalb fuhr ihr Kopf rhythmisch ruckend auf und ab.

»Du bringst mich um«, keuchte er.

Das mochte sogar zutreffen, denn sein Herz würde nicht weniger schnell schlagen als ihres. Sie fühlte, wie er sich verkrampfte. Die Hoden hoben sich, um ihre Ladung abzufeuern. Rachel stülpte den Mund über den Schaft, nahm ihn ganz tief auf und spürte das Beben.

Seine Hüften schossen hoch, und mit einem tiefen, lang gezogenen Seufzer ließ er los. Heiße, salzige, sämige Flüssigkeit schoss aus ihm heraus und tief in ihren Schlund. Sie schluckte und saugte ihn trocken. Schlaff ließ er sich zur Seite fallen und schnappte nach Luft.

»Oh, ja«, murmelte er nach einer Weile. Er richtete sich

langsam auf. Die Hitze war so intensiv und der Dampf so dicht, dass er sich auf seine Stimmbänder legte. »Das war absolut phantastisch«, ächzte er.

»Danke«, antwortete sie. »Aber wenn du mehr willst, musst du mich erst füttern.«

»Ich dachte, das wäre gerade schon geschehen.« Sie sah ihn stirnrunzelnd an, und er sagte lächelnd: »Das sollte ein Witz sein.«

Er hieß David Fielding. Für wohlhabende Kunden trieb er außergewöhnliche Kleinode auf; hauptsächlich handelte er mit Diamanten. Er war vierzig Jahre alt, nicht verheiratet und wohnte auch nicht bei seiner Mutter. Sein Job brachte es mit sich, dass Beziehungen nicht lange hielten. Sie schloss daraus, dass er vor Verpflichtungen zurückscheute. Das war ihr egal. Ihre Gedanken waren so voll von anderen Dingen, dass sie an ihr Privatleben gar nicht denken mochte. Dies hier hatte was mit bloßer Körperlichkeit zu tun.

Sie fuhr nach Hause, weil sie sich umziehen wollte, und war eine Stunde später wieder im Hotel, in ihr Lieblingswickelkleid gewandet. Darunter trug sie einen BH aus cremefarbener Voile mit passendem durchsichtigem Höschen. Strapse hielten ihre Seidenstrümpfe. Auch das Kleid war cremefarben und bildete einen wunderbaren Kontrast zu ihren glänzenden kastanienbraunen Haaren; es wurde nur von einem großen viereckigen Elfenbeinknopf an der Hüfte gehalten. Der Ausschnitt fiel tief, blieb aber dezent, so lange sie sich nicht auf eine bestimmte Weise bewegte. Dadurch konnte sie festlegen, wie intensiv sie flirten wollte.

In ihrem Auto zitterten die Beine, als sie an den Mann dachte, der im Hotel auf sie wartete. Sie hätte auch eine

Hure sein können, die ein Mann sich aufs Zimmer bestellt hatte, aber auch dieser Gedanke störte sie nicht. Ihr Körper verlangte Sex. Sie hatte den Appetitanreger genossen, und nun wartete sie gespannt auf den Hauptgang.

Das Hotel war eine alte Villa; breite Eingangspforte, hohe Fenster mit dicken Brokatvorhängen. Die Decke in der Bar war hoch und gewölbt und in einem antiken Altrosa gestrichen. Zigarrenrauch mischte sich mit dem kräftigen Duft der wächsern aussehenden weißen Lilien.

Er wartete an einem Tisch nahe der breiten Doppeltür zur Veranda und schaute hinaus auf den Regen, der aus einer dunkel gefleckten Wolke fiel. Er trug eine dunkle Hose und ein cremefarbenes Seidenhemd. Kein Jackett, keine Krawatte, und doch strahlte er Klasse aus. Er hatte ein Whiskyglas vor sich stehen. Der Kellner nahm ihre Bestellung entgegen und verzog sich wieder.

Auf dem niedrigen Kaffeetisch stand eine Schüssel mit glänzenden entkernten spanischen Oliven. Sie nahm sich eine, steckte sie in den Mund, setzte sich in einen der breiten Ohrensessel und atmete den sinnlichen Duft des frischen Regens auf dem Rasen ein.

»Ich hoffe, das sind Strümpfe.«

»Natürlich.«

»Zeig mal.«

Ihr Herz klopfte, als sie die befehlsgewohnte Stimme hörte. Sie ließ den Rock ihres Wickelkleids auseinander fallen und zeigte ihm ein langes seidenbestrumpftes Bein mit den spitzenbesetzten Strapsen auf der blassen Haut.

In diesem Moment tauchte der Kellner mit ihrem Getränk auf. Ihr Gesicht nahm eine scharlachrote Farbe an, aber um ihre Verlegenheit zu überspielen, zwinkerte sie ihm zu. Seit sie in der Sauna gewesen war, schien sie vom Teufel geritten. Der Kellner gewährte sich noch einen kurzen Blick, bevor er die Flucht ergriff. David beobachtete die Szene mit stählernem Blick.

»Du kannst mit anderen Männern flirten, aber nicht in meiner Gegenwart. Hast du verstanden?«

Lässig deckte sie den Rock wieder über das Bein. »Ist das nicht ein bisschen anmaßend? Woher weißt du, dass ich dich nach dem heutigen Abend noch einmal sehen will?«

»Du willst, und zwar genau aus dem Grund, warum ich dich wiedersehen will.«

»Und was für ein Grund könnte das sein?«

»Den nenne ich dir, nachdem ich dich geschmeckt habe.«

Ein Paar im mittleren Alter ging in diesem Augenblick an ihnen vorbei. Die Frau errötete heftig, während ihr Mann sehr verlegen aussah. Rachel dachte, dass das Paar so aussah wie sie und Jerry, wenn sie zusammengeblieben wären.

Als er in seinem Schlafzimmer nach ihr griff, brach sie seinen Kuss mit einer Hand gegen seine Brust ab.

»Ich war zwanzig Jahre lang nur mit meinem Mann zusammen. Im Gegensatz zu dem, was ich in der Sauna gesagt habe, bin ich noch ein Amateur.«

David lächelte nicht, und Rachel begriff, dass er nicht oft lächelte. Sie fragte sich warum, aber dies war nicht der Moment, solchen Geheimnissen auf die Spur zu kommen.

»In diesem Spiel gibt es keine Amateure, Rachel. Du musst nur dem Verlangen deines Körpers nachgeben und darfst keine Angst haben, dein Verlangen zu äußern.« Er küsste sie zart auf die Lippen. »Habe keine Angst, mir das zu sagen, was du erleben möchtest, mehr will ich gar nicht von dir.«

Sie fuhr mit den Fingern über die glatte Linie seines Kinns und von dort zu seinen Lippen, die sich im nächsten Moment wieder auf ihre drückten. Er zog sie an sich. Sie spürte seine geschmeidige Kraft und hatte das Gefühl, dass er sie nur dosiert einsetzte, um sie nicht zu erschrecken. Er schien Mühe zu haben, seine körperliche Gier zu zügeln. Als der Kuss endete, war es ihr, als müsste er sich dazu zwingen, um sie nicht zu überwältigen.

Seine Leidenschaft war irritierend bei jemandem, den sie kaum kannte. Es lag an der Art, wie er die Unterseiten ihrer Backen rieb, wie er heiße, kaum zu verstehende Worte in ihren Nacken murmelte und den Duft ihrer Haare inhalierte.

Sie war so sehr von seiner Faszination beeindruckt, dass sie gar nicht bemerkte, wie er sie leichtfüßig hinüber zu seinem Bett trug. Er hielt einen ihrer Arme hoch und fest, während er mit der anderen Hand den großen Knopf öffnete, und sofort fiel ihr Kleid auseinander.

Sie hielt den Atem an, als seine Finger mit ihrem Körper spielten, als sähe er ihn zum ersten Mal; dabei hatte er ihn erst vor ein paar Stunden völlig nackt gesehen. Die Bewunderung in seinem Gesicht betörte sie. Wie ein junger Bräutigam, der seine Braut in der Hochzeitsnacht das erste Mal nackt sieht.

Aber dann öffnete er den Vorderverschluss ihres BHs mit dem Geschick der Erfahrung. Er nahm eine Brust in jede Hand und saugte abwechselnd an den Warzen, die so hart wie Kieselsteine waren.

Das süße Ziehen in den empfindsamen Spitzen ließ Rachel leise aufschreien. Mit gespreizten Fingern griff sie in seine dunklen Haare und hielt sich an ihnen fest, und während er unentwegt an ihren Brüsten saugte, mahlten ihre Hüften auf einer Welle des schieren Entzückens.

Er hatte es nicht eilig, sich selbst oder sie auszuziehen. Sie öffnete sein Hemd, öffnete Knopf um Knopf, während er langsam ihr Höschen abstreifte, aber Kleid und Strümpfe ließ er unberührt. Es schien viel erotischer zu sein, wenn sich ihre nackte Haut wie zufällig berührte und wenn sie es am wenigsten erwarteten.

Rachel vergaß ihre anfängliche Nervosität. Ihr kam in den Sinn, dass sie für Matt eine Göttin war. Ohne es zu wissen, hatte er sie durch dieses Kompliment mit einem Selbstvertrauen ausgestattet, das sie als junge Frau nie gehabt hatte. Stumm dankte sie dem Jungen und spreizte sich vor David, als wäre sie ein köstliches Buffet, von dem er sich bedienen konnte.

Sie griff mit den Händen ins Kissen, und schluchzend keuchte sie ihre Lust heraus, als seine Zunge mit spielerischer Leichtigkeit ihre Pussy eroberte. Ihre Klitoris reckte sich seinen Lippen glühend entgegen.

Danach nahm er sie auf jede erdenkliche Weise mit scheinbar grenzenloser Ausdauer. Auf ihrer Seite, wobei sie sich von seinem harten Schaft besonders fest gefüllt fand, auf dem Rücken, als er sie zwang, ihm in die Augen zu sehen, und auf allen vieren, als wäre sie seine Sklavin. So etwas hatte sie für Jerry nie getan. David walkte mit einer solchen Wucht in sie hinein, dass ihr der Atem wegblieb.

Anschließend fiel sie in einen tiefen Schlaf, ihr Körper in der Löffelchenlage an seinen gepresst. Kurz bevor sie einschlief, huschte ein Lächeln über ihr Gesicht. Jeder musste schließlich ein Laster haben, oder?

Fünftes Kapitel

Er hatte noch geschlafen, als sie gegangen war. Sie legte ihre Visitenkarte auf den Tisch und schrieb, dass sie sich für den schönen Abend bedankte. Das gehörte sich so, auch wenn sie nicht glaubte, ihn noch einmal zu sehen. Er hatte durchblicken lassen, dass er jemand war, auf den man sich nicht verlassen konnte, deshalb wollte sie auch nicht, dass er sie am Morgen noch in seinem Bett vorfand.

Trotzdem wäre es nett gewesen, wenn er angerufen hätte. Am Mittwochabend hatte sie sich damit abgefunden, dass er es nicht tun würde, deshalb war es Zeit, ihn zu vergessen. Aber es dauerte bis zum Samstag, ehe sie ihn endgültig aufgab. Fast endgültig. Sie fand es eigenartig, dass dieser Teil des Liebeslebens heute so unerfreulich war wie vor fünfundzwanzig Jahren.

Schade, dass Reginald Tagger nicht ebenso mit ihr verfuhr. Sie vermutete, dass er sie verfolgen ließ. Am Montagabend bemerkte sie beim Hereinholen der Milchflaschen eine Gestalt, die sich auf der anderen Straßenseite ins Dunkel einer Haustür drückte. Und am Donnerstag gewahrte sie einen nichtssagenden Typ in einem Hotel in Milton Keynes, der sich in ihrer Nähe aufhielt, während sie auf einen Kunden wartete. Erst als er wusste, dass sie ihn bemerkt hatte, verschwand er.

Am Sonntagabend brachte sie den Wagen für die neue Woche auf Hochglanz. Sie rutschte mit dem Po über die weichen Ledersitze und wischte mit dem Staubtuch über die kleinen Knöpfe des Armaturenbretts. Wenn sie mit der Reinigung fertig war, roch es im Innern nach sauberem

Leder und Bienenwachspolitur, und weil sie nicht erlaubte, dass im Auto geraucht wurde, blieb es auch so.

Im Fußbereich des Beifahrersitzes bewahrte sie ihre Notfallkiste auf; Plastikhandschuhe, Erste-Hilfe-Kasten, ein Ledertuch und den Feuerlöscher, und im Handschuhfach hielt sie eine stets aktualisierte Liste mit nützlichen Telefonnummern bereit, darunter Restaurants und Hotels, falls einer ihrer Gäste eine Empfehlung brauchte.

Sie überprüfte, ob alle Dinge an Ort und Stelle waren, bevor sie den Wagen in die Garage zurückfuhr und abschloss. Als sie das Garagentor schließen wollte, sah sie zwei Männer am Ende der Zufahrt stehen, die sie beobachteten. Sie schloss die Garage ab und konfrontierte die Männer.

»Ja?«

Die Dämmerung hatte schon eingesetzt, aber die beiden trugen dunkle Brillen und schwarze Klamotten. Hinter ihnen war in der stillen Sackgasse niemand zu sehen. Selbst die Kids, die sonst zu allen Uhrzeiten mit ihren Rädern auf und ab fuhren, waren verschwunden.

»Unser Boss will sicher sein, dass Sie die Botschaft verstanden haben«, sagte der eine.

»Für eine Frau ist das ein hartes Geschäft«, ergänzte der andere. »Ich meine, was machen Sie, wenn eines Tages Ihre Bremsen versagen?«

»Schlecht fürs Geschäft«, sagte der erste.

»Und dann die Säure in der Batterie. Ganz schön hässlich, wenn sie einem ins Gesicht fliegt.«

»Ich habe die Botschaft laut und deutlich verstanden. Und jetzt haut ab«, sagte Rachel kalt.

»Er will nur nett zu Ihnen sein, Mrs. Wright.«

»Sehr nett«, fügte der andere hinzu und blinzelte Rachel auf eine widerliche Art zu.

»Ja, sehr gut. Verpisst euch.« Sie spuckte das Wort so giftig aus, wie sie konnte.

Gemächlich trotteten sie davon. Als sie um die Ecke bogen, nahm sie aus den Augenwinkeln eine andere schemenhafte Gestalt wahr. Jemand hatte gelauscht. Jemand, der nicht gesehen werden wollte. Sie starrte auf die Stelle, wo die beiden gestanden hatten, aber da bewegte sich nichts mehr.

An diesem Abend überprüfte sie alle Fenster und Türen, bevor sie ins Bett ging. Besorgt war sie nicht so sehr über das, was sie gesehen hatte, sondern mehr über das, was ihr verborgen geblieben war.

Freitagnachmittag auf dem Flughafen Heathrow. Das war schon zum Ritual geworden. Drei Wochen waren vergangen, und immer noch kein Lebenszeichen von David Fielding. Warum nagte es so sehr an ihr? Weil sie großartigen Sex mit jemandem gehabt hatte, der seine ganze Seele hineingelegt hatte. Rachel fand, er musste besonders rücksichtslos sein, wenn es ihm danach so leicht fiel, sie so brutal abzuservieren. Also war er ein mieser Typ, und sie sollte ihn postwendend aus ihren Gedanken streichen.

Rachel konnte Robyn Grodin schon hören, lange bevor sie die Französin sah. Es waren die schrille Stimme und das harte Klacken der schmalen hohen Absätze auf dem Linoleum, die sie verrieten. Sie kam zuerst durch die Tür, gefolgt von Adrian, der wie immer engelhaft lächelte, wenn er Rachel sah.

Robyn schwebte durch den Flughafen wie ein internationaler Filmstar, behangen mit Diamanten und gewandet in Leinen, weil es an diesem Tag recht warm war. Bei jedem Besuch hatte sie sich mit anderen Klunkern um Hals und Handgelenke ausstaffiert, und an den zierlichen Fingern hingen schwere Steine. Rachel fand es seltsam, dass die Frau ihre Juwelen immer nur tagsüber trug; abends verzichtete sie fast ganz auf Schmuck. Aus den Unterhaltungsfetzen, die Rachel aufgeschnappt hatte, wusste sie, dass Robyn glaubte, bei den abendlichen Partys ihresgleichen nicht beeindrucken zu müssen, während es ihr Spaß machte, die unteren Schichten vor Neid staunen zu sehen.

Rachel mochte die Frau immer weniger, aber wenn sie sich mal wieder schwarz ärgerte über die arrogante Diva, dann stellte sie sich vor, wie Robyn wie ein angestochenes Schwein quiekte, wenn Adrian sie auf seinem Schaft pfählte.

Das Programm lief fast immer gleich ab. Sie nahm das Paar am Flughafen in Empfang, wenn es aus Paris eintraf, und chauffierte es zum Savoy Hotel. Am Abend fuhr sie die Grodins zu dem einen oder anderen Landgut, gewöhnlich in Buckinghamshire. Sie schienen viele wohlhabende Freunde zu haben; einige von ihnen hatte Rachel bei Sharma in deren Zeitschrift *Harpers & Queen* gesehen.

Dort genossen sie ein exzellentes Abendessen, labten sich am Wein und kamen in den frühen Morgenstunden heraus. Adrian sah stets ein wenig zerzaust aus, während Robyn in ihrer Makellosigkeit so aussah, als hätte sie die letzten Stunden hinter den Scheiben einer Glasvitrine zugebracht.

Rachel hatte keine Ahnung, wer sonst noch an diesen Partys teilnahm; nur einmal hatte sie einen berühmten Autor aus dem Haus kommen sehen. Auch ihn kannte sie aus den Zeitschriften, stets mit einer anderen jungen schönen Frau am Arm, manchmal auch mit zweien. Sie hätte gern gewusst, ob die Grodins deshalb so gefragte Partygäste waren, weil sie die Gesellschaft so gut unterhielten.

Am Samstagmorgen würde sie das Paar wieder zum Flughafen fahren. Adrian flirtete auf eine sehr ausgeklügelte Weise; seine Frau bemerkte nie etwas, aber es gelang ihm, Rachel spüren zu lassen, dass etwas sehr Intimes sie verband und dass es nur eine Frage der Zeit war, bis er ihre Bekanntschaft zu einer neuen Ebene führte.

An diesem Nachmittag fuhr Rachel die beiden zu einem Hotel in Knightsbridge. Das war früher als sonst, weil Robyn durch Harrods und Harvey Nichols stöbern wollte. Adrian lehnte ab, sie zu begleiten, und sagte, er hätte noch ein paar geschäftliche Dinge zu erledigen. Nur Rachel sah das Glitzern in seinen Augen, als er das sagte.

Sie war in die Bar bestellt worden, kurz nachdem Robyn gegangen war. Wie immer sah er elegant aus; cremefarbene Kaschmirhose und ein Seidenhemd; das Kaschmirsakko hing locker über seine Schultern. Der Schlüssel zum Zimmer lag auf dem Tisch.

»Setzen Sie sich doch«, sagte er, sein französischer Akzent so köstlich wie Schlagsahne.

Rachel setzte sich. Adrian hielt eine kleine Schachtel in der Hand, in Goldpapier eingeschlagen. Rachel hörte alle Alarmglocken läuten.

»Möchten Sie Tee trinken? Sie brauchen sich nicht zu sorgen. Meine Frau wird mindestens zwei Stunden lang unterwegs sein.«

Kaum hatte er es ausgesprochen, brachte der Kellner den Tee in einer silbernen Kanne. Er stellte zwei elegante Tassen aus dünnem Porzellan auf den Tisch und ein Tablett mit Gurkensandwiches. Es schien, dass Adrian Grodin gar nicht erst damit gerechnet hatte, sie könnte sein Angebot ausschlagen. Sie setzte sich ihm gegenüber und sah, dass er die Zimmernummer 306 hatte.

»Sie sind sehr liebenswürdig, Mr. Grodin. Danke.«

»Ich danke Ihnen. Und bitte, nennen Sie mich Adrian, wenn meine Frau nicht in der Nähe ist. Ich bestehe darauf. Dies ist ein Lapsang Souchong. Ich hoffe, er ist nach Ihrem Geschmack.« Er begann das Ritual des Einschenkens und

Servierens. »Sie erledigen Ihre Arbeit sehr gut für uns, Rachel. Dies ist ein kleiner Beweis für unsere Dankbarkeit.«

Er hielt ihr die Schachtel hin. Rachel hatte die Hände voll mit Tasse und Untertasse, die sie zuerst auf den Tisch stellte.

»Mr. Grodin, ich meine Adrian ...«

»Bitte.« Er hielt die Schachtel noch etwas näher an ihren Körper.

Sie nahm sie an und wickelte sie langsam aus dem teuren Geschenkpapier. Auf dem Samtkästchen stand das geprägte Wort *Asprey*. Rachel klappte den Deckel hoch. Auf dunkelblauem Samt lagen zwei diamantene Ohrringe. Sie waren gerade so groß, dass man ihnen ansah, wie teuer sie gewesen sein mussten. Sie blinkten im Licht des Kristallleuchters über ihnen.

Sie musste an den Mann denken, der ihr gesagt hatte, er wäre Diamantenhändler. Sie war den Tränen nahe. Jerry hatte ihr nie Diamanten geschenkt. Selbst der Verlobungsring war irgendein billiger Stein gewesen. Dann schoss ihr ein böser Gedanke ins Hirn: Vielleicht konnte sie die Ohrringe verkaufen und ...

»Wenn sie Ihnen nicht gefallen ...«

»Sie sind wunderschön, aber kann sie nicht annehmen«, sagte sie entschieden und hasste sich für die Verzweiflung in ihrer Stimme. Hatte sie sich nicht vorgenommen, stark zu sein?

»Aber das ist doch lächerlich! Sie haben sie sich verdient. Nehmen Sie unser Geschenk und erfreuen Sie sich daran. Tun Sie es für mich.«

Sie blickte zu ihm auf. »Für Sie? Oder für Sie und Mrs. Grodin?«

Er grinste listig. »Deshalb mag ich Sie, Rachel. Sie sind eine kluge Frau.«

»Danke, Adrian, aber ich kann sie trotzdem nicht annehmen. Sie sind mein Kunde ...«

»Ich verstehe Ihr Problem. Aber dafür gibt es eine Lösung.« Er rückte näher an sie heran, so nahe, dass sie sein teures Rasierwasser riechen konnte, das an luxuriöse Pariser Hotels und an unvergessliche Nachmittage im Bett erinnerte.

»Wenn ich Ihnen das Geschenk nicht als Ihr Kunde machen kann, werde ich es Ihnen als Ihr Geliebter machen.« Er drückte seine Lippen auf ihre, bevor sie eine Gelegenheit hatte, ihm auszuweichen. Das wollte sie, aber der sexy Blick seiner goldenen Augen und die Tatsache, dass sie noch nie jemanden kennen gelernt hatte, der so genau wusste, was er tat, ließ sie auf ihrem Platz verharren.

Sie verhielt sich schlecht. Er war ihr Kunde, und er war verheiratet. Aber sie war es nicht, dachte sie, und dann schlüpfte seine Zunge zwischen ihre Lippen. Sie ließ ihre Zunge ein paar Sekunden um seine kreisen, bevor sie sich widerwillig zurücklehnte.

»Ah, Sie sind nicht so englisch, wie ich es gedacht hatte«, sagte Adrian leise.

»Adrian ...« Ihr fehlten die Worte. Sie wollte den Schlüssel vom Tisch nehmen und Adrian auf sein Zimmer zerren, aber wenn sie das tat und sein Geschenk akzeptierte, dann war sie eine Hure, nicht wahr?

»Es geht nicht um Liebe, Rachel. Es geht um Leidenschaft und um eine günstige Gelegenheit. Was sagen Sie? Wollen Sie Ihr Leben genießen?« Er lehnte sich zu ihr und küsste sie wieder. Leidenschaft und eine günstige Gelegenheit, dachte sie und ließ die Zunge wieder gegen seine flattern. Wie entzückend europäisch und unanständig. Genau wie seine unbehaarten Hoden. Es war Zeit, ihre Hemmungen der vergangenen zwanzig Jahre abzustreifen und auch die Erinnerung an diesen englischen Diamantenhändler.

»Sie sind ein sehr böser Mann, Adrian Grodin«, sagte sie tadelnd, als sie den Kuss beendet hatte.

»Was kann ich zu meiner Verteidigung sagen? Ich bin so geboren.«

Rachel hob den Schlüssel vom Tisch auf und ließ ihn von den Fingerspitzen baumeln. »Und ich bin so gemacht worden«, sagte sie. »Gehen Sie voran.«

Sie konnte sich nicht erinnern, dass sie davon schon mal geträumt hatte, aber die Begegnung mit ihm hatte alles, was verbotener Sex sein sollte: hitzig, wild, schmutzig. Sobald er die Tür hinter ihr geschlossen hatte, drückte er sie dagegen und trieb seine Zunge tief in ihren Mund. Mit zitternden Fingern öffnete er die Knöpfe ihrer Bluse, dann zog er sie auseinander, nahm ihre Brüste in beide Hände und presste stöhnend sein Gesicht zwischen die weichen Hügel.

»*Magnifique*«, murmelte er immer wieder, küsste sie, rieb seine Nase dagegen und befreite sie dann aus den Spitzenkörbchen. Er saugte an den Nippeln, bis sie prickelten.

Rachel zerrte sein Hemd aus der Hose und fummelte mit den Knöpfen, während er ihren Rock nach oben schob und einen Finger gegen ihren Slip stieß. So viel zum Wertschätzen der ästhetischen Schönheit des weiblichen Körpers, dachte sie kichernd, und er stieß mit dem Finger in sie hinein, unbeherrscht wie ein geiler Geschäftsmann auf einer Bürofeier.

Er trat aus seiner Hose und Unterhose, und sie weidete sich an dem unbehaarten Skrotum. Es sah schwer und voll aus, seidig und pink. Adrian seufzte, als ihre Zunge über den glatten Beutel huschte, und sie fühlte ihn zittern, als sie der Versuchung nicht widerstehen konnte, ein Oval in ihren Mund zu saugen.

Es fühlte sich wunderbar glatt an. Sie schob es mit der Zunge durch die Mundhöhle, als wäre es warmer Marmor. Seine Knie wurden weich, als sie dem anderen Ei dieselbe Aufmerksamkeit angedeihen ließ.

Er wühlte mit gespreizten Fingern durch ihre Haare und hielt den Kopf sanft und gleichzeitig fest gegen seine Mitte gedrückt. Er ließ sich mit dem Rücken gegen die Tür fallen, und seine Hüften ruckten vor und zurück. Seine Augen waren schläfrig, aber sein Schwanz war hellwach und sprang jedes Mal, wenn ihre Zunge neues, unberührtes Gebiet erforschte.

»Ich liebe es, wie du mich saugst, *chérie.* Gefallen sie dir?«

Wie zur Antwort sog Rachel wieder ein Ei in den Mund. Sie sah, wie sich auf der Eichel die ersten Tropfen seiner Vorfreude verteilten.

»*Chérie,* du machst mich zu früh fertig«, stöhnte er gepresst und zog sie widerwillig hoch. Jetzt drückte er sie wieder gegen die Tür, schob den Slip auf eine Seite und drang mit einem satten Stoß in sie ein.

Sie konnte seinen Rücken im Spiegel hinter ihm sehen, seine gespannten Backen, wenn er wieder hineinstieß und sie völlig ausfüllte. Er verharrte kurz, pinnte sie gegen die Tür und grinste verwegen. Dann spürte sie seine Muskeln, als wollten sie sich einen Weg in ihr bahnen. Was für irre Gefühle! Sie schlang die Arme um seinen Nacken, lehnte sich zurück gegen die Tür und ließ ihn die ganze Arbeit verrichten.

»Gefällt es dir, *chérie?*«, fragte er, aber es war eine rhetorische Frage. Er pumpte immer noch seine Muskeln und suchte ihren geheimnisvollen G-Punkt. Es waren nur die Muskeln, die sich bewegten, der Schaft selbst badete genüsslich in ihren Säften. Sie reagierte auf sein Spiel, indem sie die eigenen inneren Muskeln einsetzte. Sie umspannten seinen Schaft, und er stöhnte tief in ihr Ohr.

»Rachel, Rachel, du bist *fantastique*«, schnurrte er und nahm das tiefe Stoßen wieder auf. Weil sie groß genug war, brauchte er sie nicht festzuhalten, und sie konnten sich beide auf die fleischlichen Genüsse konzentrieren.

»Was ist, wenn Robyn früher zurückkommt?«, flüsterte sie.

»Das wird sie nicht. Einkaufen ist wie Sex für sie.«

»Mir ist Sex lieber«, sagte Rachel, und dann erschauerte sie, als seine Zunge gegen ihre harte rosa Brustwarze flatterte. Sie fühlte, wie die Lust von der Brust zu ihrem Schoß schoss und dort die Lache noch vergrößerte. Er leckte über die andere Brust und gab sich erst zufrieden, als sie von seinem Speichel glänzte.

»Es ist so eine Verschwendung, dass wir das Bett nicht nutzen«, sagte sie, als sie genug von der harten Tür im Rücken hatte.

Er löste sich behutsam von ihr und führte sie zum Bettrand. Er schob ihren Rock wieder hoch und befühlte ihren nassen Baumwollslip. »Ich sehe, dass du noch keinen anderen Geliebten gehabt hast«, sagte er. »Aber ich freue mich, dass ich seit einiger Zeit der erste bin. Stimmt das?«

Sie fand, es war am besten, wenn sie nicht ganz ehrlich war. »Ja, das ist richtig«, antwortete sie.

»Du lechzt also nach ein bisschen Zuwendung?«

Es gefiel ihr nicht, dass sie ihm ihre Verzweiflung bestätigen sollte.

»Ich komme ganz gut mit mir allein zurecht«, sagte sie. Er sah sie konfus an, aber sie dachte nicht daran, ihn aufzuklären. Er hakte seine Daumen in ihren Slip.

»Das nächste Mal, wenn wir uns treffen, musst du ein Seidenhöschen tragen«, sagte er und zog ihren Slip hinunter. »Ich liebe Seide. Seide veredelt den Geruch einer erregten Frau.« Ohne jedes weitere Wort drückte er sein Gesicht gegen ihr Dreieck.

Sie stöhnte auf und hielt sich an seinen Schultern fest, denn sein Atem erhitzte den Schoß bis zum Siedepunkt. Als sie das feuchte Wischen seiner Zunge zwischen den geschwollenen Labien spürte, wäre sie beinahe ohnmächtig geworden.

Er kniete sich zwischen ihre Schenkel und schob die Hände unter ihre Pobacken. Sie streckte sich aus und nahm sich vor, ganz zu entspannen und zu genießen. Sie wunderte sich, dass sie sich nicht nervöser fühlte, als sie war. Vielleicht lag es daran, dass er sich Zeit ließ.

Das geschickte Lecken seiner Zunge und sein exquisites Gefühl für den richtigen Augenblick brachten sie schneller zum Höhepunkt, als sie für möglich gehalten hatte. Ihr Stöhnen drang tief aus der Kehle, gepresst, laut und obszön. Sie spreizte die Beine so weit sie konnte, und ihr Po hob sich so hoch, wie er es gestattete, während er ihre unersättliche Pussy saugte. Und als sie allmählich zurück auf die Erde fiel, fing er sie mit seinem Schwanz auf und drückte ihn hart in sie hinein, bis sie wieder oben bei den bösen Engeln schwebte.

Sein gut aussehendes glattes Gesicht veränderte sich, es glänzte rot vor Lust, und er sah wie ein jugendlicher Bacchus aus, der sich der Wollust ergab. Sie fühlte die volle Kraft, die in ihr pulsierte. Dann öffnete er die Augen und lächelte auf sie hinab, während er sich ruckend in ihr verströmte.

»Rachel, du bist ein Teufelsweib«, ächzte er und zog sich langsam aus ihr heraus. Er ging ins Bad und kam mit einem warmen feuchten Tuch wieder, mit dem er sie zärtlich wusch. Sein Schaft war noch steif, er schwang bei seinen Bewegungen hin und her und sah aus wie eine gefährliche Kobra.

Er zog seine enge Unterhose an, und sie sah verwundert, wie deutlich sich der Penis darunter abzeichnete. In Zukunft würde sie ihm häufiger auf den Schritt schauen. Der Anblick des festen Pakets war fast so erregend wie eben, als sie den harten Stab in sich gespürt hatte.

Er sah ihren hungrigen Blick und stellte sich vor sie, nahm ihre Hand und legte sie auf den immer noch pulsierenden Schaft. Sein Slip war so dünn, dass der Penis deutlich sichtbar war. Sie fuhr mit dem Daumen über die Hoden und über die steife Stange.

»Ich muss gehen«, sagte sie, aber eigentlich wollte sie das nicht. Sie wollte ihn wieder in den Mund nehmen, ihn noch einmal schmecken. Aber dann wandte sie sich ab und begann sich anzuziehen.

»Ja«, sagte er und stieg in seine Hose. »Warum soll etwas so Schönes zerstört werden, bevor es hat wachsen können?«

Einen Moment lang war sie verwirrt und glaubte, er redete von seinem Penis, aber dann begriff sie, dass er – im Gegensatz zu David Fielding – das Verhältnis fortsetzen wollte.

»Du fährst uns heute Abend nach Beaconsfield, nicht wahr?«

»Natürlich.«

»Unterwegs werde ich daran denken, wie du mit gespreizten Schenkeln auf dem Bett gelegen hast. Und ich werde deine Pussy vor mir sehen, gefüllt mit meinem Sperma. Woran wirst du denken?«

Sie lächelte und drückte ein letztes Mal seinen Penis, dann ging sie zur Tür. Es gab Fragen, die erforderten keine Antwort.

Sechstes Kapitel

Vielleicht gab es ein Zeichen, ein großer Pfeil über ihrem Kopf mit dem Hinweis: Ich bin gerade von meinem französischen Liebhaber königlich gevögelt worden, oder vielleicht lag es auch nur an dem neuen Glitzern in ihren Augen, jedenfalls fielen ihr die vielen Blicke der Männer auf, die sie von oben bis unten musterten. Zum ersten Mal in ihrem Leben war sie selbstbewusst genug, diesen Blicken standzuhalten und sogar zu lächeln. Ohne es zu wollen, war sie eine kokette Frau geworden, die sie vor ihrer Heirat nicht gewesen war und seither erst recht nicht.

»Ich weiß nicht, was mit mir los ist«, jammerte sie zwei Abende später bei Sharma. Sie saßen in der Küche und nahmen eine leichte Mahlzeit zu sich; Lachs mit neuen Kartoffeln, dazu einen grünen Salat. Rachel hatte einen jungen Shiraz aus Neuseeland mitgebracht. Nach dem Essen wollte sie sich einen Film im Multiplexkino in Reading ansehen.

»Bei jedem Mann, den ich treffe, denke ich: Wie gut ist er im Bett? Wenn er dich anspricht, würdest du mit ihm ausgehen? Und meistens antworte ich mit ja auf meine Frage. Himmel, warum bin ich bloß so? Sind das schon die Wechseljahre?«

Sharma lachte. »Es liegt an deinem Stress und an der Tatsache, dass du zwanzig Jahre lang mit einem Mann zusammen warst, der keine Leuchte im Schlafzimmer war. Du hast einiges nachzuholen, meine Liebe. Du entdeckst deine Sexualität neu, und das ist großartig. Viele Frauen erhalten diese Chance nie, oder sie haben nicht den Mut dazu.«

»Was ist mit dir? Hast du viel erlebt, bevor du Colin kennen gelernt hast?«

»Eigentlich nicht. Bis ich auf ihn traf, war ich nicht wirklich interessiert. Ich hatte Glück. Wir passten vom ersten Moment an zusammen. Aber so war das eben bei mir. Andere erleben das ganz anders. Amüsiere dich, aber sei vorsichtig. Oh, ja, das habe ich für dich aufbewahrt. Es ist aus der *Hello* der vergangenen Woche.«

Das Bild zeigte Robyn und Adrian Grodin auf einer Party, die irgendein Filmproduzent in Paris gegeben hatte. Robyn schaute in eine Richtung, Adrian in die andere, direkt auf den nackten Rücken eines namenlosen Models. Die Bildunterschrift machte sich lustig über die künstlerischen Ambitionen Adrians. Es schien, dass nicht nur Sharma an seinen Qualitäten als Künstler zweifelte.

Rachel sagte mit einem Grinsen: »Vielleicht sollte er seine Kunst darauf beschränken, Frauen mit der Zunge in den Orbit zu schicken.« Dann wurde sie gleich wieder ernst. »Hältst du mich für eine Schlampe, weil ich Robyn das antue?«

Sharma hob die Schultern. »Das will ich nicht beurteilen. Wie gesagt, du hast eine Menge nachzuholen, und seine unbehaarten Eier haben es dir angetan.«

Rachel nickte. »Ich habe den Eindruck, dass ich jeden Tag Sex brauche.«

Matt lief die Treppe hinunter, angezogen von Rachels Stimme. Rasch wurde das Thema gewechselt. Sie sprachen über seinen Umzug nach Oxford, wo er ab Herbst studieren würde. Rachel bestand darauf, den Tisch abzuräumen, und Matt verfolgte jede ihrer Bewegungen.

»Ich will mich umziehen«, sagte Sharma. Matt blieb zurück und sah Rachel wie ein hungriger Hund an.

»Du siehst gut aus«, sagte er und sah bewundernd auf ihren kurzen Leinenrock und auf ihre gebräunten Beine. Er sah wie auf dem Sprung aus, als wollte er jeden Moment über sie herfallen, sich aber nicht traute. Schweigen und Verlangen breiteten sich zwischen ihnen aus. Er hob die Hand, zögerte kurz und langte dann unsicher an ihre Brust. Sie sah seinen hüpfenden Adamsapfel, als er hart schluckte. Seine Fingerspitzen spielten sanft mit ihrem Nippel.

»Wir dürfen das nicht, Matt«, flüsterte sie.

Er schüttelte den Kopf, atmete kurz und heftig, die Augen plötzlich glänzend, fiebrig.

»Noch einmal«, raunte er. »Ich habe gehört, wie du gesagt hast, dass du gevögelt werden willst. Ich will das auch. Du kannst mir helfen.«

Es war kein verzweifelter Aufschrei, es war eher das heisere Flehen eines Mannes, der sich kaum noch beherrschen konnte. Rachel fühlte sich fasziniert von dieser Stimme. Er stöhnte und klappte vornüber, als er die leichte Berührung ihrer Finger spürte, die sich unter den Bund seiner Jeans schoben und ihn näher an sich zogen.

Er barg sein Gesicht in ihre Halsbeuge, als sie mit der Hand über die harte Beule in seiner Hose strich. Sie hörte wieder sein Flüstern. »Ich will dich.«

Ihre Konzentration war auf die Treppe gerichtet. Wann kam Sharma? Matt drückte sich gegen ihre streichelnde Hand. Er öffnete den Reißverschluss und stieß ihre Hand in die Wärme seines Schoßes. Rachel konnte seine Hitze riechen, seine Not, seine saubere seidige Haut. Sie schlang die Finger um den harten Schaft und fuhr daran langsam auf und ab. Sie zog die Vorhaut über die feuchte Eichel, dann schob sie die Hand tiefer hinunter zu seinen Hoden.

»Ich will in dich hinein«, raunte er.

»Mehr ist im Moment nicht drin«, flüsterte sie zurück.

Oben hörten sie Sharma, die in Schuhen im Schlafzimmer herumlief.

Aber Matt wusste, dass er nicht lange brauchen würde.

Sie spürte, wie er sich verkrampfte, als sie den Kopf beugte und den Schaft zwischen die Lippen nahm. Fast sofort schoss sein Samen heraus, und dabei drang sein Glied tief in ihre feuchte Mundhöhle ein. Sie würgte ein wenig, aber schluckte tapfer weiter, bis sie wusste, dass sie den letzten Tropfen aufgeleckt hatte.

Sie saß wieder aufgerichtet am Tisch, als Sharmas Schritte auf der Treppe zu hören waren, und Matt hatte sein erschlafftes Glied wieder in die Hose verstaut. Er grinste, aber sein Gesicht war immer noch rot. Um ihn zu beruhigen, reichte Rachel ihm ihr Weinglas.

»Das ist ein Shiraz aus Neuseeland«, sagte sie. »Probiere ihn mal und sage mir, wie er dir schmeckt.«

Sharma kam herein und hörte sie über den Wein diskutieren. Rachel lächelte ihre Freundin an und fühlte sich nur bedingt schuldig wegen des hastigen Geschehens in der Küche. Als sie das Haus verließ, geschah das mit reinem Gewissen.

Wenigstens das hatte sich eingespielt, dachte sie, als sie am Freitag wieder nach Heathrow fuhr, um die Grodins abzuholen. Die letzten beiden Tage hatte sie in atemloser Aufregung verbracht. Wie aus heiterem Himmel hatte David angerufen. Er wäre im Ausland gewesen, hatte er gesagt, aber am Samstag würde er sie gern ausführen. Er wollte sie zum Essen nach London einladen und dann all das tun, was Leute taten, ehe sie sich die Kleider vom Leib rissen.

David hatte ihr nicht die Option gelassen abzulehnen – sie hätte auch nicht daran gedacht. Alle Enttäuschung war vergessen, als sie seine Stimme gehört hatte.

Als sie die Grodins am Flughafen begrüßte, traute sie sich kaum, Robyn in die Augen zu sehen. Es mochte Einbildung sein, aber Robyns blaue Augen schienen sie zu durchdringen, als sie ins Auto stieg. Sie war wie immer gut angezogen, diesmal mit einem Kaschmirmantel, weil es kälter geworden war. Sie trug ein enges Halsband aus Platin, mit Diamanten besetzt. Selbst bei einer Oscarverleihung wäre ein solches Stück aufgefallen. Adrian verhielt sich wieder wie der rücksichtsvollste Ehemann, den sich eine Frau wünschen konnte, aber wenn Robyn nicht hinschaute, flirtete er mit Rachel.

Am Abend fuhren sie nach Wiltshire. Robyn schien Freunde in der Grafschaft zu haben. Unterwegs unterhielt sie sich auf dem silbernen Nokia mit einem Freund Tim, und kurz bevor Rachel vor dem Landhaus anhielt, rief ein berühmter Designer an.

Sharma würde begeistert sein, wenn Rachel ihr erzählen konnte, wie viele prominente Leute an der Party teilnahmen. Da die Trennscheibe die ganze Fahrt über unten geblieben war, hatte Rachel bei den Gesprächen eine Menge Namen gehört, die der Einladung nach Wiltshire gefolgt waren.

Die Botschaft, die Mrs. Grodin rüberbringen wollte, war eindeutig: Du magst zwar meinen Ehemann vögeln, aber ich bin es, die Einfluss und Geld hat.

Keine Einwände, dachte Rachel. Aber eins steht auch fest: Ich würde nie einen Mann heiraten, bei dem ich immer fürchten muss, dass er sich nach jüngeren oder schöneren Frauen umdreht. Trotzdem konnte Rachel sehr gut verstehen, was die wohlhabende Französin in Adrian sah: Er war attraktiv, sie konnte sich mit ihm schmücken, und er war ein Meister des Charmes und ein Könner zwischen den Laken. Robyn hätte es viel schlimmer antreffen können.

Rachel wartete im Dunkeln auf das Ende der Party. Sie lehnte über das Auto gebeugt und schaute zum Landhaus, tief in Gedanken. Plötzlich fühlte sie warme Hände unter ihre Jacke greifen, und ein Körper presste sie von hinten gegen die kalte Scheibe.

Sie wusste sofort, dass es Adrian war, aber als er über ihre Nippel strich, dachte sie an David. Vergiss ihn für den Moment, mahnte sie sich. Leidenschaft und Gelegenheit, hatte Adrian gesagt, und das hatte ihr gefallen. Sie hatte das Für und Wider abgewogen; am Ende der Affäre würde sie das lukrative Geschäft mit den Grodins verlieren. Aber die körperlichen Nöte waren nicht geringer als ihre finanziellen. Als ihr das klar geworden war, hatte sie sich wegen ihrer sachlichen Analyse geschämt. Aber so war das Leben – oder?

»Ist das nicht ein bisschen zu gefährlich?«, flüsterte sie und schmiegte sich gegen seine streichelnden Hände.

»Sehr gefährlich, aber ich will dich berühren. Ich will dich riechen«, murmelte er heiser und rieb seinen Schoß gegen ihre Pobacken.

»Wo ist Robyn?«, fragte sie leise, obwohl niemand in der Nähe war. Die anderen Autos parkten weiter weg, und die Fahrer standen im Dienstboteneingang.

»Drinnen. Zwei Frauen kümmern sich um sie. Sie wird eine Weile beschäftigt sein.«

Er war seiner Sache so sicher, dass sie sich erstaunt umdrehte. »Woher weißt du das so genau?«

»Aber dafür sind wir doch hier.«

Sie wusste nicht, wovon er sprach, aber dann fiel es ihr wie Schuppen von den Augen. »Die Frauen, die sich um deine Frau kümmern – hast du das sexuell gemeint? Seid ihr Swinger? Geht ihr deshalb auf diese Partys?«

Er gluckste leise. »Ja, ihr Engländer nennt so etwas Swinger. Aber wir gehen hin, weil es gutes Essen und wunderbaren Wein gibt, und dabei kann man sich angeregt unterhalten. Nach dem Kaffee erforschen wir unsere Sinnlichkeit. Manchmal beteiligen wir uns, oder wir schauen nur zu. Heute hat Robyn sich vorgenommen, ihre Erfahrungen auszudehnen, deshalb dachte ich, ich sollte meine Erfahrungen mit dir ausdehnen. Ist das denn so falsch?«

Wenn man es so auslegte ... Nun ja, das alles ging sie nichts an. »War ... war das Essen gut?«

»Ausgezeichnet. Ich habe knackige Spargelspitzen gegessen, direkt aus der köstlichen salzigen Pussy der Gastgeberin, und frische Himbeeren, die ich von ihren göttlichen Brüsten genascht habe.«

»Du nimmst mich auf den Arm.«

»*Non, chérie,* ich sage die Wahrheit, aber gleichzeitig bin ich auch sehr indiskret. Ich will mich auf dich konzentrieren. Wir haben nicht viel Zeit.«

»Ich halte nicht viel davon, Geschäft und Vergnügen miteinander zu verknüpfen«, sagte Rachel.

Adrian war zu sehr damit beschäftigt, eine Hand unter ihren Rock zu schieben, deshalb konnte er nicht antworten. Rachel stockte der Atem, als er ihre mit Seide bedeckte Spalte rieb und dann mit einem Finger unter das Höschen glitt.

»Haben sie wirklich alle Sex dort im Haus?«, flüsterte sie.

»Nicht alle. Einige wollen nur zuschauen. Ich merke, wie dich das erregt, *chérie.*« Er stieß einen Finger in ihre Pussy, und sie ließ einen leisen Schrei hören. Die unerwartete Penetration und die Vorstellung, dass sich da drinnen die besseren Kreise vergnügten wie eine Horde heißer Hunde, hatten sie sehr feucht werden lassen. Sie spreizte die Beine, um ihm den Zugang zu erleichtern, und er belohnte sie mit gefühlvollem Streicheln.

»Hast du keine Sahne zu den Himbeeren genommen?« fragte sie gepresst, während er ihr Höschen nach unten streifte. Er schob ihren Rock bis zur Taille hoch.

»Doch. Sie befand sich in einem kleinen Silberkrug. Wir haben die Sahne über ihren Bauch geschüttet und aus ihrem Nabel geschlürft. Der Rest lief in ihre Schamhaare, und was sich dort verfing, sah wie Perlen aus. Von dort lief die Sahne weiter zwischen ihre Labien, und es sah so aus, als wären wir alle an diesem Abend schon in ihr gekommen. Ich habe aus ihr getrunken. Die Mischung von Sahne und weiblichem Moschus ist ein himmlischer Geschmack. Wirklich ...« Er drückte die Lippen auf Rachels Mund und steckte ihr die Zunge weit in den Schlund. »Schmeckst du noch was?«

Sie hätte nicht sagen können, wonach es schmeckte, aber es war sehr sexy. Sie lächelte in die Dunkelheit und erwiderte seinen Kuss und drang mit der Zunge in seinen Mund ein.

Rachel griff an seinen Reißverschluss und zog ihn nach unten. Sein Schaft zuckte gegen den dünnen Stoff seiner Unterhose. Während sie sich noch küssten, gelang es ihm, die Hose nach unten zu schieben. Der Schaft zuckte gegen Rachels Scham. Adrian drückte ihre Backen, hob sie leicht an und pfählte sie mit seinem harten Stab.

»Oh, Rachel«, keuchte er und stieß zu, wobei sie jedes Mal mit dem Rücken gegen das harte Metall ihrer Karosserie gewuchtet wurde. »Ich will mehr als das. Ich will eine ganze Nacht mit dir verbringen, ich will dich schmecken, dich erforschen, ich will deine Brüste ...«

Sie ließ ihn unter einem neuerlichen Kuss verstummen, auch wenn sie ihren Spaß an seinem geilen Reden hatte. »Komm schnell, Adrian«, hauchte sie. »Ich will fühlen, wie du mich mit deinem Sperma abfüllst.«

Das Bild der unbekannten Frau auf dem Tisch, mit allerlei Delikatessen bedeckt, hatte sie mehr erregt, als sie sich eingestehen würde. Sie spürte orgasmische Vorboten, von ihrer Phantasie ebenso ausgelöst wie von seinen kraftvollen Stößen. Ihr Höhepunkt wirkte noch intensiver, weil sie wusste, dass sie ihre Lust nicht hinausschreien konnte.

»Ich glaube, ich werde nie wieder Spargel essen können, ohne an diese Geschichte zu denken«, sagte Sharma.

»So geht's mir auch«, antwortete Rachel grinsend.

»Okay, ich will weitere Einzelheiten hören. Fang mit David an. Wie groß, wie schwer, wie reich?«

»In dieser Reihenfolge?«

Sie lachten zusammen. Bisher hatte Rachel der Freundin noch nichts über ihre erste Begegnung mit David erzählt. Zuerst war es zu gut gewesen, um es zu zerreden, dann hatte sie sich geschämt, weil sie offenbar nur eine Einmalnummer für ihn gewesen war. Aber da sie jetzt wieder mit ihm verabredet war, konnte sie Sharma von ihm erzählen.

»Beschreibe ihn und fang in der Mitte an«, sagte Sharma und grinste.

»Ich hatte keinen Grund zur Klage«, antwortete Rachel und zeigte mit den Händen die Länge an.

»He, ist das nicht ein bisschen übertrieben?«

»Ja, kann schon sein. Er ist über einsachtzig groß, athletisch gebaut, dunkle Haare, vierzig Jahre alt und ...« Sie brach plötzlich mitten im Satz ab.

»Und?« Sharma trommelte ungeduldig auf die Tischplatte.

»Er fährt einen Porsche und handelt mit Diamanten.«

»Volltreffer!«, kreischte Sharma. »Du raffiniertes kleines Luder. Hast du seine Telefonnummer?«

»Hier drin«, sagte sie und klopfte auf ihre Handtasche.

»Und wann siehst du ihn wieder?«

»Am Samstag.« Sie legte die Arme auf den Tisch. »Kneif mich, Sharma. Ich weiß nicht, ob ich träume. Das wird nicht lange gut gehen.«

»Na und?« Sharma stieß mit einem Fingernagel in ihre Seite. »Genieße es, so lange es dauert.«

Siebtes Kapitel

Der Samstagabend kam und mit ihm David in schwarzer Armanihose, weißem Seidenhemd und schwarzer Lederjacke. In seinem Ohrläppchen steckte ein Diamant. Rachel hörte das dumpfe Schnurren des Porschemotors, als David vorfuhr. Ohrschmuck und Lederjacke ließen ihn irgendwie gefährlich aussehen, auch ein bisschen primitiv, fand sie. Trotzdem – oder gerade deshalb – spürte sie ein loderndes Feuer in ihrer Magengrube.

Unbewusst entsprach ihre Kleidung fast seiner Vorgabe. Schwarze Lederhose, weiße Leinenbluse, schwarze Stiefeletten, dazu als Farbklecks das Bild von Marilyn Monroe auf ihrer Handtasche. Und natürlich trug sie voller Stolz Adrians diamantene Ohrringe.

Als sie die Tür öffnete, sahen sie sich an und mussten lachen.

»Wow!«, sagte David.

»Offenbar haben wir beide denselben guten Geschmack«, sagte sie, nachdem er sie auf die Wange geküsst hatte. Er folgte ihr in die kleine Küche. Sie war aufgeräumt wie immer, und nur ein Höschen war ihr vom Stapel der Wäsche gefallen, den sie zur Waschmaschine getragen hatte. Sie bückte sich rasch und versteckte den Slip hinter dem Weinregal.

David sah sich um. Die Küche war ein schmaler Schlauch und wurde von einer Frühstücksbar vom Wohnzimmer getrennt. Sie nahm wahr, dass er den Satz las, den sie auf den Kühlschrank geklebt hatte. »Verzweiflung macht dich stark.« Zum Glück gab er keinen Kommentar von sich.

»Wohnst du schon lange hier?«

»Um auf das zu antworten, was du wirklich wissen willst – das Haus ist gemietet, deshalb darf ich so gut wie nichts verändern. Glaube mir, mein Stil ist das nicht.« Sie schenkte einen fruchtigen Soave in zwei Gläser und dachte, sie hätte mit ihrer offenen Antwort weitere Fragen über ihr Privatleben verhindert, aber David war beharrlich.

»Darf ich mal raten? Frisch geschieden? Du siehst mir nicht wie die Frau aus, die sich auf Dauer mit einem gemieteten Haus zufrieden gibt.«

Sie fühlte sich irgendwie angegriffen. »Und wie sehe ich aus?«

»Wie eine attraktive Frau, deren Ehemann deiner nicht wert war. Hatte er eine Affäre oder du?«

Ihr gefiel der durchdringende Blick seiner Augen nicht. Er kam ihrer Seele recht nahe und schob sie gefährlich auf jenen Punkt zu, an dem sie sich völlig öffnen und ihm alles erzählen würde, von Jerrys Gemeinheiten bis zu Taggers Drohungen.

»Du redest nicht lange um den heißen Brei herum, was?«

»Nein, aber du auch nicht.« Er nahm ihr Weinglas, stellte es auf den Tisch und umarmte sie. Er küsste sie fest auf den Mund. Sie erwiderte den Kuss, und sein Körper schien mit ihrem zu verschmelzen.

Nach drei Minuten, in denen sie beide nicht atmen konnten, lösten sie sich voneinander.

»Wohin gehen wir?«, fragte sie.

»Ich erkläre es unterwegs.«

Im Vergleich zu ihrem Mercedes lagen die Sitze des Sportwagens sehr tief. Er sah ihre Blicke und fragte grinsend: »Gefällt er dir?«

»Natürlich.« Dies war sicher nicht der Zeitpunkt, ihm zu sagen, dass sie dicke, breite Limousinen bevorzugte.

»Willst du uns in die Stadt fahren?«

Ihr Kinn klappte nach unten. Das war auch etwas, was sie Sharma erzählen musste. Welcher Mann würde einer Frau, die er kaum kannte, den Schlüssel zu seinem Porsche geben?

»Was ist, wenn ich dir eine Beule reinfahre?«

»Dann zahlst du die Reparatur. Ich habe gesehen, wie du dein Flaggschiff durch den Verkehr zwängst, als wäre es ein Mini, deshalb wird so ein kleines Ding dich nicht einschüchtern.« Er wedelte mit den Schlüsseln vor ihren Augen.

»Es ist nicht das Auto, das mich einschüchtert«, sagte sie und griff die Schlüssel. »Du bist es, der mich einschüchtert.« Sie schloss auf und stieg ein. Ihr Po fühlte sich an, als säße sie auf dem Asphalt.

»Wie meinst du das?«, fragte David, als er neben ihr Platz genommen hatte.

Sie schüttelte den Kopf und fuhr mit der Hand über den phallischen Schaltknüppel. Er fühlte sich gut an in ihrer Hand. Sie schaltete den Motor ein und legte den Gang ein. Das Auto machte einen Satz wie ein hungriger Tiger. Rachel fuhr vorsichtig aus der Sackgasse heraus und bog auf die Hauptstraße ein. Sie steuerte den Wagen so unauffällig durch die Stadt, wie das mit einem roten Porsche eben geht.

Vor einer Ampel setzte sie sich neben einen Subaru, in dem einige Jugendliche saßen. Sie wusste, sie sollte es nicht tun, aber sie schaute zu ihnen hinüber. Der Fahrer ließ seinen Motor aufheulen. Sie dachte nein, darauf lässt du dich nicht ein. Das war zu kindisch. Sie stand darüber. Jetzt wartete sie, dass die Ampel auf Grün umsprang.

Ihr Gehirn reagierte auf den röhrenden Motor neben ihr und teilte ihrem Fuß mit, das Gaspedal durchzutreten, bevor sie überhaupt Gelegenheit hatte, darüber nachzudenken. Die Stadt und der Subaru lagen schon weit hinter ihr, als sie das Schild der M40 vor sich sah, und dann empfand sie ein Gefühl von Freiheit, das sie seit langer Zeit nicht mehr gespürt hatte.

Bei hundertzehn Meilen – niemand um sie herum – fühlte sie sich unsicher. Anzeigen wegen überhöhter Geschwindigkeit waren nicht gut fürs Geschäft. Sie ging auf fünfundachtzig hinunter und blickte zu David.

»Wie behandelst du denn Männer, die dich nicht einschüchtern?«, fragte er und löste seine Fingernägel aus dem Sitz mit dem weichen Leder.

»Oh, entschuldige. Habe ich dir Angst eingejagt?«

Sie wollte ihm nicht sagen, dass Jerry ihr mal zu Weihnachten einen Rallyekurs in Silverstone geschenkt hatte. Dort hatte sie viel gelernt, vor allem das Leben auf der Überholspur. Aber damals hatte sie auch erfahren, dass nichts über die S Klasse ging.

»Und? Was sagst du zu dem Schlitten?«, wollte er wissen.

»Nicht schlecht. Aber ich mag meinen Benz«, antwortete sie spontan, dann sah sie ihn grinsend an. »Tut mir Leid.«

Er hob die Schultern. »Es braucht dir nichts Leid zu tun. Mir gefällt er auch nicht besonders. Was würdest du denn lieber fahren?«

Sie überlegte kurz, dann: »Einen Aston Martin. Ein Vanquish wie der von James Bond.«

Er musste lachen, als hätte sie was Lustiges gesagt. »Okay«, sagte er glucksend. »Wechseln wir das Thema.«

Sie wusste nicht genau, was mit ihm los war, und so hörten sie Coldplay zu, während sie London erreichten.

Das Restaurant, das er ausgesucht hatte, lag auf der Shaftsbury Avenue. Es war schlichter, als sie erwartet hatte. Zehn Tische und eine beeindruckende Weinliste. Das Ambiente war intim, und weil sie mit großem Respekt begrüßt wurden, ahnte Rachel, dass er schon mal hier gewesen war. Die Unterhaltung zwischen ihnen floss so flott wie der Wein, aber als sie ihn zu seinem Beruf fragte, wich er aus.

Sie verstand zwar, dass er keine Namen nennen wollte, und sie bedrängte ihn auch nicht, weil sie lieber ihren saftigen Kabeljau genießen wollte. Er hingegen schien sehr an ihrer Arbeit interessiert zu sein; er wollte wissen, wer zu ihren Kunden gehörte und wohin die meisten Fahrten führten. Als seine Fragen zu aufdringlich wurden, schüttelte sie lächelnd den Kopf.

»Das unterliegt dem Geschäftsgeheimnis, genau wie bei dir, David.«

Er langte über den Tisch und strich mit dem Daumen über ihr Ohrläppchen. »Du willst mir also auch nicht sagen, wer dir diese bezaubernden Ohrringe gegeben hat?« Er grinste. »Vielleicht einer deiner besonderen Kunden?«

Sie wollte nicht zu viel preisgeben. »Ein freiwilliger Bonus«, sagte sie und zuckte die Achseln.

»Ein Bonus? Darf ich mal sehen?«

Eine etwas seltsame Bitte, aber weil er Fachmann in Diamanten war, konnte sie sein Interesse verstehen. Behutsam löste sie einen Ohrring und legte ihn in seine Hand.

»Sage mir bloß nicht, dass sie nicht echt sind, sonst verdirbst du mir den ganzen Abend«, sagte sie scherzhaft und konnte es nicht erwarten, sein Urteil zu hören.

Umsichtig untersuchte er den Ohrring. Er zog eine Lupe aus der Tasche und studierte den Diamanten.

»Trägst du dieses Ding immer bei dir?«

»Immer. Ohne Lupe gehe ich nicht aus dem Haus. Ich habe sie immer in der Hosentasche.«

»Und ich dachte, du hättest dich gefreut, mich wiederzusehen«, feixte sie.

Er blickte auf und lächelte, dann reichte er ihr den Ohrring zurück. »Ein Asprey Diamant«, sagte er. »Sehr respektabel, aber nicht der teuerste. Aber wenn es der teuerste wäre, würdest du hier nicht neben mir sitzen.«

»Sondern wo?«

»Wer weiß? Vielleicht auf der Yacht irgendeines Millionärs?«

Sie beugte sich vor. »Vielleicht sind Millionäre mit Yachten nicht mein Typ.«

Er grinste. »Ich kann mir keine Frau vorstellen, die den diamantenen Liebesbeweis eines Millionärs mit den Worten zurückweist: ›Danke, nein, du bist nicht mein Typ.‹«

»Dann solltest du deinen weiblichen Bekanntenkreis mal wechseln.«

Ihr fiel auf, dass er nicht mehr lächelte. Irgendwas hatte einen wunden Punkt bei ihm berührt. Sie nahm den Ohrring an sich und schnitt ein anderes Thema an.

»Woher weißt du, wann ein Diamant respektabel ist und wann nicht?«

Er atmete kurz durch, offenbar erleichtert, sich wieder auf sicherem Terrain zu befinden. Seine Hände legten sich um ihre Hand mit dem Ohrring.

»Es geht um den Schliff und um die Klarheit der Farbe. Je heller das Glitzern, desto wertvoller der Stein. Entscheidend ist die Kunst des Schleifers. Je besser er schleift, desto mehr Facetten legt er frei, und desto mehr Licht fängt er auf. Siehst du?« Er drehte den Ohrring ins Licht. Er glitzerte im Kerzenschein. »Das Gewicht spielt natürlich auch eine Rolle. Je schwerer das Juwel, desto höher ist sein Wert.«

Sie plauderten über Gott und die Welt, und es war Rachel, als würden sie sich schon seit Jahren kennen und nicht erst seit Tagen. Er nahm ihre Hand und strich mit einer Fingerspitze vom Mittelfinger über die Handfläche bis zum Gelenk. Es war eine sehr zarte, delikate Geste, unter der sie wohlig erschauerte.

»Was hältst du von Pornofilmen, Rachel?«

Die Frage lenkte ihre Aufmerksamkeit vom köstlichen Honigmelonensorbet. »Ich habe noch nie einen gesehen«, gab sie zu, »deshalb kann ich die Frage nicht beantworten.«

»Willst du es herausfinden? Ich kenne ein Kino gleich um die Ecke.«

Rachel wusste nicht, was sie zu Pornos sagen und wie sie dazu stehen sollte. Beleidigt oder heimlich erregt?

»Pobieren wir's«, sagte sie schließlich. »Du wirst eh keine Ruhe geben, bis du mich ganz verdorben hast.«

Davids Augen strahlten sie an, strahlten mit seiner Rolex um die Wette. »Ich glaube, es wird dir gefallen.«

Rachel zog den Reißverschluss einer Stiefelette auf und streifte sie vom Fuß. Davids Augen weiteten sich, als er ihre nackten Zehen fühlte, die sich gegen seinen Schoß drückten. Sie sagte nichts, während die Zehen ihn steif streichelten. Er schluckte sichtbar und spreizte seine Beine weiter.

»Ich habe dir was mitgebracht«, sagte er und reichte ihr eine kleine weiße Packung, die er in seiner Jackentasche verstaut hatte. »Geh zur Toilette und zieh es an.«

Sie sah fragend in sein Gesicht und zog den Fuß zurück. Dann hob sie die Schultern und ging. In dem kleinen Päckchen befanden sich zwei winzige Kleidungsstücke aus weichem schwarzem Latex. Das Höschen war kaum größer als eine Augenklappe, und der BH hatte eher eine Balkonfunktion. Er drückte zusammen und schon nach oben.

Einen Moment lang war Rachel verwirrt, denn die Innenseite der Wäsche war mit hunderten kleinen weichen Noppen versehen, die wie winzige Finger in ihre Haut drückten. Es war, als würde sie permanent gestreichelt. Sie musste über die Raffinesse lächeln, als sie die Wäsche angezogen hatte; die Noppen waren dazu bestimmt, sie in einem erregten Zustand zu halten. Bei der kleinsten Bewegung spürte sie das sanfte Streicheln und Massieren auf der Haut. Nippel und Klitoris richteten sich auf, als wollten sie von den kleinen Noppen geküsst werden. Rachel unterdrückte ein leises Stöhnen.

Sie legte ihre eigene Wäsche in ihre Tasche, frischte das Make-up auf und öffnete noch einen Knopf ihrer Bluse, damit David ab und zu das Schimmern des schwarzen BHs sehen konnte. Als sie sich wieder an den Tisch setzte, sah er sie mit leuchtenden, gierigen Augen an.

»Du bist wahrscheinlich der böseste Mann, den ich je getroffen habe«, sagte sie atemlos.

Wenn sie den Oberkörper bewegte, spürte sie das sanfte Ziehen der Nippel, und wenn sie die Schenkel zusammendrückte, schoss das Blut in ihren Schoß und verursachte ein Prickeln, das den ganzen Unterleib erhitzte.

Das Kino war eine Art Privatklub und lag in einer Nebenstraße. Die Leinwand war nicht sehr groß, und es passten vielleicht fünfzig oder sechzig Zuschauer in den Raum. In den dunklen Sitzreihen saßen ein paar Leute verstreut, aber keine anderen Paare.

Sie setzten sich in die Mitte, obwohl Rachel sich lieber in die letzte Reihe verkrochen hätte. Es roch nach abgestandenem Zigarettenqualm, und der Bezug ihres Sitzes fühlte sich abgewetzt an. Für Ästheten war dies kaum der richtige Ort, dachte Rachel. Ihr waren die gierigen Blicke der Männer bewusst. Bis auf eine Hure in einem wahnsinnig kurzen Mini neben einem Mann in Anzug mit Weste war Rachel die einzige Frau im Kino.

»Können wir uns nicht weiter nach hinten setzen?«, zischte sie David zu.

»Aber ich will den anderen doch zeigen, was für ein Glück ich habe«, sagte er grinsend.

»Was ist, wenn sie auch mal grabschen wollen?«

»Nur die Ruhe. Ich bin bei dir und beschütze dich.« Er

öffnete seine Jacke, und darunter konnte sie ein schwarzes Lederhalfter sehen, in dem eine kleine Pistole steckte.

»Hast du einen Waffenschein?«, flüsterte sie.

Er legte einen Finger auf ihre Lippen. Im Halbdunkel sah sie den Diamanten in seinem Ohrläppchen glitzern. »Wenn du gehen willst, Rachel, brauchst du es nur zu sagen, okay? Ich habe kein Problem damit.«

»Wer sagt, dass ich gehen will?«

Er legte einen Arm um ihre Schultern und küsste sie auf den Mund. Plötzlich fühlte sie sich wieder so aufgeregt wie als Sechzehnjährige, die sich in der Nachmittagsvorstellung in die letzte Reihe drückt und mit dem Freund knutscht. Sie musste grinsen, als ihr klar wurde, dass sie nun alle Phantasien von damals ausleben konnte; keine Angst vor Eltern und Freundinnen, keine Schuldgefühle. Sie konnten sich in den nächsten zwei Stunden küssen und streicheln, und niemand würde sie beschimpfen.

Im Kino wurde es noch dunkler, dann begann eine schrecklich kitschige Musik, und der verblichene rote Vorhang hob sich. David nahm Rachels Hand und legte sie in seinen Schoß. Er war verdammt hart. Sie legte den Kopf auf seine Schulter und schaute auf die Leinwand.

Der Filmtitel hieß *Kamerascheu*, aber die Mädchen, die vor der Kamera agierten, konnten damit nicht gemeint sein. Es gab keine durchgezogene Handlung, nur eine Reihe von Szenen, die sich meist in einem luxuriösen Landhaus, das irgendwo mitten im Wald stand, abspielten. Überzogenes Dekor, verschiedene Himmelbetten, ein gut ausgerüsteter Fitnessraum sowie ein Swimmingpool.

Eine schöne blonde Frau in einem weißen Spitzenmieder war offenbar der Star des Films. Sie stöhnte hübsch und spreizte angesichts einer Vielzahl von gewaltigen Penissen bereitwillig ihre Schenkel. Meist gehörten die Penisse besonders scheußlichen Männern mit ungepflegten Bärten.

Rachel schaute zu, neugierig und doch mit Abstand. Bei Nahaufnahmen der pumpenden Organe fühlte sie sich gelangweilt und wartete auf die nächste Einstellung. Sie sah hinüber und entdeckte, dass die aufgedonnerte Hure ihren Freier oral befriedigte. Er starrte auf die Leinwand, während er den Kopf der Blonden rhythmisch nach unten drückte.

Ein gedämpftes Würgen ließ Rachel nach hinten schauen. Ein Mann, der zwei Reihen von ihr entfernt saß, ruckte seinen rechten Arm hin und her. Die Hand in seinem Schoß konnte Rachel nicht sehen. Als er in ihre Augen blickte, bewegte sich der Arm noch schneller. Sie sah rasch weg, das Gesicht knallrot.

Ein neuer Mann tauchte auf der Leinwand auf, diesmal ein wahrer Adonis, blond und kräftig, attraktives Gesicht. Entfernt erinnerte er Rachel an Adrian Grodin. Bei dem Blonden war eine kleine brünette Frau in einem weißen Wickelkleid, das aus einem alten Bondfilm hätte stammen können. Sie befanden sich in einem ganz in Weiß eingerichteten Raum, aber das hatte sonst keine Bedeutung. Rachel wartete, dass sie zur Sache kamen.

Lange brauchte sie nicht zu warten. Die Frau ließ sich vor ihrem Partner auf die Knie nieder, dann fuhr die Kamera näher heran und zeigte, wie die Frau seinen Reißverschluss aufzog. Ein halb steifes Glied fiel ihr in den Mund, und Rachel spürte, wie ihr eigenes Geschlecht warm wurde.

Die glänzenden Lippen der Frau schlossen sich um den dicken Stamm und fuhren auf und ab. Fast sofort schwoll er an. Sie ließ die Zunge über die Eichel huschen und fuhr dann mit der Zungenspitze über die blauen Adern des Schafts, bevor sie wieder den Mund über ihn stülpte.

Er hielt sich an ihren Schultern fest. Ein kurzer Schwenk in sein Gesicht zeigte die geschwollenen Adern an den

Schläfen, Indizien für seine Lust. Die Lippen hatte er leicht geöffnet, die Augen geschlossen.

»Besorg's mir auch so«, raunte David und drückte ihre Hand auf seinen Schwanz. Sie umfasste ihn freudig. Er hatte sich entblößt, was ihr nicht aufgefallen war. Sie duckte sich und saugte ihn gierig in den Mund, überhitzt durch die Vorlage auf der Leinwand. Stöhnen und Grunzen drangen aus den Lautsprechern, aber sie übertönten nicht Davids ermunterndes Keuchen. Rachel saugte noch eine Weile, dann richtete sie sich auf und verstaute die Erektion in Davids Hose. Sie lächelte ihn an, und als sie sich küssten, konnte sie nicht glauben, dass sie das eben wirklich in einem öffentlichen Kino getan hatte.

»Lass uns schnell nach Hause gehen und es da richtig tun«, raunte er.

Draußen auf der Straße sah David abgehetzt und hungrig aus, während Rachel bester Laune war. Ihre Augen glänzten. Es war der aufregendste Abend seit langem gewesen, und die Noppen ihrer Wäsche ließen sie nicht zur Ruhe kommen. Auf dem langen Rückweg schwiegen sie beide, gebannt von ihren eigenen Gedanken.

Als sie im Haus waren, packte er sie sofort und presste sie an sich. Das Geräusch von reißendem Stoff nahmen sie beide unter den fiebrigen Küssen nicht wahr. Sie stolperten die Treppe hoch, er schon aus Jacke und Hose, und sie riss sich aus seinen Griffen und nahm die letzten Stufen auf allen vieren. Oben auf dem Treppenabsatz holte er sie ein und presste sie mit seinem Körper auf den harten Boden. Sie grub die Finger in seine Seiten, und er stieß seine Zunge in ihren Mund.

»Du bist so wild«, keuchte er.

»Und du bist unersättlich. Das ist eine gute Partnerschaft, findest du nicht auch?«

Er antwortete nicht, half ihr auf die Füße und hielt sie an

der Hand. Es gab nur ein Schlafzimmer, und das wurde von ihrem Bett beherrscht. Sie ließen sich überschäumend vor Lust darauf fallen.

»Wie fühlt sich deine Klitoris an?«, fragte er und schob sich tiefer nach unten, um sich die Frage selbst beantworten zu können.

»Sie fühlt sich an, als könnte sie das Streicheln einer Zunge vertragen«, antwortete sie. Den ganzen Abend hatte sie sich in einem erregten Zustand befunden, und jetzt kam es ihr so vor, als wäre ihr Kitzler groß und geschwollen wie eine aufgeblasene Rose. Sie spreizte sich, damit er sie besser betrachten konnte. Er zog das Höschen aus und gab einen leisen Pfiff von sich.

»Du siehst wie ein überreifer Pfirsich aus und bist doppelt so saftig.« Er nahm ihre Hand und strich sie behutsam über die feuchten Labien. Sie klafften auseinander und sahen doppelt so wulstig aus wie normal, und so geschwollen hatte sie ihre Klitoris noch nie gefühlt. Dick wie eine Weinbeere.

Bei der ersten Berührung seiner Zunge schrie sie auf. Ganz delikat strich die Spitze über den empfindlichen Hügel.

»Ich glaube, ich werde das jetzt nicht tun. Du brauchst etwas anderes.«

Er wollte sich aufrichten, aber sie packte seinen Hinterkopf und stieß ihn wieder zwischen ihre Schenkel, direkt auf ihre verzweifelte Pussy.

»Besorg's mir oder sterbe«, zischte sie, worüber sie selbst erstaunt war. Sie fühlte, wie sich die Zunge in ihre Pussy wühlte, immer wieder zustieß, dann wanderte sie die Labien entlang und griff die Klitoris an. Sie spürte, wie sich der Orgasmus aufbaute. Sanfte Wellen breiteten sich immer weiter in ihrem Körper aus. Sie fing zu stöhnen an, und der Körper wand sich hin und her. Sie wollte es trotzdem in die

Länge ziehen, wollte von ihrem hohen Plateau der Erregung nicht hinunter, und er setzte sein Lecken und Saugen fort, bis sie völlig erschöpft war und ihn von sich stieß.

»Jetzt kannst du mir deinen Schwanz geben«, sagte sie atemlos. Immer noch zitterte sie vor Lust.

Einen Moment lang schien er verärgert zu sein, weil sie es war, die Forderungen stellte, aber er war viel zu geil, um sich mit ihr zu streiten. Ihre Pussy war so verlockend, dass er der Frau nicht widersprechen konnte. Sie hielt sich an ihm fest, als er tief in sie eindrang, und beobachtete sein Gesicht, dessen Ausdruck sich mit jedem wilden Stoß veränderte. Er sah verwegen und barbarisch aus, getrieben von animalischer Lust. Die Adern am Hals traten dick wie Peitschenschnüre hervor.

Dann riss er die Augen auf und versengte sie mit heißen Blicken, und ihr Körper schmolz dahin. Sie gab sich der wunderbaren orgasmischen Wärme hin, die ihren Unterleib aufquellen ließ. Sie verhielt sich still, denn es wäre unmöglich gewesen, so wild und aggressiv zu antworten, wie er sie nahm. Sie ritt auf der wohltuenden Welle ihrer Lust, angetrieben von seinem unbeherrschten Grunzen, das seine Erlösung begleitete, und beobachtete ihn mit einem wollüstigen Lächeln.

Als er in sie hineinschoss, presste er die Augen fest zu, und sie hielt ihn umschlungen und bedeckte sein Gesicht mit Küssen. Sie hob sich ihm entgegen, bis ihre Muskeln den letzten Tropfen aus ihm herausgesaugt hatten.

»Du bist nicht gekommen«, sagte er, als er wieder sprechen konnte. Sie waren noch eins. Er stützte sein Gewicht auf die Ellenbogen und blickte auf sie hinab.

»Ich war zu sehr beschäftigt, mich an deinem Anblick aufzugeilen«, antwortete sie.

Damit gab er sich nicht zufrieden. »Aber es hätte dir kommen sollen.«

»Warum? Manchmal ist es viel erotischer, den Partner dabei zu beobachten, wie er die Beherrschung verliert, als es selbst zu tun. Das solltest du doch kennen, du hast es auch mit mir gemacht, erinnerst du dich?«

David hob sein Gewicht von ihr, und sie lagen seitlich und sahen sich an. Sein Penis rutschte aus ihr hinaus; er blieb halb steif auf seinem Schenkel liegen. Sie fuhr spielerisch mit den Fingerkuppen darüber und lachte triumphierend, als er schon wieder zuckte.

»Ich glaube, du brauchst nicht lange, um dich zu erholen«, sagte sie tröstend. »Ich fühle mich jetzt schon sehr befriedigt, aber wenn du glaubst, dass du meinen Zustand noch verbessern kannst, werde ich mich nicht wehren.«

Diesmal verließ er sie mitten in der Nacht. Sie bat ihn nicht zu bleiben, obwohl sie es gern getan hätte. Als sie am anderen Tag sein Handy anrief, hatte er es ausgeschaltet. Sie hinterließ ihm eine Nachricht und sagte, wie sehr ihr der Abend gefallen hätte. Sie wollte es mit dem Lob nicht übertreiben und gab ihm den Schwarzen Peter, als sie vorschlug, er könnte sie ja anrufen, wenn er die Zeit dazu fand.

Sie erwartete, dass er zurückrief, aber am folgenden Wochenende war ihr bewusst, dass er sie offenbar wieder versetzte. Schade, denn sie glaubte, dass sie gut zusammen passten, dass sie etwas teilten, was über einen Blowjob in einem schäbigen Pornokino hinausging. Aber es sah so aus, als hätte sie im Umgang mit Männern noch eine Menge zu lernen.

Was ihren Job betraf, so schien es langsam aufwärts zu gehen. Ihr Kalender war für die nächsten drei Wochen gut gefüllt. Das traf sich gut, denn wenn sie zu Hause war, starrte sie wie gebannt aufs Telefon. Wenn sie abends ins Bett ging, schien der Apparat sie höhnisch anzugrinsen.

Sie war wütend auf David, dass er sie in eine solche Situation brachte, und noch wütender auf sich selbst, dass sie sich darauf einließ. Sie nahm sich vor, keine Schuldgefühle zuzulassen, wenn Adrian ihr das nächste Mal die Gelegenheit zu einem weiteren Ausleben ihrer Lust bot.

Einmal hätte sie schwören können, dass sie David gesehen hatte, wie er sie aus der Ferne beobachtete, als sie Fahrgäste in Heathrow einlud. Sie war sicher, dass er es war. Einen kurzen Moment hatten sie sogar Augenkontakt, aber dann war er auch schon im Gewühl verschwunden. Sie rief seinen Namen, aber er reagierte nicht. Es war fast so, als wollte er nicht mit ihr zusammentreffen.

Sie dachte immer noch über die seltsame Begegnung nach, als er sie völlig unerwartet zu Hause anrief.

»Ich habe dich heute in Heathrow gesehen. Warum hast du nicht wenigstens ›hallo‹ gesagt?«

»Aber ich bin in Kapstadt, Rachel. Wovon redest du?« Er hörte sich verärgert an, und sie war enorm erleichtert.

»Verrückt«, murmelte sie. »Der Typ war sogar wie du gekleidet.« Jetzt musste sie selbst über sich lachen.

»Also gut, ich werde mein Image ändern.«

»Mir gefällt dein Image«, sagte sie. »Es passt zu dir.«

»Tatsächlich? Ich wusste gar nicht, dass wir uns schon so gut kennen.«

Sie hörte die Distanz in seiner Stimme, sogar eine Verärgerung, genau wie damals, als sie über Millionäre und Yachten gesprochen hatten. Er schien unter Druck zu stehen, und sie fragte sich, warum er überhaupt angerufen hatte. Als das Gespräch beendet war, hatten sie kein neues Treffen vereinbart, und sie fühlte sich verwirrt und unzufrieden.

Da war noch ein anderer Mann, den sie schon bei mehreren Gelegenheiten gesehen hatte, wenn er versuchte, sich mit seinem schwarzen Mantel in der Menge zu verstecken.

Einer von Taggers Leuten, dachte sie, obwohl ihr Auto keinen weiteren Schaden mehr erlitten hatte. Einige ihrer Kollegen grüßten sie jetzt sogar, wenn auch oft verschämt. Vielleicht glaubten sie, dass sie ohnehin bald am Ende war. Trotzdem freute sie sich über die beginnende Normalisierung der Beziehung zu den Kollegen.

Sie hatte gelernt, ihren weiblichen Charme einzusetzen, um die Kollegen zu entwaffnen. Eine Frau hatte lauter Nachteile in dieser Männerwelt, und in diesem Glauben wollte sie die Kerle auch lassen, obwohl sie von Motoren und der Technik nicht weniger verstand als sie.

»Das ist mir egal«, entgegnete sie, als Sharma ihr den Kopf waschen wollte und behauptete, jede selbstbewusste Frau dürfte sich nicht unterbuttern lassen. »Männer mögen keine aggressiven Frauen. Mir ist lieber, wenn ich ihre Schwächen ausnutzen kann, verstehst du?«

»Du meinst, du reizt sie bis zur Weißglut?«

»Nein. Ich bin nett zu ihnen und lasse sie glauben, sie könnten mich über den Tisch ziehen. Ja, es macht mir Spaß, mich dumm zu stellen.«

»Aber damit verkaufst du dich!«, rief Sharma.

Rachel schüttelte den Kopf. »Darum geht es nicht. Mit Sex hat das absolut nichts zu tun.«

»Womit denn sonst?«

»Es ist eine Frage des Überlebens. Bei allem Respekt, Sharma, aber mit solchen Problemen hast du in deinem Leben noch nie etwas zu tun gehabt.«

Rachel hatte den Streit gewonnen, deshalb musste sie das Essen bezahlen, obwohl sie es sich eigentlich nicht erlauben konnte. Sharma wusste das auch, aber sie ließ die Freundin zahlen, denn sie wäre sonst beleidigt gewesen.

»Luder«, zischte Sharma.

»Dumme Kuh«, gab Rachel zurück und leistete ihre Unterschrift auf der Quittung.

»Pflaume.«

Rachel hob den gestreckten Mittelfinger. »Schäm dich. Siehst du nicht die vielen Männer, die schon neugierig zu uns herüberschauen?«

Lachend standen sie auf, hakten sich unter und gingen nach Hause.

Achtes Kapitel

Wann hatte sie die enge Haut des früheren Ichs abgelegt und war diese durchtriebene Sirene geworden, die ihre neu gefundene Sinnlichkeit auslebte? Darüber dachte sie nach, als sie in Zimmer 104 des Hotels Ritz dem Charme von Adrian Grodin erlag. Am Vortag hatte er sie angerufen, und einen kurzen Moment hatte sie daran gedacht, ihm einen Korb zu geben. Aber sie hatte noch nicht das Stadium erreicht, sich auf einen Mann zu konzentrieren, selbst wenn es sich bei diesem Mann um einen Porschefahrer und Diamantenhändler handelte. Erst recht nicht, wenn er sie nur anrief, wenn es ihm in den Kram passte.

Adrian näherte sich ihr in einer Wolke aus Aftershave. Sie hatte ihm bisher nichts über ihre finanziellen Schwierigkeiten gesagt, weil sie ahnte, dass es nicht das war, was er von ihr hören wollte. Wenn sie bei ihm war, wollte sie sich ablenken von ihren Sorgen, sonst nichts.

Ihr Bauch war voll von leicht pochierten Schnecken, von einer Vanilleterrine und vom Champagner, während sie sich an seiner Faszination von ihren Brüsten erfreute. Er schien völlig hingerissen zu sein, vielleicht auch nur deshalb, weil ihre Brüste so viel größer waren als Robyns Protuberanzen.

Sein Schaft war etwa so groß wie der Matts, aber beide kamen nicht an Davids Maße heran. Es waren die glatten Hoden, die sie bei Adrian begeisterten. Nie zuvor hatte sie einen Mann so bereitwillig mit dem Mund verwöhnt wie Adrian – bis ihre Zunge wund war.

Sie diskutierten über die Rolle der Geschlechter in Filmen und vor allem die Szene in *Belle du Jour,* in der Catherine Deneuve an einen Baum gebunden wurde. Als er den *Letzten Tango in Paris* erwähnte und ihren Hintergang zu streicheln begann, wusste sie, was nun geschehen würde.

»Vergiss es«, sagte sie.

»Aber warum, meine Liebe? Es ist sehr *erotique.* Der erste Druck, wenn du die Penetration erwartest, ist ein Moment des Schmerzes, aber danach folgt die Lust.«

Er drückte die Lippen auf ihren Nacken.

»Nein, das kannst du mir nicht verkaufen. Wenn man dir je was in den Hintern gerammt hätte, wüsstest du, warum ich mich dagegen sträube.«

»Aber ich kenne das Gefühl. Woher sonst soll ich es wissen?«

»Du hast ... ich meine, du warst mit einem anderen Mann zusammen?« Sie kam sich sehr naiv vor, diese Fragen zu stellen, aber sie musste es tun, es hätte ihr keine Ruhe gelassen. Seltsam, aber sie konnte sich ihn gut mit einem älteren, dunklen und gebildeten Mann vorstellen. Sie setzte die Vorstellung in Bilder um, und was sie sah, ließ sie erschauern.

»Natürlich«, sagte er. »Jeder Mann sollte wenigstens einmal im Leben diese Erfahrung gemacht haben.«

»Und wie hat es sich angefühlt?« Sie kuschelte sich an seinen warmen Körper und fühlte das Pochen seines Penis zwischen ihren Backen. Vielleicht wäre es gar nicht so schlecht, dachte sie. Er würde rücksichtsvoll sein und sofort aufhören, wenn sie es nicht mehr wollte.

»Es fühlte sich so an, als ob die Welt nur noch aus meinem Arsch und seinem Schwanz besteht. Anderes zählte nicht mehr. Nur ...« Er suchte nach dem richtigen englischen Wort. »Es war eine Invasion. Ich war weit offen für ihn und wollte, dass er mich ganz nahm, meinen ganzen Körper vereinnahmte.«

Sie spürte, wie sein Schaft immer stärker gegen ihren Po pochte, und sie konnte sich leicht vorstellen, dass er sich in seinen erotischen Erinnerungen verlor und sie auf der Stelle nahm.

Aber er fuhr fort: »Ich war jung, und damals war Paris noch ganz anders. Einige der Clubs bestehen auch heute noch, aber die Gäste sind sehr verschieden.« Er hob die Schultern. »Derber. Und sie haben keine Manieren.«

»War dieser Mann dein Freund, oder hast du ihn in einem Club kennen gelernt?«

Er küsste sie auf die Schulter. »Er war mein Mentor. Er hat mir beigebracht, wie ich mich kleiden muss, wie ich eine Frau behandeln soll, wie ich gutes Essen und guten Wein zu schätzen lernte. Als Gegenleistung bot ich ihm meinen Körper als Gefäß für seine Lust an. Es war eine gute Übereinkunft.«

Sie wandte sich in seinen Armen und sah in sein sanftes Gesicht. »Triffst du ihn noch heute?«

»Nein. Außer mir hatte er noch einige Studenten. Mit einem von ihnen lebt er heute in Israel. Du hast ganz raffiniert das Thema gewechselt, meine liebe Rachel.«

»Lässt Robyn das mit sich machen?«

»*Non*, meine Liebe, sie will nicht einmal daran denken.« Er rieb sich zwischen ihren Backen und begann zu stöhnen. »Oh, *chérie*, mach irgendwas mit mir, ganz egal, was, aber ich kann es nicht mehr aushalten.«

Sie kroch an ihm hinunter und nahm ihn in den Mund. Er spreizte die Beine, und mit einem Finger umspielte sie seinen Anus. Er stöhnte laut auf, und sie stieß im Takt ihres Saugens mit dem Finger hinein.

Adrian grunzte und bäumte sich auf, und es dauerte nicht mal eine Minute, bis er sich sprühend ergoss und ein lang gezogenes Geheul ausstieß. Sie zog seine Lust so lange wie möglich hinaus, dann legte sie den Kopf wieder aufs Kissen und schaute seinem heftigen Atmen zu.

»Du weißt genau, was ich brauche«, murmelte er immer wieder. »Rachel, du bist ein Luder.«

Das Wochenende würde eine langweilige Angelegenheit sein. Das Telefon schwieg, und in diese Stille hinein dachte sie an Matt, der auch allein zu Hause war, weil die Eltern zu einer Hochzeit in Schottland eingeladen waren. Vor Sonntagabend würden sie nicht zurückkehren. Es war wunderschönes Sommerwetter, das betörende Gedanken an kühle Swimmingpools, grüne englische Gärten und gebräunte junge Männer in engen Badehosen wachrief.

Sharma hatte gesagt, sie sollte mal nach dem Rechten sehen und sich davon überzeugen, dass er das Haus nicht abriss, obwohl sie beide wussten, dass keine Gefahr bestand. Rachel wusste, dass sie total eigensüchtig handelte und sich auf ein gefährliches Risiko einließ, wenn sie zur eigenen Befriedigung mit den Gefühlen eines jungen Mannes spielte.

Eine Stunde später öffnete Matt ihr die Tür. Er trug eine weiche weite Hose und hatte ein feuchtes Badetuch um die Schultern gelegt. Seine schwarzen Haare lagen dicht und feucht um den Kopf, und auf der braunen Haut perlten dicke Wassertropfen. Sie starrten sich an. Rachel wusste plötzlich nicht, was sie sagen sollte.

»Ich war im Pool«, erklärte Matt.

»Sharma hat mir aufgetragen, mal nach dem Rechten zu sehen.« Sie blickte über seine Schulter ins Haus. »Nun, das Haus steht noch, ich rieche auch kein Gras, das du geraucht hast, also ist wohl alles in bester Ordnung, und ich kann wieder gehen.« Sie drehte sich um und ärgerte sich über ihre Feigheit.

»Nein! Bleib doch auf einen Drink.« Er fasste sie an der Hand und zog sie ins Haus. »Möchtest du ein Glas Champagner?«

»Oh ...« Eigentlich sollte sie nicht. »Ja, okay, gern.«

Er schenkte schon aus der Flasche ein, nahm das Glas und führte sie hinaus zum Pool. Er sah so verlockend aus, wie sie es sich ausgemalt hatte. Matt ließ sich auf seinen Liegestuhl nieder, der ihrem gegenüber stand, und setzte die Bierflasche an den Mund. Er sah gut aus, gab sich lässig und entspannt.

»Warum gehst du nicht in den Pool?«, schlug er vor.

»Du weißt genau, dass ich keinen Bikini dabei habe.«

»Das spielt doch keine Rolle. Es ist niemand da. Nur du und ich.«

Sie nippte an ihrem Champagner und schaute aufs kühle, blaue Wasser. Die Sonne schien heiß genug, um auf den Platten ums Becken Spiegeleier zu braten. Die Vögel hatten in der Hitze sogar aufgehört zu singen. Der Gedanke, den heißen Nachmittag in der Gesellschaft dieses jungen Mannes zu verbringen, hatte was Verführerisches an sich. Sie nahm wieder einen Schluck Champagner. Wenn sie genug Alkohol im Blut hatte, würden sich ihre Hemmungen abbauen.

»Du hast Recht. Niemand kann mich sehen, nicht wahr?« Sie zog den Reißverschluss ihres Kleids auf und ließ es zu Boden gleiten. Sie trug eine Garnitur aus weißer Gaze, und wenn auch nur ein Tropfen Wasser an den Stoff kam, wurde er durchsichtig. Matt ging um sie herum, presste sich gegen ihre Rückseite und drückte den Penis in die Kerbe ihrer Backen.

»Ich sollte es lieber nicht tun«, murmelte sie.

»Aber du bist hier, und ich werde dich heute nehmen, so oder so«, sagte er heiser.

Sie stellte sich vor, wie er mit dreißig sein würde – selbstbewusst, arrogant und sexuell sehr erfahren, und all das würde er ihr zu verdanken haben. Sie nahm ihr Glas und trank wieder einen kräftigen Schluck. Die perlende Flüssigkeit rann verführerisch durch ihre Kehle. Sie setzte das Glas ab, sprang ins Wasser und schwamm mehrere Längen.

Er beobachtete sie, verfolgte jede Bewegung von ihr. Sie legte sich auf den Rücken, und er sah die dicken Nippel, die sich durch den durchsichtigen BH drückten.

»Himmel«, stöhnte er heiser. Sie drehte sich wieder und schwamm von ihm weg. Wie eine Meerjungfrau schnitt sie durchs Wasser, und als sie sich wieder umdrehte, war er plötzlich neben ihr, zog sie an sich und zupfte an ihrem String. Im nächsten Moment war er in ihr, scheinbar mühelos fand sein harter Penis den Weg in ihre nasse Grotte. Er bewegte sich behutsam, damit das Wasser nicht aufspritzte. Mit den Daumen strich er über ihre erigierten Warzen, dann saugte er sie abwechselnd durch den dünnen Stoff.

Sein Mund war heiß. Sie schätzte, dass es an seinem jungen Blut lag, das durch seine Adern jagte und in seinen Penis, der sie hart aufspießte. Sie griff nach ihrem Glas auf dem Rand und nahm einen langen Schluck. Sie spürte, wie der Alkohol ihr Blut noch mehr aufheizte, obwohl sie das eigentlich nicht mehr brauchte, aber ihr gefiel das benommene Gefühl, das ihren Unterleib schmelzen ließ.

Matt löste sich von ihr und schwang sich aus dem Pool. Er setzte sich auf den Rand und ließ die Beine ins Wasser baumeln. Er zog Rachel heran. Ihr Gesicht befand sich auf einer Höhe mit seinem Schoß. Er zog sie halb aus dem Wasser, sodass sie mit den Ellenbogen auf seinen Oberschenkeln lag. Der untere Teil ihres Körpers fühlte sich fast schwerelos an. Sie senkte den Kopf und stülpte den Mund über seinen Schaft.

Er lehnte sich zurück auf seine Ellenbogen und hob das Gesicht zur Sonne; ein junger, gut aussehender Bursche, die

Welt in seinem Schoß. Sie war glücklich, ihm Lust verschaffen zu können, strich über seine nackten Backen und leckte das mit Chlor angereicherte Wasser von seinem Schaft.

Sie kam sich entsetzlich verrucht vor, sich hier im Garten ihrer Freundin, umgeben vom Duft der Rosen, so unzüchtig zu verhalten, und das auch noch mit dem Sohn der Freundin. In der Nähe hörte sie das unangenehme Gedröhne eines Rasenmähers, der einzige Hinweis darauf, dass es da draußen noch eine andere Welt gab.

Sie hörte einen lauten Atemzug, der sich wie ein verhaltenes Lachen anhörte. Sie sah auf zu Matt. Er lächelte, aber das Lächeln galt nicht ihr. Sie folgte seinem Blick und sah drei junge Männer auf dem Balkon, der zu seinem Zimmer gehörte. Rachel wusste, sie hätte wütend sein sollen, aber der Champagner und die Hitze hatten ihre Sinne getrübt.

»Hast du nicht gesagt, dass wir ganz allein hier sind?«, fragte sie, aber Matt sah, dass sie nicht wirklich verärgert war.

»Ich glaube, sie möchten gern dabei sein«, sagte er.

»Matt, das geht nicht. Ich bin keine Hure. Ich bin nur an dir interessiert.« Sie leckte über seine Hoden. »Wenn du damit ein Problem hast, dann gehe ich.«

»Ich habe damit kein Problem«, raunte er alarmiert, schloss die Augen und genoss die köstlichen Wellen der Lust, die ihn durchliefen.

Die Sonne knallte auf ihren Rücken. Wenn sie weiter in dieser Position blieb, würde sie sich einen Sonnenbrand einfangen. Sie hätte gern gewusst, wie es sich anfühlte, wenn man Mann war und eine Frau zwischen den Schenkeln hatte, die ihn auf diese Weise anbetete. Es musste eine sensationelle Erfahrung sein, für eine Weile das Geschlecht zu wechseln, dachte sie.

Matt zog sie an den Armen aus dem Wasser. Er führte sie zu einer Liege und legte Rachel auf den Rücken. Er reichte ihr das Glas, und sie trank einen kleinen Schluck. Träge ließ sie die Beine auseinander gleiten, wobei ihr bewusst war, dass ihr dunkler Busch durch den hauchdünnen String zu sehen war, auch von den Burschen auf dem Balkon.

Matt zog ihr den nassen Slip aus und zog auch an den Körbchen des nassen BHs, weil er ihre Nippel entblößen wollte. Rachel hörte seinen keuchenden Atem, dann hörte sie ihn aufgeregt schlucken, als die rosigen Nippel aus den Körbchen huschten.

»Ich bin dein, Matt, du böser Junge.« In letzter Zeit hatte sie oft mit bösen Männern zu tun, dachte sie, als Matts Zunge über ihre Brüste strich.

Sie öffnete die Augen, um sicher zu sein, dass er es war und nicht einer seiner Freunde. Aber es war Matt, und er schickte die richtige Botschaft von den Nippeln zu ihrer Klitoris.

Die Jungs standen noch auf dem Balkon und rieben über ihre Erektionen, zuerst verschämt, dann immer offener. Matt beugte sich nach unten, leckte über die Klitoris und drang dann mit der Zunge tief in ihre Vagina ein.

Sie griff an ihre Brüste und streichelte lüstern über die steifen Nippel, während sie hinauf zum Balkon sah und den mittleren Jungen betrachtete, der seinen Penis rieb. Als er bemerkte, dass sie ihn beobachtete, schob er seine Shorts abrupt nach unten, um ihr seine stolze Erektion zu zeigen, die er jetzt noch ungehemmter rieb. Rachels Sicht trübte sich, als ihr Orgasmus einsetzte, aber dann riss Matt sie aus den ersten Zuckungen.

Er zog sie auf die andere Liege, setzte sich hin und zog sie auf seinen Schoß. Im Hinsetzen fädelte sie geschickt ein, und sie und Matt stöhnten um die Wette. Sie wippte auf dem harten Schaft auf und ab. Über seine Schulter konnte sie zum Balkon sehen, wo sie drei nackte Penisse in eifrigen Händen sah.

Jetzt begann Matt, tief von unten zu stoßen, und sie lehnte sich zurück und ließ sich verwöhnen. »Oh, ja«, wisperte sie, hielt sich an ihm fest und wischte ihre Brüste über sein Gesicht. Die Jungs auf dem Balkon sprühten los, keuchend, lachend, weit auf den Rasen hinaus.

Matt saugte ihre Nippel und stieß wuchtig in sie hinein, und dann kam es ihm auch, hart und grunzend, und seine ersten Schübe lösten Rachels Orgasmus aus; zitternd und schwankend hielt sie sich an ihm fest.

An diesem Abend trank sie Chardonnay, um die melancholischen Gedanken an David zu verdrängen. Um zehn Uhr schlug die Türklingel an. Sie zuckte zusammen. Das konnte nur Reginald Tagger sein. Niemand sonst würde sie um diese Zeit noch herausklingeln. Sie schlich die Treppe hoch und schaute aus dem Fenster des Schlafzimmers.

Matt stand da unten. Sein Moped stand an die Hauswand gelehnt.

»Ich hoffe, das wird nicht zur Gewohnheit«, sagte sie fest, nachdem sie die Tür geöffnet hatte. Er roch nach dem Whisky seines Vaters.

»Ich hatte die Wahl«, sagte er grinsend. »Entweder betrinke ich mich sinnlos, oder ich komme zu dir.« Er schob sich an ihr vorbei ins Haus.

Sie hätte ihm ein Taxi rufen sollen, denn sie selbst hatte auch schon zu viel getrunken, um ihn nach Hause zu fahren. Aber dann saß er auch schon auf ihrem Sofa und sah sie mit seinen warmen dunklen Augen an.

»Und weil du dich nicht entscheiden konntest, hast du beides getan«, sagte sie mit tadelnder Stimme. Aber sie konnte ihm nicht böse sein, und als sie sich zu ihm aufs Sofa setzte, zog er sie in seine Arme und legte eine Hand von ihr auf seinen Schoß.

»Seit du gegangen bist, habe ich an dich denken müssen.« Er küsste sie und teilte mit ihr den Geschmack von Laphroiagh, dem Lieblingswhisky seines Vaters. »Ich wollte es mir schon selbst machen, aber das ist so eine Vergeudung, findest du nicht auch? Außerdem«, fügte er hinzu und klang ein bisschen weinerlich, »ist es deine eigene Schuld. Wenn du es nicht gewollt hättest, wärst du am Nachmittag nicht zu mir gekommen.«

Er küsste sie wieder, fest und feucht, und als er sich von ihr löste, zog er sein weißes T-Shirt aus. Dann drückte er sie hinunter aufs Sofa, öffnete ihr Kleid und tauchte hinab zu ihren nackten Brüsten.

Sie liebten sich auf dem Sofa, und kurz nachdem er seinen Höhepunkt erlebt hatte, begann sie zu dösen. Nach einer Weile wachte sie auf und sah, dass er eingeschlafen war. Sie löste sich behutsam von ihm, warf eine Decke über ihn und ging leise die Treppe hoch in ihr Schlafzimmer.

So lieb er auch war, so wollte sie doch nicht, dass er ihr Bett mit ihr teilte; dieses Vergnügen wollte sie mit einem älteren Mann erleben. Mit jemandem wie David, fügte sie schmerzlich hinzu.

Am Morgen schlief sie viel zu lange und wurde erst wach, als es an ihrer Tür klingelte. Sie warf sich den Morgenmantel über, aber als sie die Treppe hinunterlief, sah sie schon Matt, der in Shorts und T-Shirt die Tür geöffnet hatte.

»Nein, warte!«, rief sie, weil sie fürchtete, es könnte Reginald Tagger sein, aber es war schon zu spät. Sie sah David durch die Tür treten. Er schaute neugierig zu Matt und dann zu ihr, als sie gerade die letzten Treppenstufen nahm. Sie sah ihm an, dass er wilde Schlussfolgerungen zog, aber sie hatte keine Lust, die Umstände zu erklären.

»Das ist Matthew«, sagte sie. »Er ist der Sohn einer Freundin.«

»Meine Eltern sind nicht da«, warf Matt ein. Er hatte sofort realisiert, dass der Besucher ein Rivale war, denn er strahlte Feindseligkeit und verletzten Stolz aus. »Ich habe Angst in der Dunkelheit. Rachel hat sie mir ausgeredet.« Er gab Rachel einen Klaps auf den Po. Das Gesicht strotzte vor Arroganz und Überheblichkeit, und einen schrecklichen Moment fürchtete Rachel, David könnte ihm ins Gesicht schlagen.

Sie war hin und her gerissen. Es wäre unfair, Matt ohne Frühstück auf die Straße zu schicken, aber David würde nicht bleiben, während sie ihrem Übernachtungsgast Eier und Schinken in der Pfanne briet.

»Matt, geh in die Küche und setz Wasser auf«, sagte sie und bedachte ihn mit einem Blick, der ihm sagte, dass er zu weit gegangen war.

»Es scheint, dass ich mit dem Besuch hier meine Zeit verschwende«, sagte David mit eisiger Miene.

»Nein, ich bin froh, dass du da bist, auch wenn es zeitlich nicht so gut zu passen scheint. Das tut mir Leid.«

»Mir auch.« David drehte sich um, als wollte er wieder gehen.

»Als du auch nach dem letzten Mal nicht mehr angerufen hast, dachte ich …«

»… dachtest du, es wäre am besten, mit dem Sohn deiner besten Freundin ins Bett zu hüpfen.« Er schob ihre Hand von seinem Ärmel und ging hinaus. Sie knallte die Tür zu und war plötzlich sehr wütend.

»Dann hau doch ab!«, rief sie gegen die geschlossene Tür, drehte sich um und ging in die Küche.

Matt tunkte die Teebeutel in die Tassen und tat so, als wäre nichts vorgefallen.

»Mach so was nicht noch mal!«, zischte sie.

»Was denn? Soll ich dich nicht mehr vögeln? Du wirst bald wieder zu mir kommen.«

Der freche Ton brachte das Fass zum Überlaufen. Sie tat etwas, was sie noch nie getan hatte – sie schlug ihm mitten ins Gesicht.

Einen Moment lang standen sie da und starrten sich ungläubig an. Die Finger malten sich dunkelrot auf der Wange ab, aber dann überzog eine hellere Röte das ganze Gesicht. Er warf die Teelöffel in die Spüle und stürmte hinaus, ohne auf ihre Entschuldigungen zu achten.

Erst später fragte sie sich, woher David wusste, dass Matt der Sohn ihrer besten Freundin war.

Neuntes Kapitel

Aber sie hatte größere Sorgen, mit denen sie sich herumschlagen musste. Zum Beispiel die zwanzigtausend Pfund, die sie Reginald Tagger schuldete. In gut einer Woche würde er wieder an ihre Tür klopfen. Sie hatte auf ein kleines Wunder gehofft, aber als das nicht eintraf, nahm sie sich am Mittwochmorgen vor, zu Colins Bank zu gehen, um auf das Kreditangebot einzugehen. Dann würde sie Tagger bezahlen und auf seine nächste Forderung warten, entweder Sex oder Bares. Auf dem Nachhauseweg fühlte sie sich tief niedergeschlagen. Sie hatte der Polizei von Taggers Drohungen erzählt, aber so lange er sie nicht angerührt hatte, konnte niemand was unternehmen.

An ihrem letzten sorgenlosen Wochenende, denn so sah sie ihre Situation, fand eine Party statt, die Sharma und Colin zu Matts achtzehntem Geburtstag ausrichteten. Sie hatte ihn nicht mehr gesehen, seit er aus ihrer Küche gerannt war. Das war vielleicht auch ganz gut so, denn er hatte Zeit gehabt, darüber nachzudenken, warum sie so wütend auf ihn gewesen war. Als Sharma am nächsten Tag angerufen hatte, musste Rachel sich natürlich nach Matt erkundigen.

»Er ist still und launisch, aber er war froh, seine Mutter zu sehen. Und das Haus war nicht zugemüllt. Nur das Barfach im Schrank sah ein bisschen karger aus als vorher«, hatte Sharma ihr erzählt, und weil sie gut gelaunt klang, hatte Rachel rasch das Thema gewechselt.

Am Freitag, Matts Geburtstag, hatte Sharma die Freundin zu einem Cocktail eingeladen. Sie war ganz gelöst und locker, weil ein Partyservice die ganze Arbeit erledigte, deshalb brauchte sie nur den Überblick zu behalten. Das Zelt für die richtige Feier morgen war schon aufgestellt, und die Partyleute hatten auch schon die Küche in Beschlag genommen.

Als Matt sie sah, sprang er aus seinem Sessel und gab ihr einen Begrüßungskuss auf die Wange.

»Entschuldige, dass ich neulich so hässlich zu dir war«, flüsterte er.

»Ich entschuldige mich auch«, antwortete sie und drückte seine Hand. Mit der anderen Hand überreichte sie ihr Geschenk Obwohl sie pleite war, hatte sie beschlossen, ihn zum Geburtstag zu überraschen. Er öffnete die Karte und las, und sein Mund klappte immer weiter auf. Seine Mutter lächelte nachsichtig. Rachel hatte sie vorgewarnt. Sobald Matt die Fahrprüfung abgelegt hatte, was kurz bevorstand, durfte er einen Tag lang Ferrari fahren. Matt umarmte Rachel dankbar.

»Ich wünschte, ich könnte dir einen richtigen Kuss geben«, flüsterte er.

»Später«, versprach sie.

Matt und sein Vater diskutierten über die Vorzüge des Porsche 911 gegenüber dem Ferrari Marinello. Matt hätte gern die Karosserie des Marinello mit dem Motor des 911. »Das wäre genau das richtige Geburtstagsgeschenk für mich«, teilte er seinen Eltern mit.

»Und wovon träumst du nachts?«, fragte Colin lachend. »Falls du die Fahrprüfung überhaupt bestehst, kaufen wir dir einen Corsa, und damit hat es sich.«

»Oder einen Ka«, warf Sharma ein.

»Und wie soll ich darin meine Golfschläger transportieren?«, jammerte Matt.

»Oh, bitte, können wir über was anderes sprechen? Matt, ich möchte, dass du für mich einkaufen gehst.« Sharma drückte ihm einen Geldschein in die Hand und trug ihm auf, Zigaretten zu kaufen. Matt knurrte gutmütig, dass er wüsste, wann er unerwünscht wäre.

»Wir wollen dir einen Vorschlag machen, Rachel, und weil wir nicht lange Zeit haben, komme ich gleich zur Sache. Wir möchten in deine Firma *Interlude* investieren«, sagte Colin.

Rachel starrte ihn ungläubig an. »Aber das geht nicht! Ihr werdet nie wieder was von eurem Geld sehen!«

»Vielleicht haben wir mehr Vertrauen in dich als du selbst«, sagte Sharma. Ich glaube, wir wissen alle, dass *Interlude* ohne Finanzspritze nicht überleben kann, selbst wenn du die nächsten zehn Jahre vierundzwanzig Stunden am Tag arbeitest. Wegen der Zahlung an Tagger kannst du nichts in dein Geschäft investieren. Deshalb geben wir dir das Kapital.« Sie machte eine entsprechende Handbewegung, als wäre die Sache damit erledigt.

Rachel sah Colin an, aber auch er schien das Problem für erledigt zu halten. Sie fühlte sich überwältigt, aber jetzt musste sie ein Geständnis ablegen. Sie sah auf ihre frisch manikürten Hände und rang nach Worten. Als sie aufblickte, schauten Sharma und Colin sie erwartungsvoll an.

»Da gibt es etwas, was ihr wissen müsst, und wenn ich euch das gesagt habe, wollt ihr euer Angebot zurücknehmen«, sagte sie voller Reue.

»Ach, du meinst, dass du mit Matthew geschlafen hast!«

»Colin!« Sharma war entsetzt. Nicht über die Tatsache selbst, sondern über Colins abrupte Art.

Rachel öffnete den Mund, schloss ihn aber wieder. Alle ihre lange überlegten Formulierungen waren aus dem Fenster geflogen.

»Wir haben nie zusammen geschlafen«, sagte sie leise.

»Ach, komm schon, Rachel. Es ist nicht zu übersehen, wie er sich in deiner Gegenwart benimmt.«

»Ich sagte, wir haben nie zusammen geschlafen, aber wir ... nun, wir waren einige Male intim. Glaube mir, Colin, es wird nicht wieder vorkommen. Es tut mir Leid.«

Colin sah so streng aus, dass sie zusammenzuckte. Er und Sharma hatten sie stets unterstützt, und sie, Rachel, hatte nichts Besseres zu tun gehabt, als ihren einzigen Sohn zu verführen.

»Ich weiß nicht, was ich sagen soll«, stammelte sie. Ihr Gesicht war knallrot, und ihre Hände zitterten.

Plötzlich grinste Colin. »Lass mich etwas sagen: Danke. Ich danke dir, weil du ihm eine Erfahrung beschert hast, von der jeder Junge träumt, die aber kaum jemand erlebt. Ich habe leider auch darauf verzichten müssen.«

»Das hätte dir bestimmt gut getan«, warf Sharma trocken ein. »Aber es ist gut, dass wir alle der Meinung sind, es sollte nicht fortgesetzt werden. Obwohl es natürlich schade wäre, wenn er ausgerechnet an seinem Geburtstag darauf verzichten müsste, oder? Ich meine, nur wenn du bereit bist ...«

Rachel saß da, atmete schwer und wusste vor Verlegenheit nicht, was sie sagen und wohin sie schauen sollte. »Ihr habt es also die ganze Zeit gewusst?«, fragte sie beschämt. »Mein Gott, ich dachte, wir wären so diskret gewesen.«

»Ja, du warst auch diskret«, bestätigte Sharma, »aber Matt war es nicht. Himmel, am liebsten hätte er es an jede Hauswand geschrieben. Ich habe Gedichte in seinem Zimmer gefunden, Liebesbriefe, die er nicht abgeschickt hat. Falls du jemals berühmt werden solltest, wird deine Reputation darunter nicht leiden, Mrs. Robinson.« Sharma schlug die flache Hand auf Rachels Schenkel und lachte ausgelassen. Colin stimmte in das Lachen ein und genoss Rachels Verlegenheit.

»Du stimmst unserem Finanzplan also zu?«, fragte er.

Rachel hätte vor Erleichterung am liebsten geweint. Wie viel würden diese lieben Menschen noch für sie tun?

»Ein ganz klares Ja, und ein großes Dankeschön, aber dies ist eine geschäftliche Beziehung, und die müssen wir notariell beglaubigen.«

»Aber …«, wollte Colin protestieren, doch Sharma hielt ihn zurück.

»Ja, okay«, sagte sie, »wie du willst.« Sie lächelte der Freundin zu.

»Danke«, sagte Rachel und lief ins Bad, um dort ungestört weinen zu können.

Am anderen Morgen musste sie einen Kunden von Heathrow abholen, der aus Kapstadt eingeflogen war. Eigentlich wollte sie samstags nicht arbeiten, aber es handelte sich offenbar um einen Stammkunden. Seine Sekretärin hatte angerufen und gesagt, Rachel sollte ihre Chauffeursmütze tragen.

Also stand sie vor der Doppeltür und unterhielt sich mit den männlichen Kollegen. Einer der Taxifahrer erzählte sogar eine lustige Episode mit ihr – offenbar war ihre Charmeoffensive erfolgreich.

Zu ihrer Überraschung war die erste Person, die durch die Tür trat, niemand anders als David Fielding. Er musterte die Meute der abholenden Fahrer, bis er sie entdeckte und auf sie zuging. Sie wünschte, der Boden würde sich öffnen und sie und ihre alberne Mütze verschlingen.

»Was für ein wunderschöner Anblick«, sagte er, ein wenig verunsichert, weil er offenbar nicht wusste, wie sie auf das unverhoffte Wiedersehen reagieren würde.

Rachel war auch nicht sicher, was sie empfand. »Ich warte auf einen Kunden«, sagte sie leise und wünschte, sie wäre frei für ihn. Selbst nach einem Fünftausendmeilenflug sah er entspannt aus und war frisch rasiert.

»Du erwartest Mr. Davis? Das bin ich.« Er fasste sie am Arm und steuerte sie ohne Umschweife dem Ausgang entgegen. Es kostete sie einige Mühe, professionell zu bleiben. »Hast du noch weiteres Gepäck?«

»Nein«, antwortete David. Er trug eine schwere Tasche und einen Laptop. »Ich reise gern leicht.«

Sie gingen ins Parkhaus. Nach ihrer letzten Begegnung war Rachel konfus in seiner Gegenwart. Sie fragte ihn nach seiner Reise, und er erzählte vom guten Wein, den es in Kapstadt gab. Mit dem Wagen gab es diesmal keine Probleme, auch keine obszönen Graffiti auf Kühler oder Kofferraumhaube. Er blieb am Automaten stehen, während sie das Ticket bezahlte und das Auto holte. Mit amüsiertem Lächeln schaute er ihr bei der Arbeit zu.

Als sie hinter das Lenkrad glitt und die Tür zuzog, langte er nach vorn und packte sie. Er drehte ihren Kopf zur Seite und drückte seine Lippen auf ihren Mund, und seine Hand schlüpfte in ihre Bluse und drückte ihre Brüste. Sie griff seine Hand und schob sie weg.

»Glaubst du nicht, dass du mir vorher noch was zu sagen hast?«, fragte sie leise.

»Meinst du wirklich?«

Oh, verdammt, sie hatte im Moment keine Lust auf tiefschürfende Gespräche. Sie legte seine Hand wieder auf ihre Brust und ließ ihn streicheln und kneten. Auch ihm stand der Sinn nicht nach langwierigen Erklärungen, das spürte sie an der Hitze seiner Küsse.

»Fahr mich zu deinem Haus«, sagte er heiser, dann setzte er sich zurück und drückte sich in die bequemen Polster.

Später lagen sie verschlungen in ihrem breiten Bett, die Laken zerknautscht und feucht von ihrem lebhaften Lieben. David hob ihre Hand und küsste jeden Finger, dann saugte er sie einzeln in den Mund. Seine Zunge, die ihren Mittelfinger umspielte, war so erotisch, dass sie sich beinahe vorstellen konnte, wie ein Mann empfinden musste, wenn man es ihm mit dem Mund machte, und plötzlich wollte sie genau das bei ihm tun. Aber als sie nach unten gleiten wollte, hielt er sie auf.

»Hast du mit jemandem geschlafen, während ich weg war?«

Das war ein Minenfeld. Frühere Partner, derzeitige Partner. Sie hatte keine Ahnung, was er getrieben hatte – und wollte es auch nicht wissen. Aber er wollte es von ihr wissen, und ein Blick in sein Gesicht sagte ihr, dass sie bei der Wahrheit bleiben sollte, auch wenn sie ihm nicht gefallen würde.

»Eine gefährliche Frage«, sagte sie, um Zeit zu gewinnen.

»Ich liebe und lebe gerne gefährlich. Und? Hast du, oder hast du nicht?«

»Ich wusste bis zu deinem Anruf nicht, dass du überhaupt weg warst. Ich dachte, ich würde dich nie wieder sehen.« Sie rutschte ein wenig weg von ihm – für den Fall, dass er wütend würde. »Ja, ich hatte einen Geliebten. Er ist verheiratet, also war es nie etwas Ernstes. Es war« – sie erinnerte sich an Adrians Worte – »eine Frage von Leidenschaft und Gelegenheit. Sehr nett, aber das ist auch schon alles. Und wie ist das bei dir gewesen?«

David schaute auf seine Hände. »Seit ich dich kenne, war ich mit keiner anderen Frau mehr zusammen.«

»Ich fühle mich geehrt«, sagte sie überrascht. »Ich hoffe, es war kein allzu großes Opfer.«

»Für mich war es das nicht, aber für dich war es offenbar zu viel.« Er glitt aus dem Bett und fing an, sich anzuziehen. Sein Gesicht war blass und wie in Stein gehauen.

»David, ich habe gerade eine lange Ehe hinter mir, die meinem Mann letztlich nichts bedeutete. Im Augenblick breite ich meine Flügel aus, das ist alles. Als wir uns kennen gelernt haben, hast du mir klar gesagt, dass du von einer ernsthaften Beziehung nichts wissen willst. Was sollte ich denn tun?«

Es klingelte an der Tür, bevor er antworten konnte. Sie dachte, sie könnte zur Tür gehen und in der Zwischenzeit könnte er sich eine Antwort überlegen.

Sie schlang den Seidenmantel um ihren Körper und öffnete die Tür. Sie glaubte, der Briefträger stünde da, aber es war Reginald Tagger.

»Oh, nein.« Sie wollte die Tür wieder zuschlagen, aber sein Fuß stand schon dazwischen.

»Haben Sie sich schon Gedanken über unsere finanzielle Vereinbarung gemacht?«, fragte er höhnisch.

»Sie erhalten Ihr Geld in einer Woche. So war es abgemacht.« Sie hoffte, dass er verschwand, ehe David aufmerksam wurde.

»Ja, aber Ihre Undankbarkeit gefällt mir nicht. Sie könnten sich wenigstens ein bisschen erkenntlich zeigen.« Er stieß die Tür auf. »Warum nicht jetzt sofort? Sie sind für die Rolle doch schon genau richtig gekleidet.« Er zupfte an ihrem dünnen Mantel, dann blickte er an ihr vorbei zur Treppe.

David stand da, groß und autoritär, die Hände zu Fäusten geballt.

»Im Augenblick bin ich beschäftigt, Mr. Tagger«, sagte Rachel. »Wir sehen uns am Montag in einer Woche.«

»Ja, mit meinem Geld. Und dabei werden wir auch die anderen Punkte besprechen.«

»Nein, Mr. Tagger, bei den anderen Punkten gibt es keinen Verhandlungsspielraum.«

»Wir werden sehen.« Tagger starrte David an, dann wandte er sich ab und schlug hinter sich die Tür zu. Rachel atmete schwer aus, ohne dass ihr bewusst gewesen war, wie lange sie die Luft angehalten hatte.

»Bevor du fragst – er war es nicht«, sagte sie zu David.

Er sah sie prüfend an. »Ist alles in Ordnung mit dir?«

»Es gibt nichts, was ich nicht im Griff hätte.«

»Du hast Probleme, nicht wahr?«

Sie lachte. »Ich stecke bis zum Hals in Problemen, und mein größtes Problem bist du. Möchtest du einen Kaffee?«

»Nein.« Er hörte sich so an, als wollte er gehen, aber mit der Geschwindigkeit eines Adlers, der sich auf seine Beute stürzt, packte er sie an den Haaren und zog sie an sich. Sein Kuss war brutal, aber das Verlangen dahinter war so intensiv, dass sie kaum reagieren konnte. Er sah ihr ins Gesicht.

»Himmel«, murmelte er, als wollte er nicht wahrhaben, dass sie ihn verzaubert hatte. Dann küsste er sie wieder, aber nicht mehr so ungestüm. »Es tut mir Leid«, murmelte er. »Ich bin ein tumber Arsch und habe dich nicht verdient.«

Atemlos löste sie sich. »Schon gut, ich vergebe dir. Diesmal noch«, fügte sie hinzu. »Kaffee oder Bett?«

»Ich kann nicht den ganzen Tag bleiben«, sagte er. »Ich wünschte, ich könnte es, aber ich muss noch arbeiten.«

»Du bist wieder überheblich«, stellte sie fest. »Das habe ich dir noch nicht vergeben.« Sie nahm ihn in die Arme und knabberte an seinem Ohrläppchen. Er knetete ihre Backen und hob sie hoch, und sie schlang die Beine um seine Hüften und juchzte aufgeregt, als er sie nach oben trug.

Das Taxi, das er rief, um ihn zurück nach London zu bringen, stand unten vor der Tür, und sie standen drinnen und küssten sich.

»Ich komme später am Tag noch einmal zurück«, sagte er plötzlich. »Wir holen uns einige DVDs und vögeln die ganze Nacht durch. Wie gefällt dir das?«

Es hörte sich wunderbar an und wäre an jedem anderen Tag großartig gewesen, aber an diesem Abend stellte es ein kleines Problem dar.

»Ich gehe heute Abend aus«, sagte sie. »Es ist Matts achtzehnter Geburtstag. Warum kommst du nicht mit mir?«

Die Worte waren heraus, bevor sie sie aufhalten konnte. Dann dachte sie: Ja, warum sollte er nicht mitkommen? Matt würde ein und für alle Mal wissen, dass sie nicht mehr zur Verfügung stand. Sharma hatte versprochen, es würde eine ganze Reihe von netten Teenagern geben, mit denen Matt sich amüsieren könnte. Deshalb war es gar keine schlechte Idee, wenn David sich auf der Party sehen ließ.

Er interpretierte ihr Nachdenken falsch und glaubte, sie hätte die Einladung nur ausgesprochen, weil sie sich dazu verpflichtet gefühlt hätte.

»Nein, schon gut. Ich will dir nicht im Weg stehen, wenn du deinen jungen Geliebten triffst. Ich rufe dich an.«

Er küsste sie auf die Wange und ging hinaus zu dem dunkelblauen BMW. Ein bisschen ungewöhnlich für ein Taxi, dachte Rachel. Dunkle Fenster, kein Nummernschild. Warum war er so undurchsichtig? Sie schlug die Haustür zu und trank vier Tassen heiße Schokolade, um sich zu beruhigen.

Matts Party war eine typische Sharma-Veranstaltung. Eimerweise Moët, kleine Fleischbällchen, mit Kümmel und

Koriander gewürzt, zierliche Kebabs mit scharfen Tunken, eine Bluesband im Gartenzelt.

Ein bisschen übertrieben für einen achtzehnjährigen Geburtstag, dachte Rachel, aber Matt war offenbar ganz begeistert; er selbst hatte bei der Auswahl von Musik und Essen mitgewirkt. Etwa fünfzig Leute waren eingeladen, alle tadellos gekleidet, einige verwandt, andere nicht. Sharmas Familie war nicht vertreten, denn auch nach fünfunddreißig Jahren hatte man ihr nicht vergeben, dass sie einen Weißen geheiratet hatte.

Rachel trug ein weißes Kleid mit kurzen Ärmeln und Rüschen im weiten Halsausschnitt. Wegen des Wetters bestand ihre Wäsche nur aus einer Minimalausstattung, und auf ihren Sandalen glitzerten pinkfarbene Steine. Sie hatte das Kleid erst gestern Nachmittag im Schlussverkauf in Reading gekauft. Auf ihrer leicht gebräunten Haut sah es ungemein attraktiv aus. Sharma stieß einen anerkennenden Pfiff aus, als Rachel in den Garten trat. Sie begrüßte die Freundin mit einem Kuss.

»Mein Sohn wird den ganzen Abend einen Steifen haben«, raunte sie in gespieltem Vorwurf. »Du kannst nicht so phantastisch aussehen und Single sein. Du hättest deinen Freund mitbringen sollen.«

»Es ist nicht so, dass ich es nicht versucht habe«, gab sie zurück. »Ich glaube, ihm gefiel die Vorstellung nicht, hier um mich kämpfen zu müssen.«

»Dann ist er ein Weichei und deiner nicht würdig«, sagte Sharma entschieden. Sie zupfte am Ärmel eines gerade vorbeigehenden Mannes in einem Smoking. Er war etwa dreißig Jahre alt und sah Sharma verwundert an.

»Hallo, Peter. Rachel, das ist Peter. Peter, ich möchte dir gern Rachel vorstellen. Peter ist ein Finanzgenie.« Und Single, fügte sie hinter seinem Rücken lautmalerisch hinzu, dann rieb sie Daumen und Zeigefinger gegeneinander, um

Rachel wissen zu lassen, dass er Geld hatte. »Peter, warum führst du Rachel nicht zum Champagner? Sie ist eine Chauffeurin und hat ihr eigenes Unternehmen.« Dann schwebte sie davon und ließ den stammelnden, rot gewordenen Mann bei Rachel zurück.

Rachel bedachte die Freundin mit einem vernichtenden Blick und führte Peter mitten ins Getümmel. Zehn Minuten war sie nett zu ihm (sie hatte auf die Uhr geschaut), dann zog sie weiter, zu ihrer und wahrscheinlich auch zu seiner Erleichterung.

Nach einer halben Stunde und zwei Glas Moët fand sie sich in einer entspannten Stimmung. Nach der Aufregung um Davids unerwarteten Besuch und der großzügigen Kapitalspritze der McKenzies konnte sie sich auf die Vergrößerung von *Interlude* konzentrieren. Es gab keine Ablenkung mehr durch komplizierte Männer mit Diamanten im Ohr oder durch ruchlose Kredithaie. Sie hatte die besten Voraussetzungen, einen angenehmen Abend zu erleben.

Auf der Party ging es hoch her. Sharma hatte so viele Lichter herangeschafft, dass der Garten wie ein Märchenland erstrahlte. Eine junge Kellnerin in einem kurzen schwarzen Mini stellte sich Rachel mit einem Tablett voller Champagnergläser in den Weg. Sie nahm ein Glas an sich und machte sich einen Spaß daraus, mit vielen Männern zu flirten.

Sie fuhr herum, als ihr jemand an den Po fasste. David? Nein, es war Matt. Er sah gut aus wie immer, das Gesicht gerötet vom Alkohol. Designerjeans, schwarzes Seidenhemd.

»Du siehst fabelhaft aus«, sagte sie und küsste ihn liebevoll auf die Wange.

»Du auch.« Er legte so viel Gefühl in diese Feststellung, dass die Gäste um sie herum merkten, wie stark er für sie empfand. Matt führte Rachel ins Zelt, und sie tanzten ausgelassen, bis sie außer Atem war.

»Du musst jetzt aufhören, deine anderen Gäste zu vernachlässigen«, sagte sie. »Wir sehen uns später.« Sie winkte ihm zu und wandte sich von ihm ab.

Eine Stunde später bat Sharma um die Aufmerksamkeit der Gäste.

»Ich weiß, ihr wollt alle Spaß haben und feiern«, sagte sie ins Mikrophon. »Aber vorher müssen wir den Geburtstagsjungen hochleben lassen. Deshalb sind wir schließlich alle hier. Er wollte nicht, dass ich was sage, aber schließlich bin ich seine Mutter, und am Ende setze ich mich immer durch.« Sie blinzelte Matt zu und enthüllte einen Kuchen mit achtzehn Kerzen.

Matt zog ein verknautschtes Gesicht, als die Gäste ihn besangen, aber dann bedankte er sich artig bei seiner Mutter und gab ihr einen Kuss auf die Wange.

Als die Party wieder ausgelassen wurde, erwischte er Rachel vorm Zelt und führte sie auf die Rückseite, wo es dunkel und warm war und wo sie vor den Blicken der anderen geschützt standen.

»Kann ich jetzt meinen Geburtstagskuss haben?«

»Natürlich.« Sie neigte das Gesicht ein wenig und legte einen Arm um seine Taille, wobei sie ihn zittern spürte.

»Ich will mehr als das«, sagte er nach dem Kuss.

»Ich auch, aber nicht unter den Augen deiner Mutter und deines Vaters.«

»Ich wünschte ... ich meine, können wir nicht zu dir gehen? Ich will, dass diese Nacht in deinem Bett endet.«

»Das wird nicht geschehen. Ich habe jetzt einen Freund«, sagte sie und dachte, wie schön es wäre, wenn das auch wirklich zuträfe.

»Aber ich will dich.« Er küsste sie wieder und nahm ihre Hand, die er gegen seine Beule drückte. Er rieb ihre Hand auf und ab. Er war hart. Aber in den letzten Wochen gab es kaum eine Zeit, in der er nicht hart war. »Bitte, noch ein letztes Mal. Das kannst du mir ausgerechnet heute Abend doch nicht abschlagen, oder? Bitte, Rachel.«

Er hat natürlich Recht, dachte sie. An seinem Geburtstag durfte sie ihn nicht zurückweisen. Sie führte ihn tiefer in den Garten hinein, wo es stockfinster war, und dort teilte er die Falten ihres Kleids und entdeckte, wie nackt sie darunter war. Seine Finger ertasteten ihre feuchte Wärme. Die Musik aus dem Zelt klang wie aus weiter Ferne.

Er zog seinen Reißverschluss auf, und im nächsten Moment drang er in sie ein, sanft zuerst, dann so ungestüm, dass ihr Atem stockte. Sie streichelte über seine Haare, als er mit kraftvollen Stößen begann. Sein Atem strich heiß über ihren Hals.

»Matt«, ächzte sie und öffnete sich noch weiter für ihn, »leck mich.« Es war ihr nicht wirklich bewusst, was sie gesagt hatte, aber Matt hatte sie verstanden. Mit lautem ›Plopp‹ zog er sich aus ihr zurück und kniete sich vor sie. In der Dunkelheit fühlte sie seinen Atem auf den Innenseiten ihrer Schenkel und gleich darauf den Kitzel seiner Zunge auf ihrer Klitoris.

»Oh, oh«, seufzte sie, als die Zunge um den kleinen Hügel strich, bevor er ihn sanft in den Mund saugte. Sie fühlte das Zentrum ihrer Lust pulsieren und spürte die Hitze ihres Körpers. Sie riss das Kleid weiter auseinander und entblößte ihre Brüste, damit die Abendbrise sie kühlen konnte. Die Nippel versteiften sich sofort. Während sie mit den Fingern darüber strich, fand seine Zunge die richtige Stelle, und der Orgasmus setzte mit einer solchen Intensität ein, dass er sich wie glühende Hitze anfühlte. Sie quietschte laut und biss sich rasch auf die Lippen, um ihre Geräusche zu dämpfen, während Matts Zunge unermüdlich weiter leckte.

»Komm jetzt in mich rein«, stöhnte sie, verrückt vor Lust, »ich will deinen Schwanz spüren.« Sie legte die Hände unter ihre Brüste und hob sie an, hielt sie ihm hin, als er sich aufrichtete. Sie war seine Sexgöttin und brachte sich dem jungen Gott Priapus dar. Als er tief in sie hineinstieß, rang sich ein heiserer Schrei aus ihrer Kehle. Er hielt ihre Pobacken fest in den Händen, um möglichst tief in sie eindringen zu können.

»Ja, ja«, zischte sie, und er pumpte wie ein Besessener. Es war ein brutaler Akt, aber sie hätte ihn nicht anders haben wollen, und sie war so sehr involviert, dass sie die Knutschflecken am Hals nicht störten. Es war Matts Geburtstag, und er hatte ein anständiges Geschenk verdient.

Er nagelte sie gegen die Wand, und sie fühlte den nächsten Orgasmus nahen, warf den Kopf in den Nacken und keuchte laut. Sie fühlte seine Erlösung, hörte seinen wilden Schrei, und dann erlebten sie beide einen Orgasmus, dessen Zuckungen ihre Körper erfassten.

Sie hielten sich aneinander fest, bis sie wieder zu Atem gekommen waren.

»Rachel!«, flüsterte er und bedeckte ihr erhitztes Gesicht mit vielen Küssen. »Ich danke dir.«

»Herzlichen Glückwunsch zum Geburtstag«, sagte sie und lächelte ihm im Dunkel zu. Er hielt sie umschlungen, und sie fragte sich, ob er begriffen hatte, dass es das letzte Mal gewesen war.

Langsam schlenderten sie zur Party zurück, und kurz vor den Lichtern flüsterte sie: »Goodbye.«

Unbemerkt schlüpfte sie ins Haus zurück, um sich zu säubern und das Make-up aufzufrischen. In der Beuge zwischen Hals und Schulter hatte Matt einen Abdruck seiner Zähne hinterlassen, aber auch ein helles Glitzern in ihren Augen, und das waren die einzigen Beweise für ihr unanständiges Treiben. Ihr Höschen lag irgendwo in den

Büschen, und sie konnte nur hoffen, dass der Gärtner es diskret entsorgen würde. Jedenfalls würde sie sich nicht auf die Suche begeben.

Sharma redete mit einem hoch gewachsenen Mann am Swimmingpool. Sie sah Rachel und winkte sie aufgeregt heran. Der Mann drehte sich um, und Rachel glaubte einen Moment lang, ihr Herz bliebe stehen.

»David!« Sie rannte zu ihm. Sharma drückte ihr und ihm ein Glas Champagner in die Hand und ließ sie allein.

»Sie kann einen mit ihren Fragen ganz schön löchern«, sagte David und sah Sharma nach, wie sie sich unter die anderen Gäste mischte. »Sie machte keinen Hehl daraus, dass sie herausfinden wollte, ob ich gut für dich sei.«

»Ja, sie sorgt sich um mich.«

»Brauchst du denn eine Aufpasserin? Ich meine, hast du es nötig, dass sich eine Frau um dich sorgt?«

»Nun, da du jetzt da bist, ist es vielleicht nötig, jemanden zu haben, der auf mich aufpasst.«

David sah sie grinsend an, dann warf er einen Blick auf die vielen kleinen Grüppchen, die sich gebildet hatten. »Um ehrlich zu sein, das ist nicht wirklich meine Szene. Können wir im Garten ein bisschen spazieren gehen?«

»Ja, natürlich.«

Langsam gingen sie nebeneinander auf das Dunkel zu. »Warum bist du gekommen, wenn du solche Feiern nicht magst?«

»Weil ich dich in diesem Kleid sehen wollte.« Er blieb stehen und betrachtete sie ausgiebig. »Und um dich zu überreden, es später für mich auszuziehen.«

Sie blickte zurück und sah, dass Matt sie beobachtete. Aber die Mädchen, die Sharma in der Hoffnung eingeladen hatte, dass sie Matt von Rachel ablenken könnten, umringten ihn. David folgte Rachels Blick.

»Der Geburtstagsjunge sieht so aus, als wollte er dich

zum Geschenk haben.« Er legte einen Finger unter ihr Kinn und zwang sie, ihn anzusehen, dann drückte er seine Lippen auf ihren Mund. »Das kann er sich abschminken. Heute Abend gehörst du mir«, sagte er und führte sie ins Dunkel hinein.

Am Ende des Gartens küsste er sie wieder. Sie sprachen nicht miteinander, ihre Zungen übernahmen die Kommunikation, wie es Worte nie geschafft hätten. Sie klebten aneinander und teilten die Wärme ihrer Haut. Eine Weile labten sie sich an der Wonne des Küssens, während sie der Musik im Hintergrund lauschten. Sie fühlte, wie seine Hände unter ihr Kleid griffen.

»Oh, verdammt, kein Höschen«, stöhnte er. »Und du triefst, du kleine heiße Schlampe.« Seine Küsse wurden wilder, unbeherrschter, fordernder. Es lag nahe, sich von ihm nehmen zu lassen wie eben erst von Matt, aber mit ihm sollte es anders sein. Sie schob ihn sanft von sich.

»Warum gehen wir nicht?«, fragte sie. »Ich habe alle begrüßt, die ich kenne, und Sharma wird Verständnis dafür haben, wenn ich mich jetzt verdrücke.«

»Wäre es nicht großartig, dich auf der Party zu vögeln? Können wir nicht in eines der Schlafzimmer gehen? Das Haus sieht groß genug aus.«

»David!«, rief sie entsetzt, aber dann lachte sie, umarmte und küsste ihn.

»Komm, leben wir gefährlich.«

»Das geht doch nicht! Sharma ist meine beste Freundin.«

Er führte sie an der Hand wieder quer durch den Garten, achtete aber darauf, dass sie im Schatten blieben. Ein Hauch von Abenteuer überfiel sie, als sie sich durch einen Seiteneingang ins Haus stehlen wollten. Aber sie mussten sich rasch in den Hausschatten ducken, als ein Pärchen über den Weg zwischen Haus und Garage ging.

»Komm«, wisperte David und griff ihre Hand. Sie schlüpften durch die Seitentür, die zu einer Treppe nach unten führte. »Wohin geht's da?«, fragte David.

»Zu den Freizeiträumen«, raunte Rachel. »Aber wir können doch nicht …«

Er führte sie über die Treppe zu einem dunklen Raum und drückte die Tür hinter sich zu. In der Mitte des großen Zimmers stand ein Billardtisch, an der Wand lud ein breites Sofa zum Entspannen ein, und an der gegenüber liegenden Wand hing ein flacher langer Bildschirm. Rachel kannte den Raum, was von Vorteil war, sonst hätte sie sich in der Dunkelheit nicht zurechtgefunden.

»Mach kein Licht«, raunte sie. »Das kann man draußen nämlich sehen.«

Ihre Augen gewöhnten sich schnell an die Dunkelheit, die so undurchdringlich nicht war, denn durch die hohen Kellerluken fiel ein wenig schummriges Licht von draußen herein. Sie sah seine Umrisse, und außerdem hätte der Duft seines Rasierwassers ihn verraten. Im samtenen Dämmerlicht zog er sie an sich und küsste sie wieder, bevor er sie rückwärts zum Billardtisch führte und ihr weißes Kleid hob.

Sie konnte seine männliche Erregung riechen, die sich aus Angst vor Entdeckung noch steigerte. Er war für gefährliche Situationen zu haben, dachte sie, als sie spürte, wie seine Erektion gegen ihren Schoß rieb. Deshalb hatte er sie in die Sauna eingeladen und auch ins Pornokino. Und deshalb liebte er auch schnelle Autos.

Er hatte eine Neigung, sie immer dann zu nehmen, wenn es kritisch werden konnte. Und jetzt spürte sie, wie seine Erregung sich auf sie übertrug. Mit zitternden Fingern griff sie an den Reißverschluss seiner Hose. Offenbar hatte er damit nicht gerechnet. Er stöhnte unbeherrscht auf, als ihre Hand sich um seinen steifen Stab legte, ihn ins Freie führte und die Eichel zwischen ihre Labien steckte.

Sein Schwanz fand den Weg auch im Dunkel, als hätte er einen Sensor in der Eichel. Sie lag rücklings auf dem Billardtisch und ließ sich von ihm nehmen. Er legte seine ganze Kraft in seine Stöße. Sie fühlte sich schmutzig und böse, denn wieder hinterging sie ihre beste Freundin.

»Oh, Himmel, David«, stöhnte sie, als er ihre Tiefe ortete und zusätzlich mit der Fingerkuppe über ihre Klitoris strich. Die doppelte Reizung war kaum noch auszuhalten. Wollust pur. »Stopp! Hör auf!«

Er zog sie in eine sitzende Position und rutschte aus ihr heraus. Sein Atem ging schwer.

»Was ist denn los?«, erkundigte er sich beunruhigt. »Habe ich dir wehgetan?«

»Nein.« Sie langte nach ihm und zog ihn an sich. Sanft streichelte sie sein Gesicht. »Ich will zu Hause auch noch was von dir haben.« Sie vermutete, dass er sie verwirrt ansah, deshalb fügte sie hinzu: »Es wird dir gefallen, das garantiere ich dir.«

Sie ging mit ihm zurück zur Tür, eine Hand in seiner Hose. Er packte Rachel von hinten, zog sie an sich und küsste sie wieder voller Leidenschaft.

»Du machst mich neugierig«, keuchte er.

Auf der Treppe hörten sie gedämpfte Geräusche aus dem Raum, den sie gerade verlassen hatten. Jemand musste die andere Tür benutzt haben, die aus dem Haus direkt in den Keller führte. Glucksende und schmatzende Geräusche waren es, nahm Rachel wahr. Sie blinzelte durch den Spalt in der Tür und konnte die Umrisse von zwei Menschen erkennen, die sich eng aneinander drückten. Einer der beiden war Matt. Sie erkannte ihn an seiner weißen Hose.

Er zog die junge Frau mit zum breiten Sofa, und dort fielen sie übereinander her, offenbar erregt von dem, was sie auf dem Billardtisch beobachtet hatten.

»Zwei an einem Abend«, murmelte Rachel unhörbar. »Glück muss man haben.«

Zehntes Kapitel

Am Morgen lag er noch neben ihr, und auch mit seinem Bartschatten sah er nicht weniger attraktiv aus. Was für eine Nacht hatte sie mit ihm erlebt! Sie strich sich gedankenverloren über die Brüste, die noch wund waren von seinem Saugen.

Zum Auftakt hatte sie ihn ans Bett gefesselt, was ihn zwar maßlos überrascht hatte, was er aber mannhaft über sich hatte ergehen lassen. Eine Stunde lang hatte sie ihn gereizt, ihn gekitzelt, geküsst, genagt, gebissen – ohne den verzweifelt zuckenden Penis auch nur einmal zu berühren. Mit einem kleinen Dildo, den sie eigens dafür gekauft hatte, war sie in seine Öffnung eingedrungen, und als er ihre Folter klaglos ausgehalten hatte, war sie über ihn gegrätscht und hatte sich von ihm pfählen lassen.

Sie konnte sich nicht erinnern, jemals eine so intensive Lustnacht erlebt zu haben. Wahrscheinlich wären sie jetzt noch zugange, dachte sie, wenn der Schlaf sie nicht beide übermannt hätte.

Voller Freude schaute sie auf den gut aussehenden Mann an ihrer Seite. Er lag schlafend auf dem Bauch, die Beine weit gespreizt. Es war ein schönes Gefühl, neben einem Mann aufzuwachen. Gewöhne dich bloß nicht daran, mahnte sie sich, schwang sich aus dem Bett und ging hinunter in die Küche, um Wasser für Tee aufzusetzen.

Sie bereitete Earl Grey zu und brachte ihn nach oben. Mit einem Kuss wollte sie ihn wecken. Aber als sie in ihr Schlafzimmer trat, war er hellwach und kniete auf dem Boden. Er hatte die untere Schublade ihrer Kommode herausgezogen.

Dort verwahrte sie ihre Wäsche und verschiedene Vibratoren auf. Er ging die Gegenstände durch und tastete die Wäsche ab, wobei er darauf achtete, dass er nichts in Unordnung brachte.

»Was machst du denn da?«

Ihre Stimme ließ ihn zusammenfahren. »Ich wollte mal sehen, welche anderen Spielsachen du noch hast«, sagte er schuldbewusst und versuchte ein jungenhaftes Grinsen.

Sie glaubte ihm nicht. Worüber ärgerte sie sich mehr? Über seine Lüge oder über das Eindringen in ihre Privatsphäre? Sie stellte den Tee ab, obwohl sie ihm die Tasse am liebsten ins Gesicht geschleudert hätte, aber dann wurde ihr bewusst, dass sie sich damit nur selbst strafte, denn sie würde die Flecken entfernen müssen.

Ein schrecklicher Gedanke durchfuhr sie. Vielleicht war er ein Wäschefetischist. Er brauchte gar keine Frau, sondern nur die Wäsche, in der sie steckte.

Dann bemerkte sie, dass ihre kleine Schmucktruhe auch geöffnet war. Plötzlich wollte sie ihn keine Sekunde länger in ihrem Haus haben.

»Hau ab«, sagte sie.

»Rachel, bitte ...«

»Ich will nichts hören. Aber geh sofort.«

»Es ist nicht so, wie du denkst.« Aber er stieg schon mal in seine Kleider.

»Es ist egal, was ich denke. Ich sollte die Polizei rufen, dann kannst du denen erzählen, was du gedacht hast.«

»Nein, bitte, tu das nicht.« Ein dunkler Schatten legte sich über sein Gesicht. »Das ist doch alles nur ein verrücktes Missverständnis. Erlaubst du mir wenigstens eine Erklärung?«

»Nein.« Sie wartete darauf, dass er die Treppe hinunterging, dann folgte sie ihm. Sie musste sich zurückhalten, um ihm keinen Tritt zu geben, damit er die Treppe schneller schaffte. Sie warf die Haustür weit auf. »Wenn du nicht sofort gehst, fange ich an zu schreien.«

»Rachel ...«

»Ich meine es ernst, David. Hau ab und fahr zur Hölle.« Sie schlug die Tür hinter ihm zu, dann sank sie auf dem Teppich nieder und schlug die Hände vors Gesicht. Es kamen keine Tränen. Sie hatte das alles schon mal erlebt.

Ein Schritt vorwärts, zwei Schritte zurück. Was war eigentlich mit den Männern los? In ihrem nächsten Leben wollte sie als Katze auf die Welt kommen.

Der nächste Freitagabend, irgendwo in der Nähe von Gerrards Cross. Rachel wartete auf Adrian und Robyn Grodin. Es würde noch lange dauern, bis sie ihre Gefühle für David überwunden hatte. Auch nach einem langen Abend mit Sharma und einer Flasche Chianti fühlte sie sich innerlich noch immer verletzt. Er hatte sie nicht angerufen, und wenn er anrief, wusste sie nicht, was sie ihm sagen sollte. Aber das war irrelevant – er würde sowieso nicht anrufen.

Die Nacht war dunkel; man sah keine Sterne, und aus den hohen Fenstern des großen Landguts fiel nur wenig Licht. Rachel konnte Beethoven hören, aber sie wusste nicht, ob es echt war oder vom Band lief.

Im Licht der Haustür stand ein einzelner Mann, eingerahmt von zwei Pfeilern. Er trug ein Dinnerjackett, aber Körperbau und Haltung – Beine gespreizt, Arme über der Brust verschränkt – verrieten den Sicherheitsmann. Alle Gäste, die sie bisher auf solchen Partys gesehen hatte, waren schlanker und eleganter, fragil wie eine Treibhausblume in Kaschmir oder Seide.

Inzwischen würden sie drinnen im Haus bumsen wie die Karnickel. Zu dritt, zu viert, wie es sich gerade ergab. Sie wäre gern mal durchs Haus spaziert, um zu sehen, was dort alles ablief. Wie mochte es Adrian ergehen? Saugte er gerade an irgendwelchen aristokratischen Brüsten? Oder frönte er im Weinkeller mit dem Gastgeber der Sodomie?

Ihr Telefon klingelte.

Es war Sharma. »Hast du heute Abend die Nachrichten gehört?«

»Nein. Warum?«

»Reginald Tagger ist tot. Heute Nachmittag wurde er gefunden. Im Kofferraum seines eigenen Autos.«

»Du machst Witze!« Rachel konnte es nicht glauben. Bedeutete das, ihre Schulden waren hinfällig? »Weiß man schon, wer es getan hat?«

»Du kennst doch die Polizei, die lässt so schnell nichts raus. Man glaubt aber, dass es der Job eines Profis war. Das trifft sich doch gut, was?«

»Das kannst du ruhig laut sagen. Aber was ist, wenn er Brüder oder Söhne hat oder andere Leute, die seine Geschäfte fortsetzen?«

»Oh, Rachel, hör doch auf, dir Kopfschmerzen zu machen. Im Fernsehen haben sie gesagt, dass er keine Familie hinterlässt, also entspanne dich. Hoffentlich vergeuden die Cops nicht zu viel Zeit damit, seinen Mörder zu finden. Der Kerl war Abschaum.«

»Ja, das war er«, sagte Rachel aus tiefstem Herzen. Seltsam, dass es so lange dauerte, bis echte Freude in ihr aufkam. »Gott sei Dank«, murmelte sie.

»Und dem Kerl, der ihm eine Kugel in den Kopf gejagt hat«, fügte Sharma hinzu. »Ich muss Schluss machen. Ruf mich morgen an.«

»Ja, okay.« Rachel begriff allmählich, was das für sie bedeutete. Keine Baseballschläger mehr, keine weiteren Drohungen.

»Du siehst so aus, als wäre das Glück zu dir gekommen«,

sagte eine Stimme hinter ihr. Sie zuckte so heftig zusammen, dass ihr fast übel wurde.

»Oh, Himmel, Adrian, wie kannst du mich so erschrecken?« Sie warf sich in seine Arme, und er hielt sie fest umschlungen und drückte seinen Unterleib gegen ihren. Die Erleichterung ließ sie bereitwilliger reagieren, als sie es sonst getan hätte. Seine Küsse erhöhten ihre Begeisterung noch, und zum ersten Mal seit über einer Woche fühlte sie sich erregt. Er griff mit einer Hand unter ihren Rock und schob seine Finger unter ihren Slip.

»Chérie, du bist sehr nass. Hast du an mich gedacht?«

»Bisher nicht«, antwortete sie lachend. »Was hast du den ganzen Abend angestellt?«

»Nichts Aufregendes, mein Liebling. Ich habe mit einem Gentleman geredet, der sich für meine Bilder interessiert.«

»Und nicht für deinen Körper?«

Adrian lachte laut auf. »Nein, obwohl ich nichts dagegen gehabt hätte. Er war der Gastgeber.« Er schaute zur Brücke, die über den schmalen Fluss führte. Dort stand eine schlanke Gestalt und rauchte eine Zigarette. Rachel konnte nur das Dinnerjackett und die schwarze Fliege sehen, und trotzdem wusste sie, dass er ein beeindruckender Mann war.

»Sehr hübsch«, murmelte sie.

»Ich freue mich, dass er dir gefällt, weil ich mir überlegt habe, ob wir ihn nicht gemeinsam verführen könnten. Robyn ist von ein paar Frauen ins Schlafzimmer der Gastgeberin entführt worden, und ich habe ihnen zugeflüstert, sie sollten sie mindestens eine Stunde bei Laune halten. Glaubst du, dass uns diese Zeit reicht?«

Der Mann schlenderte ihnen entgegen. Rachel fiel auf, dass er betrunken oder berauscht war. Aber er sah gut aus. Kurze braune Haare, hohe Wangenknochen, glatte weiße Haut. Mit einem leichten Schauder stellte sie fest, dass er sie leicht an David erinnerte. Der Mann starrte Rachel an, als wäre sie eine besondere Zuchtstute.

»Ich muss sagen, sie ist eine Perle«, sagte er lallend. »Ich bin Justin.« Er nahm ihre Hand und küsste sie galant. »Meine Frau ist irgendwo mit irgendwem im Haus und wird jetzt gerade mehr oder weniger fürstlich gevögelt, deshalb haben wir freie Fahrt. Sollen wir den Dienstboteneingang benutzen?«

Sein Akzent war sehr britisch, sehr Oxbridge. Rachel spürte, wie sie schwach wurde, obwohl sie eigentlich protestieren wollte, weil Adrian über ihren Kopf hinweg über sie verfügt hatte.

Justin legte seine Hände auf Adrians Hüften. Adrian wies eine stattliche Erektion auf, bemerkte Rachel, und außerdem atmete er hechelnd.

»Komm mit uns, *chérie*«, raunte er. »Er bedient mich, und ich bediene dich. Was sagst du dazu?«

Es klang verführerisch, und weil sie im Moment nach niemandem zu fragen hatte, fand sie nur schwache Argumente dagegen. Also gut, warum nicht?

Sie schloss das Auto ab, und sie gingen hinüber in einen kleinen Hof und zu einer Hintertür des Guts. Oben betraten sie ein Schlafzimmer, von dem aus sie die ganzen Wagen sehen konnte, auch ihren eigenen.

Das Zimmer war sanft beleuchtet und gerade groß genug für das Riesenbett. Adrian ließ sich wie ein römischer Imperator darauf nieder und zog sich die Hose aus. Darunter trug er einen engen Slip aus Seide, durchsichtig wie eine Zwiebelhaut. Sein Schaft glühte dahinter als harte Beule. Rachel stieß mit einer Fingerkuppe dagegen.

Justin saß auf der anderen Seite von Adrians Beinen und bewunderte ebenfalls das eingeschnürte gallische Glied. Dann nahm er Rachels Kopf in seine Hände und küsste sie. Er schmeckte nach Zigaretten und Whisky, aber das stieß sie nicht ab. Seine Finger fummelten an Rachels Knöpfen, und im nächsten Moment hatte er die weiße Spitze um ihre Brüste freigelegt. Seine Zunge zeichnete feuchte Muster auf ihre Lippen, während die zitternden Finger sich mit ihren Warzen beschäftigten. Tiefer unten streichelte Adrian über Justins Mitte, während er mit Lust zuschaute, wie Rachel und Justin sich miteinander bekannt machten.

Dann zog er Rachel in seine Arme und begann sie zu kosen, wobei er den Rest ihrer Kleider abstreifte. Nur ihre Strümpfe ließ er an den langen schlanken Beinen. Justin hatte sich auf die andere Seite gelegt und rieb seine stramme Erektion gegen Adrians Hintern.

Eine Weile genossen sie das Gefühl von Haut gegen Haut. Niemand sprach; die Hände hatten die Kommunikation übernommen. Dann gab Adrian zu verstehen, dass Rachel ihm den Slip ausziehen sollte. Sie und Justin begaben sich gemeinsam an die lustvolle Arbeit, wobei sich Justin auf den pochenden Schaft konzentrierte, während Rachel ihre Zunge über die gespannten Hoden gleiten ließ. Sie lächelten sich an, während sie den Franzosen verwöhnten.

Justin zog sich aus und rutschte hoch, bis Adrian mit dem Mund nach dem wippenden Schaft schnappen konnte. Seine Augen wurden schläfrig, als Adrian zu saugen begann, aber der Schaft selbst verdoppelte nach wenigen Sekunden in Adrians Mund schon seine Maße.

Rachel fühlte sich nicht ausgeschlossen; es erregte sie immens, den beiden schönen Männern zuzusehen, und sie war gespannt darauf, was als Nächstes geschehen würde.

Adrian rollte sich herum und barg sein Gesicht zwischen ihre Brüste. Gleichzeitig spreizte Justin ihre Beine und fuhr mit der Zunge über die Innenseiten ihrer Schenkel hoch. Er leckte rund um die pochende Öffnung und berührte die kleine empfindliche Stelle nicht, dafür wusch er sich hoch bis zu ihrem Nabel.

»Du duftest nach Lilien«, sagte er und schnüffelte wie ein junger Hund. Sein Atem wehte über ihre Labien, die erwartungsvoll zuckten. Sie fühlte seine probenden, tastenden, forschenden Finger, sie streckte die inneren Wände ihrer Pussy. »Eng wie ein Seidenhandschuh«, verkündete er, dann tauchte er hinab und stieß mit der Zunge tief hinein. Adrian konzentrierte sich auf ihre Nippel, und sein Schaft klopfte an ihre Lippen – Rachel fühlte sich wie im siebten Himmel.

Dann fühlte sie zwei Zungen da unten. Adrian hatte sich umgedreht; sein harter Stab steckte tief in ihrem Schlund, und seine Zunge gesellte sich zu Justins. Sie spreizte die Schenkel so weit sie konnte und legte sich entspannt zurück – wenn man mit einer harten Erektion im Rachen entspannt sein konnte. Aber sie genoss das Gefühl der beiden Zungen, die sie zielstrebig dem Orgasmus näher brachten. Ihre Schreie wurden von Adrias Schaft gedämpft, aber nichts konnte das heftige Schütteln ihres Körpers dämpfen, als es ihr kam. Es war, als würde sie von einer Flutwelle hin und her geschüttelt, und es hätte sie nicht gewundert, wenn sie ohnmächtig geworden wäre.

Danach lagen sie entspannt nebeneinander, bis Adrian sich zur Seite drehte, sich geschmeidig über Rachels Schoß lehnte und Justin oral versorgte, während der den Whisky aus der Flasche inhalierte.

»So könnte ich die ganze Nacht aushalten«, lallte Justin, beugte sich vor und nuckelte an Rachels Brüsten. »Schade, dass die alte Hexe morgen Abend wieder da ist.«

Rachel wusste nicht, wer mit der alten Hexe gemeint war; eigentlich konnte Justin nicht von seiner Frau sprechen, denn sie verlustierte sich in einem anderen Teil des Landguts, wie die beiden eben erwähnt hatten.

Auf einem kleinen Tisch in Reichweite stand eine wertvolle japanische Schale, bis obenhin mit einem weißen Pulver gefüllt. Justin streckte eine Hand aus, aber Rachel lag ihm im Weg.

»Gib mir was von dem Koks«, ächzte er.

Rachel mochte Augen und Ohren nicht trauen. Sie hätte nie gedacht, dass die Schale mit Kokain gefüllt war, weil sie wusste, dass schon ein paar Gramm teuer waren.

»Wie viel willst du?«, flüsterte sie.

»Ist mir egal, aber mach schnell, sonst schieße ich schon vorher ab.« Justin hatte seinen aristokratischen Schutzschild abgelegt und wurde zum derben geilen Bock. Rachel tauchte die Fingerspitze in das weiße Pulver und hielt es Justin unter ein Nasenloch. Er atmete tief ein.

»Mehr.«

Sie wiederholte den Vorgang, diesmal hielt sie den Finger an das andere Nasenloch. Sie wartete auf eine Reaktion.

»Ich auch«, sagte Adrian.

»Aber Robyn ...«

»Mach schon!«, brüllte er sie an.

Er war von einem Moment zum nächsten ein anderer geworden, verzweifelt und gefährlich. Sie reichte ihm den Finger, und Sekunden später erlebte Rachel die Reaktionen der Männer. Sie schienen plötzlich vor Energie zu bersten; Justin stieß mit roher Gewalt in Adrian hinein, und Adrian in Rachel. Justin ächzte und grunzte, seine Zähne gebleckt, das Gesicht eine urweltliche Grimasse.

Zusammen hielten sie Rachel gefangen, bis es ihr gelang, sich unter ihnen zu befreien. »Ja, gut so«, zischte Adrian, »denn jetzt brauch ich was Hartes.«

»Das hast du schon«, stöhnte Justin zähneknirschend und rammte weiter in Adrian, der sich selbst rieb, die Augen weit aufgerissen.

»Du kannst jetzt gehen«, knurrte Justin zu Rachel.

Sie fühlte sich hilflos und abgestoßen. Im schäbigen Kino in Soho hatte sie sich nicht so entsetzlich missbraucht gefühlt wie bei diesen beiden Männern.

»Robyn wird wütend auf dich sein, wenn sie bemerkt, dass du Koks genommen hast«, sagte Rachel zu Adrian. »Du könntest alles verlieren.«

Er lachte hohl. »Sie kann mich mal. Und du auch. Du bist nicht meine Mutter.« Er streckte den Arm nach der japanischen Schale aus. »Lauf jetzt, Rachel. Wir brauchen dich heute Abend nicht mehr.«

Rachel hob rasch ihre Kleider auf und rannte aus dem Zimmer. Schräg gegenüber bog ein kleiner Flur ab, der im Dunkeln lag. Dort blieb sie stehen und zog sich an. Sie wollte gerade ihr Versteck verlassen, als sie Schritte hörte. Ihr stockte der Atem. Vorsichtig blinzelte sie um die Ecke.

Zu ihrer Verblüffung sah sie Justin und zwei Männer – aber was für Männer! Der eine trug einen Smoking und eine Furcht erregende schwarze Gummimaske vorm Gesicht, nur Löcher für Augen und Nase und ein silberner Reißverschluss über dem Mund. Sein Hosenstall stand offen, und sein Penis hing obszön heraus. Der andere Mann trug erheblich weniger. Auch er war maskiert, und um die Hüften trug er eine seltsame Vorrichtung aus Lederriemen und Silberringen. Die Lederstreifen ließen seinen Hintern blank, und der Penis steckte in einer schwarzen Lederscheide.

Die drei Männer kicherten albern, sie schienen alle high zu sein. Rachel wusste, wenn sie von ihnen erwischt würde, hätte sie keine Chance, ihnen zu entkommen. Die Tür zum Schlafzimmer stand halb offen, deshalb konnte sie sehen, wie die Männer sich Linien legten und durch die Nasenlöcher schnauften. Adrians Augen flackerten wild, als er kraftlos auf dem Bett saß.

»Wer von euch Brutalos nimmt mich denn zuerst?«, fragte er mit dünner Stimme.

Was sie dann sah, ließ Rachel Schlimmes befürchten. Justin holte Seidentücher aus dem niedrigen Tisch und knebelte Adrian, während der Mann mit dem Lederharnisch Adrians Hände festhielt. Dann lag plötzlich eine rote Schatulle in Justins Hand. Er öffnete sie und zog eine Hand voll Schmuckstücke heraus, glitzernde Goldketten, Halsketten, mit Diamanten besetzt. Er kicherte mit kindlichem Stolz.

»Ich habe den Safe ausgeräumt«, rief er schelmisch.

Rachel hatte keine Ahnung, ob der Schmuck echt war, aber sie hörte Adrian durch den Knebel stöhnen. Er bäumte sich auf, als Justin den Schaft des Freundes mit Gold und Diamanten schmückte und dann mit einer Hand am steifen Schaft auf und ab glitt.

Adrian verdrehte die Augen und hob rhythmisch die Hüften. Er war willfährig wie ein liebestrunkenes Hündchen, als die beiden Maskierten ihn umdrehten und Kissen unter seinen Bauch schoben. Justin band Adrians Hände und Füße mit Seidentüchern an die Bettpfosten.

Rachel schüttelte den Kopf. Sie hatte genug gesehen. Sie verließ ihr Versteck in der Dunkelheit, trippelte auf Zehenspitzen über Flur und Treppe und lief dann zu ihrem Auto zurück. Zum Glück folgte ihr niemand. Sie schloss sich im Auto ein und zitterte, als hätte sie Schüttelfrost.

Ein paar Minuten später klopfte es laut an ihre Scheibe. Sie zuckte ängstlich zusammen. Draußen stand Robyn Grodin. Sie sah wie eine Frau aus, die durch die Hölle gegangen war. Der Lidschatten war verschmiert, und ihre sonst so makellosen Haare waren zerzaust.

»Fahren Sie mich zurück nach London«, verlangte sie. Selbst ihre Maschinengewehrstimme hatte von ihrem sonstigen Feuer verloren.

Rachel startete den Motor, drehte und erwartete irgendwie, dass Adrian von irgendwo heranstürmte und die Fäuste schwang, aber das geschah nicht.

Als sie die Umgehungsstraße erreicht hatten, sah Rachel in den Rückspiegel. Robyn kauerte in einer Ecke und sah wütend aus.

»Sind Sie okay?«, fragte Rachel und erwartete, von ihren Blicken versengt zu werden.

Aber statt einer rüden Antwort schüttete Robyn nur den Kopf. Sie klang verbittert, als sie sagte: »Nein, es geht mir nicht gut, aber ich werde es überleben.« Sie kramte in ihrer Handtasche, bis sie etwas gefunden hatte, was sie leicht schmunzeln ließ. »Fahren Sie mich zum Marriott in Heathrow.«

»Ja, natürlich.« Rachel hätte gern weitere Fragen gestellt, aber sie traute sich nicht. Das stand ihr nicht zu. Außerdem hatte Robyn sich erstaunlich schnell wieder gefasst und sah so überheblich aus wie sonst. Als Rachel vorm Hotel vorfuhr, stieg Robyn ohne ein Wort aus, aber das überraschte sie nicht. Sie hätte nichts dagegen, wenn sie Robyn und Adrian Grodin nie wieder sehen würde.

Sie fuhr mit dem Wagen zurück nach Henley. Mitternacht war längst vorüber, und jetzt spürte Rachel die Erschöpfung, die sich in ihr breit machte. Halbgare Gedanken schossen ihr durch den Kopf, während Mary J. Blige *No More Drama* sang. Sie wollte in ihrem Privatleben auch keine weiteren Dramen erleben, dachte sie und verzog das Gesicht.

Aber das erwies sich nur als frommer Wunsch.

Rotierendes Blaulicht hinter ihr ließ sie schuldbewusst auf den Tacho schauen. Aber auf der M40 verstieß sie gegen keine Verkehrsregeln. Sie wechselte auf die langsame linke Spur, damit die Polizei überholen konnte, aber das geschah nicht. In dem Moment, in dem ihr bewusst wurde, dass sie hinter ihr her war, scherte eines der Polizeiautos aus der Kolonne aus und setzte sich abrupt vor sie. Rachel musste hart auf die Bremse steigen.

Ihr war übel vor Aufregung. Es war mitten in der Nacht, und sie fühlte sich mies und allein. Manchmal verkleiden sich Räuber als Polizisten, schoss es ihr durch den Kopf. Aber diese Fahrzeuge sahen echt aus, und die Typen auch, als sie sich vorsichtig ihrem Wagen näherten und sie barsch zum Aussteigen aufforderten. Sie rissen beide Fondtüren auf.

»Da ist sonst keiner«, hörte sie jemanden rufen, und dann wurde sie gegen die Seite ihres Autos gedrückt, und überall fühlte sie Hände. Sie war zu konfus, um etwas sagen zu können, aber sie war geistig noch so gut dabei, dass sie die Waffen der Polizisten sah und die Stimme hörte, die ihr schnarrend mitteilte, sie stünde wegen des Mordes an Reginald Tagger unter Arrest.

Sie wurde herumgedreht, grober als erforderlich. Vor ihr stand ein vierschrötiger Mann in Zivil, eine kurze Zigarettenkippe im Mundwinkel. Seine Haare waren ungepflegt; er trug einen billigen braunen Anzug und sah sie hochmütig an. Rachel hielt den Atem an und redete sich gut zu: Reize ihn nicht, beschimpfe ihn nicht, tu gar nichts.

Der Detektiv nickte den bereitstehenden Polizisten zu. Einer trat vor und legte ihr Handschellen an. Sie blieb ganz ruhig, bis sie einen schlaksigen Kerl in ihren Mercedes steigen sah.

»He, sei vorsichtig! Das ist mein Lebensunterhalt!«, rief sie, als er die Fahrertür zuschlug. Der Detektiv zündete sich eine neue Zigarette an und hielt sie zwischen Daumen und Zeigefinger.

»Detective Inspector Bailey«, sagte er. »Wir haben Sie geschnappt, Mrs. Wright«, fügte er hinzu, und man sah ihm die geschwollene Brust förmlich an.

»Ja, ich gratuliere Ihnen«, gab sie zurück. Sie wurde zum ersten Polizeifahrzeug geführt und auf den Rücksitz begleitet. Der junge Beamte, der sich neben sie setzte, schien verlegen zu sein. Sie wollte seine Verlegenheit noch steigern und schaute ihm in die Augen.

Das Warten auf dem Revier war schrecklich. Nutten, Junkies, Zuhälter, Glatzköpfe, sie alle starrten sie an, während die einzelnen Formulare ausgefüllt wurden. Sie musste sich, immer noch in Handschellen, zwischen die anderen Delinquenten stellen und sah in ihrem schwarzen Kostüm, der weißen Bluse und den Schuhen mit den hohen Absätzen wie eine Exotin zwischen den anderen aus.

»Also wirklich, ich dachte, so eine Klassefrau wie du hätte ein Gespür dafür, dass der Freier ein Bulle ist«, höhnte eine krausköpfige Frau neben ihr. Rachel wollte gerade sagen, dass sie keine Hure war, aber dann hob sie nur die Schultern.

»Halt den Mund, Sandra«, sagte der Mann hinter dem Tresen.

Bevor Rachel vernommen wurde, musste sie sich nackt ausziehen; eine Frau in einem weißen Kittel musterte sie ausgiebig. Ihre Handtasche wurde gefilzt, und ihre Uhr und ihr Schmuck wurden ihr abgenommen. Schließlich geleitete man sie in ein Vernehmungszimmer.

»Setzen.«

»Wuff«, sagte sie sarkastisch und setzte sich.

Bailey beugte sich vor und starrte sie mit seinen Schweinsaugen an. »Ich an Ihrer Stelle würde den Mund nicht so weit aufreißen. Hier drinnen mag man keine kesse Lippe, verstehen Sie?«

Sie lächelte müde. »Danke. Ich fasse das als Kompliment auf.«

Sie sahen sich fest in die Augen. Rachel war gleich der breite Ehering aufgefallen, und sie fragte sich, wer so einen hässlichen Kerl heiraten konnte. Niemand wollte das gegenseitige Anstarren aufgeben, aber dann begannen ihre Augen zu tränen, und sie musste den Blickkontakt abbrechen. Im Hintergrund hielt sich noch ein Typ auf. Er drückte auf den Knopf eines uralten Tonbandgeräts.

»Erzählen Sie mir von Ihrer Beziehung zu Reginald Tagger«, begann Bailey.

Rachel starrte ihn wieder an. »Ich hatte nie eine Beziehung zu ihm.«

»Aber Sie haben ihm Geld geschuldet, nicht wahr?«

»Mein Mann hat ihm Geld geschuldet. Er hat meine Unterschrift gefälscht, das Geld kassiert und sich dann in die brasilianische Sonne abgesetzt. Dann wollte Tagger das Geld von mir haben.«

»Und er hat Sie bedroht, als Sie ihm sagten, dass Sie nicht zahlen können?«

»Ja, aber ich ...«

»Sie hatten also das Motiv, Tagger umzulegen, und Sie hatten die Gelegenheit.«

»Wieso? Ich könnte so was nie tun.«

»Was genau?«

»Das wissen Sie ganz genau!«

»Sie hätten jemanden anheuern können, um die Drecksarbeit für Sie zu übernehmen. Es war ein Killerjob, Mrs. Wright. Das Ergebnis kommt Ihnen doch sehr gelegen.«

»Ja, sehr! Aber selbst wenn ich es gewollt hätte, wäre ich nicht in der Lage gewesen, einen Killer zu bezahlen. Schauen Sie sich mein Konto an, dann wissen Sie Bescheid.«

Bailey stierte sie lüstern an. »Es gibt andere Formen der Bezahlung, Mrs. Wright, und ich nehme an, das wissen Sie sehr genau.«

Es war gut, dass sie noch Handschellen trug, sonst hätte sie ihm eine Ohrfeige gegeben, und sie wollte wegen einer

Ohrfeige nicht vorbestraft sein. Aber wegen Mordes auch nicht.

»Fein«, sagte sie kalt. »Ich sage kein Wort mehr ohne meinen Anwalt.«

»Das ist Ihnen unbenommen, Mrs. Wright. Vernehmung beendet um ein Uhr fünfzehn.« Bailey wies zwei uniformierte Kollegen an, sie in ihre Zelle zu bringen. Sie führten sie zu einem kleinen Raum und schoben sie hinein. An einer Wand stand eine schmale Pritsche. Kein Fenster, keine Fluchtmöglichkeit, keine Waffe, keine Chance, Selbstmord zu begehen – was sie auch nicht beabsichtigte. Es roch penetrant nach menschlichen Ausdünstungen.

Hinter ihr wurde die Tür mit einem lauten metallischen Knall zugeschlagen; es war das einsamste Geräusch, das sie je gehört hatte. Rachel schlug die Hände vors Gesicht und begann herzzerreißend zu weinen. Sie sehnte sich nach dem Trost ihrer Freunde, statt zitternd in dieser dunklen Zelle eingeschlossen zu sein.

Sie legte sich auf die kratzende graue Decke und schloss die Augen. Sie wünschte, sie wäre weit weg. Sie döste ein und zuckte immer wieder mal zusammen, wenn eine Tür zugeschlagen oder eine Stimme laut wurde. Aber als sie das nächste Mal wach wurde, war es Morgen, und sie musste dringend zur Toilette. Ein fröhliches Pfeifen näherte sich, dann wurde das kleine Fenster in der Tür geöffnet.

»Morgen, Ma'am«, hörte sie eine ältere Männerstimme sagen. Durch die schmale Öffnung sah sie nur einen Ausschnitt des Gesichts, das sie sofort an ihren längst verstorbenen gütigen Vater erinnerte. Sie hätte sofort wieder heulen können.

»Kann ich zum Klo?«, fragte sie mit zitternder Stimme. Eine Polizistin kam und begleitete sie zur Toilette. Die Frau war übel gelaunt und erstickte jeden Gesprächsversuch von Rachel. Der ältere Mann führte sie zurück in die Zelle, und sie bedankte sich artig bei ihm. Dann wartete sie eine lange Zeit, bis sie vom Rascheln von Schlüsseln erneut geweckt wurde.

Über den Flur ging es in einen anderen Raum, in dem nur ein Plastiktisch und zwei Plastikstühle standen. Zehn Minuten später trat Bailey ein und ließ wieder das Tonband laufen. Er sah noch hässlicher aus als gestern, aber genauso widerlich überheblich. Rachel war erschrocken, als er aufs Tonband sprach, dass es elf Uhr war. Offenbar hatte sie länger geschlafen, als sie geahnt hatte.

»Sie haben mit einigen sehr interessanten Menschen zu tun, Mrs. Wright. Trifft es zu, dass Sie gestern auf einer Party waren?«

»Ich habe gestern Abend gearbeitet und einige Kunden auf eine Party gefahren.«

»Wer waren diese Kunden?«

Sie seufzte tief, aber sie wusste, dass sie keine Chance hatte. »Monsieur Grodin und seine Frau. Wenn Sie sich meinen Terminkalender ansehen, werden Sie alle Einzelheiten dort finden.«

»Haben wir schon erledigt. Sie gehen also nicht mit ins Haus und feiern mit den Gästen?«

»Nein.« Sie atmete tief durch. »Aber diesmal war ich kurz dabei. Aber nicht im Landgut. Ich habe den Dienstboteneingang genommen.«

»Warum?«

»Weil Monsieur Grodin mich darum gebeten hatte.«

»Warum?«

»Er ... eh ... Wir wollten ein bisschen private Zeit für uns haben.«

»Und das heißt?«

»Oh, verdammt, benutzen Sie doch mal Ihre Phantasie!«, blaffte sie ihn an.

Bailey tauschte mit seinem Kollegen einen wissenden Blick. »War sonst noch jemand dabei?«

»Ja. Ein jüngerer Mann, der Justin heißt.«

»Haben Sie ihn schon mal gesehen?«

»Nein.«

»Aber Sie hatten Sex mit ihm?«

Rachel starrte ihn an. »Was, zum Teufel, hat das mit Ihnen zu tun?«

Bailey beugte sich vor. »Mrs. Wright, die Besitzerin des Landguts ist früh am Morgen nach Hause gekommen und fand überall wild kopulierende Leute vor, die wie die Kaninchen zugange waren. Dann stellte sie fest, dass ihr millionenschwerer Schmuck nicht mehr da war – und fast gleichzeitig finden wir Reginald Tagger tot im Kofferraum seines Mercedes. Sie, Mrs. Wright, sind die einzige Person, die in einem direkten Zusammenhang mit beiden Verbrechen steht. Ich an Ihrer Stelle würde also aufhören, Fragen zu stellen, und stattdessen auf meine Fragen antworten.«

Ein unsicheres Klopfen war zu hören. Ein Mann steckte den Kopf durch die Tür.

»Godzilla kommt.«

Bailey fluchte leise. Er beendete überstürzt die Vernehmung und ging hinaus.

Rachel wartete. Schwach drangen Stimmen in den kleinen Raum. Stimmen, die lauter und wütender wurden. Aber Rachel konnte immer noch nicht verstehen, um was es ging. Kurz darauf wurden die Stimmen noch lauter.

»Oh, verdammt, warum konntet ihr Idioten nicht auf mich warten?«

»Aber es lagen genug Verdachtsmomente gegen sie vor, deshalb mussten wir schnell handeln und sie einbuchten.« Das war Bailey, und er hörte sich längst nicht so überheblich an wie bei der Vernehmung.

»Wunderbar, und in der Zwischenzeit habt ihr die wahren Täter laufen lassen. Dies ist mein Fall, und das wussten Sie, Bailey. Wenn Sie diese Operation in den Sand gesetzt haben, sollten Sie anfangen, sich um Ihren Arsch zu sorgen, Mann!«

»Ach, hören Sie doch auf! Sie hätten sie schon vor ein paar Tagen hopsnehmen können, aber Sie wollten ja noch weitere Beweise haben. Jetzt ist Tagger tot und ...«

Ein dumpfer Schlag war zu hören und ließ Rachel zusammenfahren. Dann vernahm sie beschwichtigende Stimmen, die den beiden Streithähnen gut zuredeten. Rachel richtete sich auf – Neugier ersetzte ihre Furcht.

»Sie sind ab sofort für diesen Fall nicht mehr zuständig, Bailey. Der ganze Mist um Tagger geht an uns. Seien Sie uns dankbar dafür.«

Die Tür krachte auf. Der Mann, der hereinstürmte, strahlte immense Wut aus. Einen Moment lang war das Gesicht derart verzerrt, dass sie es nicht erkannte.

Er drehte sich um und schloss die Tür, und als er sich dann ihr zuwandte, hatte er sein Gesicht wieder unter Kontrolle. Sie starrten sich lange an. Rachel brachte keinen Ton heraus.

»Es tut mir Leid«, sagte er schließlich.

Sie sagte immer noch nichts. Die Worte waren einfach nicht da.

»Die Kollegen haben in diesem Fall überstürzt gehandelt, wenn auch in bestem Glauben«, sagte er, verunsichert unter ihren ungläubigen Blicken.

Endlich fand sie ihre Stimme wieder. »Soll ich mich jetzt besser fühlen, nachdem ich weiß, dass der Mann mich hat verhaften lassen, mit dem ich in den letzten zwei Monaten geschlafen habe? Ja, ich stimme zu, dass die Kollegen überstürzt gehandelt haben, aber sie haben mich auch noch schlecht behandelt.«

Er nickte und gab mit gepresster Stimme zu: »Du hättest nicht festgenommen werden dürfen.«

Rachel wurde jetzt erst richtig wütend. »Das wäre doch eine großartige Verabredung gewesen. He, Liebling, vergessen wir das Pornokino. Ich zeige dir, wie es ist, von bewaffneten Polizisten in der Nacht verhaftet zu werden. Was für ein Kick! Du erlebst Huren und Zuhälter aus erster Hand, lässt dich von stupiden Polizisten beschimpfen und verbringst die Nacht in einer echten Polizeizelle, mit Schweißgeruch und derben Flüchen und allem, was dazu gehört. Deine Zukunft liegt in den Händen von Idioten, die sich um nichts scheren. Kannst du dir vorstellen, wie ich mich fühle? Soll ich dir einen blasen, dann kannst du erfahren, wie heiß mich solche Erlebnisse machen.«

»Halt deinen Mund«, sagte er gepresst, dann schlug er mit der flachen Hand so heftig auf den Tisch, dass die Kunststoffplatte ernsthaft in Gefahr geriet.

»Du musst deinen Job wirklich lieben«, sagte sie. »Sex ohne Verpflichtung, und als Bonus kannst du auch noch deine Kriminalfälle lösen.«

»Dass ich mit dir Liebe gemacht habe, hat nichts mit meinem Beruf zu tun«, sagte er leise.

»Ach, David, du hast nie Liebe mit mir gemacht, du hast mich gefickt, und ich war der Bonus in deinem Geschäft. Hältst du mich auch noch für doof?«

Er zog eine Schachtel Dunhill aus der Tasche seines Anzugs. Er klickte sein Feuerzeug an, und Rachel spürte ein Zucken in ihrer Brust. Im Gegensatz zu Detective Bailey wusste dieser Mann, wie man rauchte. Er sah sie durch verhangene Augen an.

»Du bist nicht doof, Rachel, du hast in diesem Fall nur die Arschkarte gezogen.«

»Oh, bitte, fang jetzt nicht mit der Mitleidsnummer an, David. Sage mir nur noch, warum ich hier bin, und dann lässt du mich gehen.« Sie lechzte auch nach einer Zigarette, obwohl sie noch nie geraucht hatte.

»Das kann ich nicht.« David öffnete die Tür und bestellte Tee und Plätzchen. Rachel gewahrte plötzlich, dass sie seit dem frühen Abend nichts mehr gegessen hatte. Ihre Haut fühlte sich trocken an, und ihre Kleider waren zerknittert und verschwitzt. David drehte den Stuhl ihr gegenüber herum und setzte sich darauf, die Arme auf der Rückenlehne. He, das war sexy, dachte sie.

»Also gut, erzähle mir von Adrian und Robyn Grodin«, sagte er.

»Solltest du das nicht auf Band aufnehmen?« Sie wies auf das Tonbandgerät, das neben ihm auf dem Tisch stand. Er zog an seiner Zigarette und wartete geduldig auf ihre Antwort.

»Wie ich schon Mr. Bailey gesagt habe, waren sie gute Kunden. Sie flogen aus Paris ein, und ich brachte sie zu einem Hotel in London.«

»Und wohin hast du sie dann gebracht?«

»Zu ihren Freunden. Die Adressen stehen alle in meinem Kalender. Ich schreibe jede Adresse auf, Abholort und Zielort. Das ist ganz normal.«

»Hast du die Leute auf diesen Partys je kennen gelernt?«

»Normalerweise nicht. Die Chauffeure bleiben draußen. Die Gastgeber haben kein Interesse an ihnen. Sie bieten einem nicht mal ein Glas Wasser an. Einmal habe ich in die Rhododendrenbüsche pinkeln müssen, weil die Gastgeberin uns gewarnt hatte, sie wollte keinen von uns in ihrem Haus erwischen.«

Während sie sprach, betrachtete David sie mit kaltem Interesse. Kein Vergleich zu dem freundlichen, witzigen Diamantenhändler, den sie kennen gelernt hatte und der ihr – das räumte sie sich widerwillig ein – etwas bedeutete.

Nur schade, dass sie das Bild nicht verdrängen konnte, wie er in ihrer Wäsche stöberte.

»Was ist mit Justin Longmere? Lord Justin Longmere, um genau zu sein.«

Das würde mehr als nur peinlich. »Ja, gestern Abend habe ich ihn kurz kennen gelernt.«

»Draußen vorm Haus?«

»Nun, nicht genau.«

»Was ist genau passiert?« Seine Augen sprühten Gift.

Sie erzählte es ihm und sah das kleine Zucken der Ader an seiner Schläfe, wann immer er das Kinn vorreckte. Danach kamen seine Fragen, knapp und präzise. Warum hatte sie Sex mit ihm? Was ist danach passiert? Hatte sie eine Ahnung, wer Justin war? Ihre Antwort war genauso klar: Nein, sie hatte keine Ahnung, dass er der Sohn von Lady Longmere war, einer früheren Parlamentsabgeordneten der Konservativen. Neue Fragen, bis es in ihrem Kopf zu rauschen begann.

»Du bist kein normaler Polizist, nicht wahr?«, fragte sie. Er saß jetzt seit einer Stunde da und hatte sich immer noch keine Notizen gemacht.

»Erzähle mir etwas mehr von Adrian Grodin«, sagte er. »Hast du etwas über ihn erfahren, während du mit ihm geschlafen hast?« Er hörte sich verbittert an. Rachel hatte kein bisschen Mitleid mit ihm.

»Ich habe herausgefunden, dass er ein wahrer Meister im Cunnilingus ist«, sagte sie spitz.

Davids Augen verzogen sich zu Schlitzen. Sie sah, wie sich sein Kinn bewegte, währen er eine wütende Replik unterdrückte. Sie konnte die Frage in seinen Augen sehen. Und was ist mit mir?, wollte er so verzweifelt fragen, dass sie die Worte beinahe hören konnte.

Ein brauner Umschlag klatschte auf den Tisch, und Rachel zuckte zusammen. Aus dem Umschlag zog er ein offiziell aussehendes Dokument, das er ihr zuschob, zusammen mit einem Montblanc Füller.

Sie begann zu lesen und ließ sich viel Zeit damit, denn sie wollte sicher sein, dass ihr nichts entging. Viele Begriffe waren ihr fremd, aber sie sollte sich wohl verpflichten, Stillschweigen über das zu bewahren, was sie in diesem Raum gehört und gesagt hatte. Falls sie dagegen verstieß, drohte ihr eine Freiheitsstrafe. Unten auf der Seite gab es zwei gepunktete Linien, auf der einen sollte sie unterschreiben, auf der anderen stand schon die Unterschrift des Diamantenhändlers, der sich als hohes Tier bei den Detectives entpuppt hatte. Achselzuckend nahm Rachel den Füller in die Hand und unterschrieb.

David zündete sich wieder eine Zigarette an und sog den Rauch tief ein, während er das Dokument zurück in den braunen Umschlag steckte.

»Ich leite eine besondere Einheit des MI 5. Wir kümmern uns um Drogenschmuggler, Terroristen und organisierte Kriminalität. Dieser Fall gehört nicht direkt in unsere Zuständigkeit, aber aus bestimmten Gründen haben wir den Auftrag erhalten, diesen Fall zu klären, denn es hat sich gezeigt, dass er in hohe Kreise hineinspielt. Politiker, Promis und andere Leute, die ihre Namen nicht in Verbindung mit wilden Orgien auf dem Land verbunden sehen wollen. Es war Lady Longmeres Haus, in dem du gestern Abend warst. Sie kam früher nach Hause, wie Detective Bailey dir schon gesagt hat, und fand heraus, dass mehrere Schmuckstücke fehlten, ziemlich kostbare Schmuckstücke. Natürlich war es Unsinn, dass Bailey dich verhaftet hat. Aber in meiner Abwesenheit wollte er den Commissioner beeindrucken und hat sich dich geschnappt, statt sich um Grodin zu kümmern. Deshalb ist er uns durchs Netz geschlüpft, bevor wir ihn befragen konnten.«

Rachel runzelte die Stirn und versuchte, die neuen Informationen zu verdauen. »Was meinst du mit ›er ist uns durchs Netz geschlüpft‹?«

»Grodin ist vor Jahren schon einmal wegen Betrugs verurteilt worden. Das haben wir erst in den letzten Wochen herausgefunden. Wir wissen, dass er die einzelnen Häuser über Wochen beobachtet hat. Notizen, Fotos, Details über die mögliche Beute. Wenn die Gastgeber zu einer Party laden, tauscht er oft die echten Schmuckstücke gegen billigen Ersatz aus.«

»Und Robyn trug sie immer durch den Zoll!«, rief Rachel aufgeregt. »Deshalb war sie immer so behangen. Aber hat sie überhaupt was damit zu tun? Ich meine, das ist doch lächerlich, wo sie doch die Erbin eines Riesenvermögens ist.«

»Nun hör aber auf, Rachel. Jeder weiß doch, dass millionenschwere Erbinnen verrückt sind. Sie hängt natürlich in der Sache drin, auch wenn sie jetzt zu Daddy läuft und behaupten wird, Grodin hätte sie zu allem gezwungen. Kein Mensch wird ihr das glauben, aber sie steht dann gut da, während Grodin der böse Bube ist. Valmez jedenfalls wird dem Töchterchen glauben, denn er ist immer noch wütend, dass er von Grodin erpresst wurde, der Hochzeit mit Robyn zuzustimmen.«

Rachel verdrehte die Augen. »Warte mal – du sagst, Robyn wollte ihn gar nicht heiraten?«

»Ja, doch, eigentlich schon. Aber ein paar Tage vor der Hochzeit fand sie heraus, dass Adrian Koks nahm und auch anderen Lastern frönte, denen er angeblich abgeschworen hatte, seit sie zugestimmt hatte, ihn zu heiraten. Aber alte Gewohnheiten stellt man nicht so schnell ab.«

Er sah ihr in die Augen, aber sie reagierte eher trotzig auf seinen Flirtversuch. Ihre Gedanken waren bei Robyn. Hatte sie sich so schnell zum Flughafenhotel fahren lassen, weil sie ihren Mann mit dem englischen Aristokraten und den beiden Maskenträgern erwischt hatte? Wenn ja, dann konnte Rachel die Reaktion Robyns gut nachvollziehen.

»Aber womit konnte Grodin seinen künftigen Schwiegervater erpressen?«

»Es gibt eine hässliche Episode in der Vergangenheit der Valmez, die der alte Herr geheim halten wollte. In seiner Familie gab es einige Nazisympathisanten – für einen Diplomat keine angenehme Hypothek. Aber mich interessiert das nicht. Valmez und Lady Longmere sind schon lange befreundet, deshalb stehe ich unter einem besonderen Druck, den Fall sauber zu lösen, diskret und ohne dass die Presse etwas erfährt. Dabei weiß ich zum jetzigen Zeitpunkt nicht einmal, ob ich den Fall überhaupt knacken kann.«

Sie sah in sein Gesicht. Er sah gestresst aus, als wären die letzten Stunden die Hölle gewesen. Wahrscheinlich traf das auch zu; bestimmt hatte er sich mit nervösen französischen Diplomaten herumzuschlagen, und ein hoher Beamter des britischen Innen- oder Außenministeriums hatte ihm vielleicht mit dem jähen Ende seiner Karriere gedroht, falls die Presse Wind von der delikaten Angelegenheit bekam.

»Du solltest mir ein Zeichen geben, wann ich dich bedauern muss«, sagte sie kühl. »Falls du ein richtiger Spion sein willst, muss ich dir sagen, dass du an deiner Technik arbeiten musst.«

»Spion? Ich habe nichts mit Spionage zu tun, dafür sind die Kollegen vom MI 6 zuständig.«

»Was hat das alles mit Reginald Tagger zu tun?«, fragte sie. »Ich meine, ihr werft mir vor, dass ich ihn umgebracht habe.«

»Das sind verdammte Idioten, die im Dunkel stochern. Sie haben absolut keine Beweise gegen dich, und wir wissen auch längst, wer es getan hat.«

Rachel blickte auf. »Ach?«

David sah sie durchdringend an. Er richtete sich auf, und dabei fiel sein Jackett auseinander. Ihr fiel die Handfeuerwaffe ein, die er ihr im Pornokino gezeigt hatte. Ihre Augen weiteten sich. Sie zeigte mit dem Finger auf ihn und sagte: »In den Nachrichten hieß es, dass es der Job eines Killers war. Also kann ich doch jetzt nach Hause gehen, nicht wahr?«

»Wir sind noch nicht fertig mit dir.«

»Das heißt, du traust mir immer noch nicht?« Ihre Zunge fühlte sich dick und schal an.

»Es gehört zu meinem Job, niemandem zu trauen.« Er stand auf und ging zur Tür. »Du musst deine Aufträge absagen. Du wirst etwa eine Woche lange nicht in deinem Geschäft arbeiten können.«

»Warum? Was ist los?«

»Das kann ich dir jetzt noch nicht sagen. Du musst uns vertrauen.«

»Oh, großartig«, fauchte sie. Er verließ den Raum.

Während sie auf David wartete, aß sie einige Plätzchen und trank den lauwarmen Tee. Besser als nichts. Der freundliche Polizist brachte ihr ein paar Zeitschriften, mit deren Lektüre sie sich die Zeit vertreiben konnte. Nach einer halben Stunde wusste sie, wie man einen Warmhalter für gekochte Eier strickte, wie man ein Drei-Gänge-Menu in fünf Minuten zubereitete und wie man seine Ehe auffrischte. Danach wurde ihr klar, dass alles einen Sinn ergab, was David ihr erzählt hatte.

Wenn die Valmez und die Longmeres miteinander befreundet waren, erklärte das, warum die Grodins sich Zugang zum Haus verschaffen konnten. Schließlich kam David zurück, und endlich konnte sie diesen schrecklichen Raum verlassen. Im Vergleich dazu duftete es im düsteren Flur wie auf einer Alpenalm. Das Sonnenlicht hatte sie noch nie so hell erlebt; sie musste rasch die Augen schließen. Aber nicht lange.

Sie wurde zu einem breiten schwarzen Mercedes mit dunkel getönten Scheiben geführt, der Traum aller Gangster, aller Geheimagenten – und auch ihr Traum. So einen Wagen müsste sie sich noch zulegen.

Einer der Männer setzte sich hinters Lenkrad, der andere setzte sich zu ihr und David auf die Rückbank. Davids Bein drückte gegen ihren Schenkel, was ihr sehr bewusst war. Das wäre nicht nötig gewesen, denn das Auto war breit genug, aber sie war dankbar für die Körperwärme, selbst wenn sie von jemandem wie ihm kam.

»Was hast du eigentlich in meiner Wäschekommode gesucht?«, fragte sie plötzlich.

»Beweise.«

»Welche Beweise? Dass ich Unterwäsche trage?«

Der andere Mann starrte aus dem Fenster, aber sie konnte sehen, dass es um seine Mundwinkel zuckte.

»Ich wollte sehen, ob Grodin dir noch mehr Schmuck geschenkt hat, den ich einem anderen Diebstahl zuordnen konnte«, sagte er geduldig. »Und vergiss nicht, dass du noch nicht aus dem Schneider bist. Spar dir jetzt deine Aussagen und warte, bis wir im Büro sind.«

Die Fahrt dauerte noch eine halbe schweigsame Stunde.

Es ging über London Bridge, dann folgten sie der Themse nach Süden, bis sie irgendwo vor einem anonymen Bürohochhaus in eine Tiefgarage fuhren.

Rachel wurde zu Davids Büro geführt. Er bot ihr einen Platz an, und sie sah sich um. Es musste das Büro eines leitenden Mannes sein, denn es war groß und luxuriös eingerichtet. Die beiden anderen Männer nahmen auch Platz, ihre Gesichter starr und ausdruckslos. Rachel fühlte sich wie bei einer Inquisition. Auch dies hatte nichts mit dem normalen Prozedere bei der Polizei zu tun. David ließ sich auf seinen quietschenden Ledersessel hinter dem wuchtigen Schreibtisch nieder und stützte seine Ellenbogen auf der polierten Platte ab.

»Rachel, diese Gentlemen sind von der Spezialeinheit. Sie sind abgestellt, mich in diesem Fall zu unterstützen. Lady Longmere drängt darauf, dass wir den Fall so schnell wie möglich abschließen. Und natürlich scheut sie Schlagzeilen wie ›Franzose klaut Klunker auf Sexparty‹. Ich schätze, du verstehst unser Problem.«

Die beiden Männer kicherten leise, aber ein Blick Davids ließ sie verstummen.

»Manchmal denke ich zwar, dass diese reichen Ladys das bekommen, was sie verdient haben, wenn sie sich von falschen Diamanten und einem hübschen Akzent blenden lassen, aber das ist natürlich nicht meine offizielle Einstellung.«

»Ich habe mich auch blenden lassen, und dann bin ich auch noch verhaftet worden«, knurrte Rachel.

»Im Moment kann ich dazu nichts sagen.«

»Schuldig bis zum Beweis der Unschuld, was?«

»Nein, nach der Devise arbeiten wir nicht.«

»Unsinn.« Ihre ganze Verachtung legte sie in dieses eine Wort.

»Okay, ich kann mir vorstellen, dass du sauer bist, aber ich wäre dir dankbar, wenn du uns bei unserer Arbeit unterstützen würdest.«

»Und was ist, wenn ich das nicht tue?«

»Du wirst der Verdunkelung beschuldigt, Rachel. Um es ohne Umschweife zu sagen: Ich bitte dich nicht um einen Gefallen. Wenn du dich auf unsere Seite stellst, rettest du deinen Arsch.«

»Oh? Oder willst du nicht eher vermeiden, dass du bis zum Ende deiner Dienstzeit den Verkehr auf einer Kreuzung auf dem Land regeln musst?«

Sein Kinn reckte sich wieder vor. Die beiden Männer schauten zur Decke.

»Mrs. Grodin hat gesagt, dass ihr Mann Schmuck an einen Typen in Jamaika verkauft. Er heißt Jermaine. Hast du den Namen schon einmal gehört?«

Rachel schüttelte den Kopf. »Noch nie.«

»Im Musikgeschäft ist er als Rapper bekannt, als King of Bling. Er handelt mit Platin und Diamanten. Tupac war einer seiner Kunden, P. Diddy ebenfalls. Grodin ist einer von mehreren Lieferanten, aber wir wissen noch nicht, ob Jermaine sauber ist oder nicht. Mrs. Grodin nimmt an, dass ihr Mann so schnell es geht nach Jamaika will, um die Ware abzusetzen, die er zuletzt gestohlen hat. Wenn ihm das gelingt, wird er mit dem Geld untertauchen. Aber er ist ein Mann, der sich gern an seine Gewohnheiten hält, und noch weiß er nicht, dass seine Frau gegen ihn ausgesagt hat. Wenn wir Glück haben, wird er in seinem Hotelzimmer ausharren, bevor er nach Jamaika reist, denn Jermaine ist zurzeit gar nicht zu Hause. Er kommt erst morgen zurück, aber es heißt, dass er ein Mann ist, der nichts von überhasteten Geschäften hält. Er wird sich Zeit lassen bis nach dem Geburtstag seiner Frau am nächsten Samstag.«

»Aber wenn du mit einiger Sicherheit davon ausgehst, dass Jermaine mit gestohlenem Schmuck handelt, kann man ihn doch festnehmen«, sagte Rachel.

»Falls wir die Unterstützung der zuständigen Behörden erhalten. Aber er ist ein bekannter Mann und ein beliebter Wohltäter. Ihm gehören mehrere Bars und ein Hotel, und er ist Geldgeber für ein Rehabilitationsprogramm für jugendliche Drogensüchtige. Wenn er eine Bauchlandung macht, versiegt der Geldfluss, woran niemandem gelegen ist. Aber zurück zu Grodin. Wir glauben, dass sich in seinem Besitz ein goldenes, mit Diamanten besetztes Halsband befindet, das er Lady Longmere gestohlen hat. Es ist eine Million Pfund wert, und ich will es unbedingt zurückhaben.«

»Ja, kann ich gut verstehen«, sagte Rachel. Sie erinnerte sich daran, dass Justin davon gesprochen hatte, den Familientresor ausgeräumt zu haben, aber er war natürlich vollgedröhnt gewesen. Außerdem hätte Adrian immer noch die Gelegenheit gehabt, in dem Chaos irgendwann die Juwelen an sich zu nehmen und sich ins nächste Flugzeug zu setzen, um die Beute möglichst bald zu versilbern.

Falls Robyn inzwischen mit ihm Kontakt aufgenommen hatte, würde er wissen, dass seine Ehe am Ende war. Dann gab es für ihn keinen zwingenden Grund mehr, so schnell nach Europa zurückzukehren.

»Das ist eine plausible Einschätzung«, murmelte David, als Rachel ihm diesen Gedankengang vorgetragen hatte. Die beiden anderen Männer nickten zustimmend. David öffnete eine flache, viereckige Schachtel, innen mit dunkelblauem Samt ausgelegt. »Dies ist die Imitation, die Grodin in Lady Longmeres Schmuckschatulle zurückgelassen hat«, sagte er. Das Halsband glitzerte sie an.

»Das ist eine Imitation?«, fragte sie und streckte eine Hand aus, um über die Steine zu streichen. Das Band bestand aus einem Oval aus Diamanten, etwa so groß wie ein kleiner Zehennagel, und vom Oval lief eine goldene Kette nach unten, offenbar für ein offenes Dekolleté gedacht.

»Das Band hat einen Wert von etwa fünfhundert Pfund«, sagte David. »Es ist nicht einmal eine gute Imitation.« Er klappte den Deckel wieder zu.

»Nun, es war ein faszinierender Nachmittag«, sagte sie spitz, »aber warum erzählst du mir das alles?«

Der zweite Mann beugte sich zu ihr und sprach seinen ersten Satz. »Wir brauchen jemanden in seiner Nähe, der Grodin ablenkt, während wir die Halsbänder austauschen.«

»Eine Frau wäre ideal für den Job«, sagte der andere Fremde.

Alle starrten Rachel an. Ihr wurde bewusst, dass ihr Kinn bis auf den Boden gesunken war. Sie schloss den Mund.

»Niemals«, sagte sie. »Absolut niemals.«

Elftes Kapitel

Es hörte sich alles so einfach an. Nach Jamaika fliegen, irgendwie verkleidet natürlich, Adrian im Bett oder sonst wo ablenken, während die Halsbänder vertauscht wurden. Dann brauchte sie sich nur noch diskret im Hintergrund zu halten und der finalen Begegnung von Adrian und Jermaine beizuwohnen, der sehr schnell herausfinden würde, dass die Diamanten nur glitzerndes Glas waren. Diesen Augenblick würden David und seine Leute nutzen, um Adrian Grodin aus dem Verkehr zu ziehen.

Sie sagten es ihr nicht so deutlich, aber Rachel hatte in ihrem Leben schon einiges hinter sich und verstand es, auch das zu hören, was nicht ausgesprochen wurde. Unter der strengen Aufsicht von David und seinen Leuten räumte sie ihr Büro auf und sagte die Termine der nächsten zwei Wochen ab. Einige Kunden reagierten ungehalten darauf, aber sie konnte es nicht ändern. Wenn sie sich weigerte, drohte ihr die modrige Polizeizelle. Es war erst zwei Tage her, dass sie sich von Adrian zu ›ein bisschen Spaß‹ hatte überreden lassen. Himmel, das war leichtsinnig gewesen.

Sie wollte Sharma anrufen, um ihr Bescheid zu sagen, aber David verweigerte ihr das.

»Ich will verdammt sein, wenn das ein ganz normaler Polizeieinsatz ist«, rief sie wütend.

»Ist es auch nicht«, gab er gelassen zurück. »Ich habe dir gesagt, dass wir eine Sondereinheit bilden.«

»Das heißt, du stellst deine eigenen Gesetze auf? Du bist schlimmer als Tagger, du versteckst dich hinter Recht und

Gesetz und trittst es doch mit Füßen. Wieso willst du überhaupt, dass ich solche Drecksarbeit für euch mache?«

»Ich werde es dir zur gegebenen Zeit erklären. Jetzt muss ich wissen, ob du für den Job geeignet bist.«

»Ja, bin ich.« Sie wunderte sich über sich selbst, aber es stimmte, sie wollte ihm beweisen, dass sie die Richtige für ihn war.

»Gut. Wir werden bei jedem Schritt bei dir sein, auch wenn du uns nicht siehst. Du musst begreifen, dass es gefährliche Situationen für dich geben kann, Rachel. Ich will nicht, dass dir etwas geschieht.«

»Dafür ist es schon zu spät«, knurrte sie.

Später an diesem Nachmittag fuhr David sie in fast totalem Schweigen zu Lady Longmere. Sie stünde noch unter Schock und wäre noch verärgert über die Dummheit ihres Sohnes und der Schwiegertochter, die in ihrer Abwesenheit das Haus hatten hüten sollen.

Rachel konnte ihren Ärger gut nachvollziehen, wenn sie sich vorstellte, wie die alte Dame ihr wunderschönes Landgut betrat und die zugedröhnten, meist nackten Fremden sah und dann auch noch erfahren musste, dass sie beraubt worden war. Zusätzlich musste sie erleben, dass die französischen Medien über einen lieben Freund herfielen, der als heimlicher Nazi entlarvt worden war. Nein, es war kein guter Tag für Lady Longmere gewesen.

Sie war eine immer noch sehr schöne Frau mit einer makellosen Frisur, in einem grauen Kaschmirkleid, mit einer Kette aus dünnen Perlen geschmückt. Ihr Mund war nur ein schmaler Strich, und ihre durchdringenden blauen Augen blickten kalt wie ein Eisberg. Rachel fühlte sich gemustert, als hätte sie sich um die Stelle eines Küchenmädchens beworben. Sie war froh, dass sie ihr schwarzes

Kostüm und die eleganten schwarzen Schuhe dazu angezogen hatte. Ihre langen Haare hatte sie mit einem Chiffontuch zusammengebunden.

Sie saßen im Salon. Die Nachmittagssonne fiel herein und strahlte die erlesenen Möbelstücke an. In der Dunkelheit hatte Rachel nicht wahrgenommen, wie groß das Haus war und wie gepflegt die Blumenbeete aussahen, die das Haus einrahmten. Ein wenig entfernt glitzerte die Themse wie ein silbernes Band, das nur von den Farbtupfern der vorbeisegelnden Boote unterbrochen wurde.

Von Justin war nichts zu sehen. Er hatte sich klugerweise mit seiner Frau Felicity in die Toskana abgesetzt. Rachel nahm an, dass sie sich aus der Schusslinie nehmen wollten, während der Fall untersucht wurde. Sie selbst war sehr erleichtert darüber, dass sie dem Kerl ausgerechnet in Davids Gegenwart nicht zu begegnen brauchte.

»Ich hoffe, Sie verstehen meine Lage, Mrs. Wright«, sagte Lady Longmere mit tonloser Stimme. »Ich bin sehr ungehalten über die Ereignisse des vergangenen Wochenendes. Mr. Fielding hat zugesagt, dass er alles tun wird, dass der Fall nicht an die Öffentlichkeit gezerrt wird. Falls durch Sie etwas herauskommt, werde ich Sie dafür zur Verantwortung ziehen. Ist Ihnen das klar?«

»Sehr klar«, sagte Rachel. Seit sie wegen irgendeines Verstoßes ins Büro der Schulleiterin geschickt worden war, hatte sie sich nicht mehr so klein gefühlt.

»Andere, die sich in einer ähnlichen Situation befunden haben, akzeptierten den Verlust ihrer Wertsachen, aber auch sie wollen, dass dieser Mann gestellt und verurteilt wird, und dabei werden Sie uns helfen.«

»Ja, wenn ich kann.«

Lady Longmere fixierte sie mit einem stählernen Blick. »Gut. Aber ich verlange Ihre Zusicherung, dass Sie diese

Reise nicht wie einen kostenlosen Urlaub betrachten. Ist das klar?«

Rachels Mund klappte auf. Sie sah zu David und erwartete Beistand von ihm, aber von da kam nichts.

»Und ich hoffe, Ihnen ist klar, dass ich nicht gebeten, sondern gezwungen wurde, mein Geschäft und meinen Ruf aufs Spiel zu setzen, um Ihre Reputation zu retten, obwohl ich an der ganzen Geschichte keine Schuld trage.«

Lady Longmere schürzte missbilligend die Lippen. »Ich verstehe. Ich wusste, dass es darauf hinauslaufen würde. Reichen fünfzigtausend Pfund, um abzusichern, dass Sie Ihren Auftrag zu unserer Zufriedenheit erledigen und danach Stillschweigen darüber bewahren?«

Rachel fühlte sich gedemütigt. »Hier geht es nicht um Geld! Ich weiß doch gar nicht, auf was ich mich da einlasse. Mir geht es einzig darum, dass kein Verdacht mehr auf mir lastet, damit ich mein Leben weiter leben kann. Ich will Ihr Geld nicht, Lady Longmere.« Sie musste Luft schöpfen und vergaß die Etikette, über die David kurz auf der Fahrt geredet hatte. Sie lief in den Garten und ließ sich von der warmen Julisonne bescheinen. Ganz in der Nähe stand ein Beet mit Levkojen, deren Duft sie einatmete, aber sie war nicht in Stimmung, die hübschen Blumen zu bewundern. Sie hatte es sich wohl mit der Alten verdorben, aber sie ließ sich von keinem kaufen, auch von keiner Lady.

»He.« David stand dicht hinter ihr. »Sehr gut. Sie hält dich für *cool.*«

Rachel lachte kurz auf. »War das ihre Beschreibung?«

»Nein. Sie sprach von einem ›scheinbar anständigen Mädchen‹.«

Er äffte ihre aristokratische Aussprache nach, und sie musste lachen. Sie standen dicht beieinander in dem friedvollen, duftenden Garten, und Rachel dachte, wie schön es wäre, wenn er seinen Arm um sie legte. Du bist eine dummme Kuh, schalt sie sich. Er hat dich von Anfang an belogen, aber du würdest immer noch mit ihm ins Bett hüpfen. Aber das würde sie ihm gegenüber nie zu erkennen geben.

Am anderen Morgen starrte sie auf den Koffer neuer Kleider, dazu noch die blonde Perücke, die wie eine Perserkatze auf ihrem Bett lag. Rachel lachte trocken auf.

»Das kann nicht dein Ernst sein!«

»Er darf dich nicht erkennen, Rachel. Du musst überzeugend in die Haut dieser anderen Frau schlüpfen, sonst scheitert der ganze Plan.«

Kurz vor Mittag war er bei ihr eingetroffen, in seiner Begleitung eine Frau in einer weißen Tracht, die etwas in der Hand hielt, was wie ein großer Werkzeugkasten aussah. Ihre Aufgabe war es, für Rachels nahtlose Bräune zu sorgen, ihr die falschen Nägel aufzusetzen und ihr zu zeigen, wie man am geschicktesten die Perücke trug, abnahm und wieder über die eigenen Haare stülpte.

Vier Stunden später waren ihre Beine enthaart und die Brauen gezupft. Sie war eine gebräunte Blondine, die über die neuen Nägel blies, die sie gerade mit weißem Lack bestrichen hatte. Um ein weiteres Erkennungsmerkmal zu eliminieren, hatte sie sich die Schamhaare rasiert. Zuerst fühlte es sich prickelnd an, und ganz sicher sah es bizarr aus, selbst mit der künstlichen Bräune.

Sie ging aus ihrem Zimmer, nur in einen Frottemantel gehüllt, und starrte David unter ihrem zerzausten blonden Pony an.

»Du findest das komisch, was?« Sie hob das erste Teil, auf das ihre Hand stieß, aus dem Koffer. Es war ein sehr enges T-Shirt aus einem Jersey-Seide-Gemisch, und es war so tief ausgeschnitten, dass sie sicher war, man könnte ihren

Nabel sehen. Dann zog sie einen verblichenen Baumwollrock an und nahm halsbrecherische weiße Stilettos mit kleinen roten Schleifen heraus.

Sie fasste einen Schuh an und hob ihn so angewidert hoch, als wäre er eine tote Ratte. »Habe ich dich in einem früheren Leben mal beleidigt?«, fragte sie.

»Vergiss nicht, was alles davon abhängt«, erwiderte er ohne die Spur von Mitgefühl.

»Ja, unter anderem mein Geschäft. Hör jetzt bloß mit deinem gönnerhaften Geschwafel auf, und wenn du noch einmal sagst, ich soll dir vertrauen, dann bringe ich dich um. Ich lasse mich gern dafür hängen, das schwöre ich bei Gott.«

David bedeutete der Frau in Weiß, sie allein zu lassen, und als sie gegangen war, legte er einen Arm um Rachels Taille. Sie hatte Mühe, das Gleichgewicht auf den zehn Zenzimeter hohen Absätzen zu halten. Sie knickte ein wenig um und musste sich an ihm festhalten, um nicht hinzufallen.

»Du schaffst das schon. Du stellst dich dumm an und versuchst, nicht aufzufallen. Du kennst bestimmt diesen Typ Frau, den ich meine.«

»Ja. Es ist der Typ, für den mein Mann mich verlassen hat«, gab sie gepresst zurück und wollte sich wieder aus seinen Armen lösen. »Wie dumm soll ich denn sein?«

Er hielt sie fest. »Das überlasse ich dir.«

»Ich dachte, ich könnte überhaupt nichts selbst entscheiden.«

Er drückte den Mund auf ihren Nacken. »Du bist ein wildes Tier, Rachel. Ich glaube nicht, dass es jemandem gelingt, dich Dinge tun zu lassen, die du nicht wirklich tun willst.«

Sie fühlte, wie seine Hand tiefer glitt und unter den kurzen Rock griff. Die Hand strich über die Innenseiten ihrer

Schenkel. Sie stoppte seine Hand und schob sie weg, dann trat sie aus seiner Umarmung heraus.

»Du solltest mir noch sagen, wie ich diese Woche heiße. Sharon? Tracey?«

»Kim Clark«, sagte er kurz angebunden, sichtlich verärgert über ihre Zurückweisung. Er ließ seine Aktentasche aufschnappen und holte einen Umschlag heraus. Darin befanden sich Reisepass und Flugtickets. Das Foto im Pass zeigte zwar sie, aber sie war es nicht wirklich. Sie betrachtete sich im Spiegel, dann sah sie wieder auf das Passfoto. Ja, okay, aber nicht echt. Irgendeine gekonnte Spielerei mit dem Computer, nahm sie an.

Sie blickte in Davids missmutiges Gesicht. Sie brauchte ihn auf ihrer Seite, wenn sie dreitausend Meilen weit von zu Hause entfernt war.

»Eh, wenn das alles vorbei ist, sehen wir uns dann wieder?«

Er starrte sie an. »Das kommt darauf an, nicht wahr?«

»Worauf?«

»Ob du uns den Plan versaust oder nicht. Wenn ja, sehen wir uns im Gerichtssaal wieder.« Er knallte seine Aktentasche zu. »Es wird Zeit.« Er drehte sich um und wartete nicht auf sie.

Es war ein Bild der Unwirklichkeit, als sie sich mit der blonden Mähne statt den langen schwarzen Haaren in den Scheiben vor dem Flughafenterminal sah. Obwohl sie sich geweigert hatte, ihre Haare abschneiden zu lassen, fühlte es sich unter der Perücke nicht so heiß und unbequem an, wie sie es befürchtet hatte.

Die neue Haarpracht mochte ja noch akzeptabel sein, aber ihr derzeitiger Kleiderstil war noch sehr gewöhnungsbedürftig. Sie hatte sich für ein relativ züchtiges Jerseykleid entschieden, aber dann erkannte sie, dass der Stoff mehr als zehn Zentimeter die Schenkel hochrutschte, wenn sie sich setzte. Ihre Füße schmerzten jetzt schon in den Sandalen mit den hohen Absätzen, die laut auf dem Linoleum klackten, als sie durch die Halle schritt und ihren Koffer hinter sich her zog.

Benimm dich blond, dachte sie. Aber es wurde ein Spießrutenlaufen, als sie an den Taxifahrern vorbeirippelte, von denen sie die meisten kannte. Himmel, was war, wenn jemand sie ansprach? Dann war es mit ihrer Glaubwürdigkeit bei den Kollegen endgültig vorbei. Und warum starrten die Kerle sie so unverschämt an?

Sie blickte an sich hinunter und sah, dass ihr Wonderbra seine Aufgabe ein bisschen zu perfekt erfüllte. Sie zupfte an ihrem Kleid und schob es höher, was den Ausschnitt reduzierte. Sie fluchte auf David. In diesem Aufzug musste man sich wie eine verruchte Frau fühlen.

Die Sitze in der ersten Klasse boten eine Menge Platz, was schon gut war, denn David las den Daily Telegraph, und wenn er eine Seite umschlug, brauchte er auch noch die Hälfte ihres Platzes.

Nach dem Essen wurde der Kaffee serviert, dazu gab es die winzigen Plastikschalen mit der Kaffeesahne. Sie zog die Lasche auf, und ein Milchstrahl schoss unter der Zeitung durch auf Davids Schoß.

»Oh, das tut mir ja so Leid«, rief sie, sah ihn mit großen unschuldigen Augen an und richtete dann den Blick auf die Kaffeesahne auf seinem teuren Anzug.

»Ach, du brauchst dich nicht zu entschuldigen. Es liegt am Luftdruck.« Er sah sie an und bleckte die Zähne.

»Ich dachte, meine sanfte Berührung hätte ihn losspritzen lassen.« Sie kicherte und genoss seine Verlegenheit. Irgendetwas an ihm in diesem verdammt schnittigen Anzug brachte ihre Hormone in Aufruhr. Wie kam es, dass ihre sexuelle Moral sich so schnell verflüchtigt hatte? Wenn sie diesem hinterlistigen Hundesohn in die Augen schaute, hätte sie ihn ohne Zögern an seinem Schwanz zur ersten freien Toilette zerren wollen. Sie blinzelte, aber das Bild verschwand nicht.

Die Zeit verrann. Sie las die Touristeninformationen. Es gab Warnungen vor bestimmten Gegenden in den Städten, vor fliegenden Händlern und Huren. Jamaika bestand doch nicht nur aus schneeweißen Stränden und Palmen, dachte sie. Bikinis waren streng auf Strand und Pool beschränkt, wenn man nicht von jedem Mann unter siebzig als Freiwild betrachtet werden wollte. Plötzlich war sie froh, dass David da war, um sie zu beschützen, auch wenn er ein Arschloch war.

Irgendwann döste sie ein, und in ihrem Traum war auch David eingeschlafen, die Zeitung auf seinem Schoß. Heimlich stahl sich ihre Hand unter die Zeitung und griff ihm in den Schritt. Sie streichelte ihn, bis er hart war, und schaute in sein Gesicht, dessen Ausdruck sich im Aufwachen veränderte. Zuerst schien er entsetzt zu sein, dann sah er sie verschwörerisch an und öffnete seine Hose. Er zuckte zusammen, als die Stewardess vorbeiging.

Im nächsten Moment fühlte er Rachels Hand auf seiner nackten Haut, dann umfasste sie seinen heißen, harten, pochenden Schaft. Sein Gesicht rötete sich, und sein Atem kam stoßweise.

»Komm, wir gehen auf die Toilette«, raunte er und schob ihre Hand sanft zurück.

In ihrem Traum war sie sofort bereit. Er ging voraus, und sie quetschte sich hinter ihm in die enge Kabine. Er hatte die Hose schon geöffnet, und der Schaft schob sich heraus wie ein stumpfes Schwert. Sofort saugte sie ihn in den Mund und schloss die roten Lippen um ihn.

Er schob die Hüften vor und zurück und biss sich auf die

Lippen, damit sein wollüstiges Stöhnen nicht nach außen drang. Nach gut einer Minute wollte er, dass sie sich aufrichtete. Er schob ihr Kleid von den Schultern und nagte lüstern an ihren Brüsten. Ihre Finger strichen über seinen Schaft und die prallen Hoden darunter.

»Wegen dir werde ich die ganze Woche einen Steifen haben, du kleine Schlampe«, sagte er heiser.

Sie hatte nichts gegen seine kruden Worte, denn sie fand, dass sich ihre Lust auch in seinen Augen spiegelte. Sie konnten es beide nicht erwarten.

»Steck mir dein heißes Ding rein«, wisperte sie in sein Ohr. Sie kniete sich auf den Toilettensitz, und ihre spitzen Absätze drückten gegen seine Schenkel. Er packte ihre Hüften mit den Händen und stieß in ihre nasse Pussy hinein. Ihren Slip hatte er hastig zur Seite geschoben.

Seine Stöße wurden schneller und härter und brachten sie beide in kürzester Zeit zu einem gewaltigen Orgasmus, der Rachel schwach und hilflos zurückließ.

»Oh, ja«, murmelte sie und wachte plötzlich auf. Dann gewahrte sie, dass ihre Hand tatsächlich auf seinem Schoß lag. Sie zog sie schnell zurück, als hätte sie glühende Kohle angefasst, und wurde knallrot.

»Hast du schön geträumt?«, fragte er grinsend.

Sie ignorierte ihre Verlegenheit und lächelte ihn siegessicher an. »Wunderbar, ja.«

Zwölftes Kapitel

Das Hotel gehörte zur Luxusklasse. Von ihrem Fenster sah sie über den weißen Strand und über das endlose blaue Meer. Rachels Zimmer war groß, kühl und üppig eingerichtet. Da standen hohe Statuen aus kaltem weißem Marmor und so glatt, dass sie zum Anfassen einluden. Die Hotelleitung hatte zur Begrüßung frische exotische Blumen geliefert. Das Bett war so groß wie ein Fußballstadion, und vom Balkon überschaute man die ganze traumhafte Bucht.

Die Vorstellung, dass auch Adrian diese Aussicht genoss, ließ sie erschauern. Dies würde fünf Nächte lang ihr Zuhause sein, es sei denn, alles lief wahnsinnig schief. Dann würde sie mit dem nächsten Flugzeug nach Hause fliegen – wahrscheinlich in einer Kiste.

Um sich von solchen unangenehmen Gedanken abzulenken, wollte sie auf Erkundungsreise gehen. Nachdem David ihr Gepäck aufs Zimmer gebracht hatte, war er verschwunden, nicht ohne zu sagen, dass er sich später noch einmal bei ihr melden würde. Seine letzte Mahnung war, dass sie sich von jedem Ärger fern halten sollte.

Die Sonne schien, und Rachel warf sich ein weites T-Shirt über und zog sich Shorts an, die nicht zu eng waren. Die Haare band sie in einem Dutt zusammen. Draußen versuchte sie, so uninteressiert wie möglich auszusehen, damit sie nicht für eine Hure gehalten wurde. Sie schlenderte über die vollen Straßen, spazierte eine Weile auf und ab und genoss die Explosion der Farben der exotischen Blumen und Blüten, die Düfte der tropischen Früchte und den

Appetit anregenden Geruch der brutzelnden Hühnchen. Alte zerlumpte Männer betrachteten sie aus gelben blutunterlaufenen Augen. Knaben steppten an den Straßenecken, und Rachel schaute ihnen begeistert zu.

Händler boten ihr Scheiben der Papayafrucht an und versprachen ihr ›eine gute Zeit‹. Sie wurde nicht so oft belästigt, wie sie befürchtet hatte, aber als sie eine Stunde später ins Hotel zurückkehrte, war sie erschöpft.

Erleichtert, in der kühlen Stille ihres Hotelzimmers zu sein, nahm Rachel ihre Perücke ab und stellte sich unter die Dusche. Die feuchte Nachmittagssonne hatte sie schläfrig werden lassen, deshalb legte sie sich aufs Bett und ließ den Deckenventilator kühle Luft über ihren nackten Körper blasen.

Als sie aufwachte, beugte sich ein Mann über ihr Bett.

Sie riss den Mund zu einem Schrei auf, aber im letzten Moment begriff sie, dass es David war. Er trug ein blaues Polohemd und cremefarbene Shorts.

»Showtime«, sagte er und warf ein Badetuch über ihre Nacktheit. Er legte sich aufs Bett, nahm ihren Platz ein und wartete auf sie.

»Was soll ich tun?«, fragte sie und trug die Creme auf, um ihre Bräune wiederherzustellen.

»Grodin ist noch nicht hier, aber übermorgen kommt er bestimmt. Jermaines Chauffeur hat geplaudert.«

»Wie denn das?«, fragte sie misstrauisch. »Hast du ihm beide Beine gebrochen?«

David lächelte kalt. »Ein bisschen Koks hat ihn zum Reden gebracht. Mir ist es egal, wie ich an meine Informationen gelange.«

»Das habe ich schon am eigenen Leib erfahren«, gab sie wütend zurück.

»Wir haben trotzdem Recht gehabt. Jermaine ist gestern Abend zurückgekehrt. Ihm gehört eine große pinkfarbene

Hazienda in den Bergen. Santega Heights. Er hält sich dort sehr für sich, dort hat er seine Privatsphäre. Geschäfte wickelt er von hier unten ab. Und hier findet auch die große Geburtstagsparty am Samstagabend statt. Jermaines Frau wird vierzig.«

»Wie schön für sie.«

»Ja, kann sein. Wir müssen erfahren, ob Grodin an der Party teilnehmen wird. Wenn ja, werden wir dann die Chance haben, die Halsbänder umzutauschen.«

»Wir?«, fragte sie. »Du erwartest doch nicht, dass ich ihn ins Bett locke und auch noch den Tausch der Halsbänder vornehme?«

David lachte trocken auf. »Natürlich nicht. Wir können doch nicht riskieren, dass eine Amateurin unsere ganze Operation gefährdet.«

Rachel wirbelte herum und starrte ihm ins Gesicht. »Und warum bin ich dann hier, verkleidet wie Dolly Parton? Ist das deine Vorstellung von Unterhaltung?« Sie hörte, wie ihre Stimme schrill wurde, und zwang sich, leiser zu sprechen.

David hielt ihrem Blick stand. »Ich wollte dich hier haben«, sagte er nur.

»Warum?«

»Zu meinem eigenen Vergnügen. Warum denn sonst?«

Sie öffnete den Mund und schloss ihn wieder. Etwas stimmte nicht. »Das nehme ich dir nicht ab. Du zahlst diesen Aufenthalt und die Flugtickets nicht aus eigener Tasche, und ich halte es für unmöglich, dass irgendeine Regierungsstelle zulässt, dass du eine falsche blonde Schlampe mit auf eine Dienstreise nimmst – es sei denn, du bist der Generaldirektor des Ladens.«

»Sehr gut gefolgert. Du könntest mir nützlich sein, während wir hier sind«, sagte er kühl. »Und da ich das Recht habe, dir weitere Informationen vorzuenthalten, solange du in meiner Obhut bist, solltest du dir auch über meine Motive nicht den Kopf zerbrechen.« Er steckte sich eine Zigarette zwischen die Lippen und ließ das Feuerzeug aufflammen. Er saß gemütlich im Sessel und sah ihr zu, wie sie ihr Make-up auftrug.

»Dann bin ich ja schon froh, dass ich nicht nur ein Teil der Tapete bin«, murmelte sie, während sie sich die blonde Perücke aufsetzte. Silberner Lidschatten, durchsichtiger Glanz auf die Lippen. Sie zog einen weißen Bikini an, über den sie einen langen Seidensarong schlang, herrlich mit weißen und blauen tropischen Blumen bedruckt. Sie befestigte ihn auf einer Schulter mit einer weißen Lilie aus Stoff.

In die Metallstütze eines Bikinikörbchens war ein empfindliches Mikrophon eingearbeitet, dem angeblich auch Wasser nichts anhaben konnte und das eine Reichweite von tausend Metern hatte. David versicherte ihr, dass einer seiner Leute nie weiter als fünfhundert Meter von ihr entfernt sein würde.

»Hoffentlich kann er schnell rennen«, sagte sie.

»Jermaine hat sein Geschäft hundert Schritte vom Hotel, auch an dieser Straße, du erkennst das Haus an den weißen Gittern und den blauen Schirmen«, sagte David, als sie fertig war. »Der Laden nennt sich Jay's Bar.«

»Du hast schon eine Menge recherchiert«, sagte sie sarkastisch.

»Sie halten sich dort an strenge Kleidervorschriften, besonders für die Frauen. Den Ladys gefällt es trotzdem dort, denn sie können allein in die Bar gehen, ohne dass sie angepöbelt werden. Wenn ein Mann sich an eine Frau heranmachen will, muss er das über das Personal in der Bar einleiten. Wenn sie interessiert ist, okay, aber wenn nicht und er sich ihr trotzdem nähert, wird er rausgeworfen, ohne dass man ihm den Eintritt von dreißig Dollar zurückgibt. Die Frauen brauchen keinen Eintritt zu zahlen«, fügte er hinzu.

»Was meinst du mit strengen Kleidungsvorschriften?«

»Keine Jeans, keine T-Shirts, frisches Make-up, makellose Maniküre.«

»Und was ist hiermit?« Sie zeigte auf ihr Kleid.

»Fein.«

»Danke«, sagte sie trocken. »Und was soll ich jetzt tun?«

»Du gehst in die Bar, hängst da rum und schaust dir die Leute an. Versuche mal, ob du die Gästeliste für den Samstag organisieren kannst. Aber sei vorsichtig, sie mögen es nicht, wenn man zu viele Fragen stellt. Wenn man dich fragt, bist du im Urlaub. Eine Woche. Wenn jemand mehr wissen willst, hältst du den Ball flach. Wenn du was erfinden musst, dann erzähle eine einfache Geschichte, an die du dich später noch erinnern kannst.«

»Ich bin doch nicht blöde.«

»Entschuldige.« David zog ein zerknirschtes Gesicht. »Aber du bist eine Amateurin. Es ist mein Job, für deine Sicherheit zu sorgen.«

»Du brauchst mich nicht ständig daran zu erinnern, wie amateurhaft ich bin. Wenn es nach mir ginge, wäre ich zu Hause und verdiente mein Geld als professionelle Taxifahrerin.« Sie schnappte ihre Handtasche und schritt an ihm vorbei zur Tür.

»Übrigens, du siehst fabelhaft aus.«

Das unerwartete Kompliment warf sie fast aus der Bahn. Sie wandte den Blick und widerstand der Versuchung, ihre Haare scheu hinter ihr Ohr zu stecken. Nun spiele bloß nicht das schüchterne Mädchen, mahnte sie sich. »Gewöhne dich nicht an den Anblick.«

»Vergiss nicht, dass ich dich die ganze Zeit beobachte.« Sein Ton verriet, dass er ihr nicht zutraute, sich wirklich aus heiklen Situationen herauszuhalten. Für sie war das wie ein Tritt in den Bauch.

Sie schritt durch den Eingang zu Jay's Bar, und ihr war, als würde sie den Tempel des Bösen betreten. Ein Türsteher, breit wie die Berliner Mauer, sah sie hinter einer sehr dunklen Sonnenbrille an, obwohl die Sonne schon untergegangen war. Dann lächelte er und zeigte ein Gebiss aus abwechselnd weißen und goldenen Zähnen, was sie noch mehr ängstigte.

»Guten Abend, Lady«, sagt er in seinem schweren jamaikanischen Akzent und trat beiseite, damit sie hineingehen konnte. »Die Bar befindet sich links. Der erste Drink geht aufs Haus.«

»Danke«, sagte sie leise und nahm sich vor, diesen Drink besonders zu genießen.

Der Mann hinter der Bar verströmte Charme und jonglierte mit Gläsern und Flaschen, als wäre er dafür geboren. Er hieß sie mit einem glänzenden Lächeln willkommen. Zum Glück waren seine Zähne gleichmäßig weiß. Er fragte, ob sie einen Cocktail haben wollte.

»Welchen können Sie empfehlen?«

Die Reggaemusik, die gerade laut genug war, dass sie ins Blut ging, aber nicht zu laut, um ein Gespräch zu stören, ließ sie hin und her tändeln. Dies war kein Ort, an dem sie sich ängstigen musste. In Jay's Bar konnte man genießen und entspannen.

Der Barmann mixte, schüttelte und rührte. Ein Schuss Champagner, ein Spritzer einer rosigen Flüssigkeit, die eben noch Erdbeeren gewesen waren, dann ein bisschen weißer Rum, dann geschüttelt und eingeschenkt, präsentiert mit einem dunkelblauen Rührstab mit dem Logo von Jay's Bar sowie mit einem geknickten Strohhalm, und schließlich eine Limonenscheibe und eine Erdbeere auf dem Glasrand. Mit einem eleganten Armschwung stellte er das Glas vor Rachel hin.

»Für Sie, Mylady. Ein Silver Mercedes.«

Ihr Magen hüpfte. War das schon ein Versuch, sie auszuschalten? Ko-Tropfen und so? Sie griff nach dem langstieligen Glas.

»Das sieht großartig aus. Wieso haben Sie erraten, was ich haben will?«

»Das ist eine Spezialität des King of Bling, Ma'am, benannt nach seinem Lieblingsfahrzeug.« Er lachte laut.

Also nur ein Zufall, dachte sie erleichtert. Ihre Gesichtszüge entspannten sich. »Das ist auch mein Lieblingsauto«, sagte sie und trank den ersten Schluck. Ah, daran würde sie sich gewöhnen können. Der Cocktail war fruchtig, er perlte und hatte genau den richtigen Anteil Alkohol. Sie bedankte sich, und er ging weiter, um zwei andere Frauen zu bedienen, die nach ihr in die Bar gekommen waren.

Rachel versuchte, ganz entspannt zu sein, als sie sich weiter unten an der Bar niederließ. In ihrer blonden Perücke fühlte sie sich besser, als sie gedacht hatte. Sie nuckelte an ihrem Cocktail und redete sich gut zu, nicht nervös zu wirken. Jeder Tisch in der Bar war besetzt; überall attraktive Frauen in Designertops und eng anliegenden Kleidern.

Dann gefror plötzlich das Blut in ihren Adern.

Das durfte nicht wahr sein. Nicht hier. Nicht in diesem Urlaubsparadies. Ihre Vergangenheit konnte sich nicht so grausam in ihre Gegenwart drängen. Es war, als hätte ihr jemand einen Schlag ins Gesicht gegeben.

Sie ließ ihren Cocktail stehen und rannte aus der Bar. Sie lief hinaus zum Strand und stolperte, als ihre hohen Absätze im Sand versanken, noch warm von der Hitze des Tages. Rachel streifte die Sandalen ab und rannte weiter, bis sie völlig von der Dunkelheit verschlungen war. Erst jetzt flossen die Tränen, von denen sie geglaubt hatte, dass sie seit Monaten versiegt waren. Jetzt waren sie wieder da, ausgelöst vom Wiedersehen mit ihrem lausigen Ehemann Jerry, den sie gerade mal zehn Schritte entfernt an einem großen Tisch in Jay's Bar gesehen hatte.

Als sie wieder bei Atem war und sich gegen den Bug eines alten Fischerboots lehnte, hörte sie, wie ihr Name gerufen wurde. Es war nicht ihr eigener Name, sondern der, den man ihr gegeben hatte. Kim wie die Basinger. David rannte ihr entgegen. In der Dunkelheit konnte sie ihn kaum erkennen, und weil sie sich nur am Mondlicht orientieren konnte, ging ihr erster Schlag ins Leere, und den zweiten fing er ab.

»Warum hast du mir das nicht gesagt?« Sie war zu entsetzt, um zu brüllen, deshalb war die Stimme nur ein heiseres Flüstern.

»Ich konnte doch nicht riskieren, dass du dich weigerst«, antwortete er.

»Du hast nie irgendeine Rücksicht auf mich genommen«, schnarrte sie wütend. »Hast du vergessen, dass du mich beschützen wolltest?«

»Also gut.« David fuhr mit den Fingern durch seine Haare. »Ich konnte die Möglichkeit nicht ausschalten, dass du mittendrin hängst, verstehst du? Ich habe auch nicht damit gerechnet, dass du so empfindlich reagierst!«

»Wie sollte ich denn reagieren? Sollte ich ihn umarmen und ihm ins Ohr flüstern: ›Hallo, Darling, wo bleibt dein monatlicher Unterhalt?‹ Was, zum Teufel, sucht er hier?«

David war froh, sich wieder sachlich äußern zu können. »Jerry arbeitet als Leibwächter und Chauffeur für Jermaine. Seit drei Monaten schon. Deine Beziehung zu Adrian Grodin und Jerrys Verbindung mit Jermaine, und beide fast zur gleichen Zeit begonnen, also, da muss jeder Polizist hellhörig werden, oder? Wir wollten das nicht als Zufall abtun.«

»Nun, es gibt eben solche Zufälle.« Ihre Stimme troff vor Gift.

»Ja, kann sein, aber nach meiner Erfahrung gibt es solche Zufälle nicht oft.«

»Nun, ich hoffe, du bist wenigstens stolz auf dich, weil du schon so viel erreicht hast«, fauchte sie voller Verachtung.

»Rachel ...« Er wollte sie an sich ziehen, aber sie wandte sich ab.

»Ich hasse dich!«, rief sie so laut, dass sie von der eigenen Stimme erschrocken war. Sie ging zurück an den Strand.

»Wohin gehst du?«, rief er ihr hinterher.

»Ich will mich erst mal wieder in den Griff kriegen«, knurrte sie. »In meinem jetzigen Zustand will ich nicht zurück in die Bar.« Sie wies auf ihr verlaufenes Make-up und auf die zerzausten Haare.

Eine Viertelstunde später saß sie wieder in der Bar, diesmal an einem Tisch in der dunkelsten Ecke, aus der sie ihren Mann heimlich beobachten konnte. Jerry sah widerlich gebräunt und fröhlich aus, und bei ihm war eine junge attraktive Frau, die ihm nicht von der Seite wich.

Hass und Wut packten sie, und beinahe hätte sie den schlanken Stiel ihres Cocktailglases zerbrochen. Wie konnte er so beschwingt und lässig das Leben genießen nach dem, was er ihr angetan hatte? Eines wenigstens tröstete sie: Er trug ein schreiend grelles Hemd mit vielen Schockfarben, und dazu weiße Bermudashorts aus Nylon. Er mochte sich vielleicht für einen Playboy halten, aber wenn er seine Kleidung nicht neu überdachte und sich den Bierbauch nicht wegoperieren ließ, würde er die Rolle nie überzeugend ausfüllen können.

Sie wandte sich den Frauen in seiner Umgebung zu. Da

war zunächst eine junge Jamaikanerin, deren glänzende knallrote Lippen sich beim Lachen weit öffneten, aber deren Augen wachsam blieben. Sie fing Rachels Blick auf und lächelte ihr zu. Sie hatte offenbar keine Angst, dass Rachel ihr ins Gehege kommen könnte. Gab sich die Jamaikanerin nur mit Jerry ab, weil sie an Jermaine heranwollte? Möglich. Und was hatte er mit Kelly angestellt, der Sekretärin, mit der er durchgebrannt war? Hatte er sie zurück nach Reading geschickt?

Die Antwort kam von scharf rechts. Kelly ging direkt auf Jerry zu. Die Hüften wackelten unter einem kurzen weißen Sarong. Das Bikinioberteil in Babyrosa bedeckte so gerade die Warzen. Entsprach das der ach so strengen Kleiderordnung?, fragte sich Rachel. Tatsächlich gab es einige missbilligende Blicke anderer Frauen in der Bar, während einige Männer unverhohlen auf die zur Schau gestellten Reize Kellys starrten.

Rachel sah wieder zu Jerry. Offenbar war es seine Beziehung zu Jermaine, die es ermöglichte, dass er in einem solchen Aufzug in der Bar geduldet wurde.

Sie trommelte leise mit den golden lackierten Fingernägeln auf den Tisch und fragte sich, was sie als Nächstes tun sollte. Sie hatte keine Lust, den ganzen Abend ihrem Ex zuzuschauen, wie er mit einheimischem Frischfleisch schmuste. Ihr stand aber auch nicht der Sinn danach, auf ihr Zimmer zu gehen. Die sinnliche Reggaemusik und das fröhliche Lachen um sie herum ließen sie nach Gesellschaft dürsten.

»Starr sie nicht so an«, murmelte ein Mann neben ihr. Rachel fuhr herum und konzentrierte sich auf ihren Cocktail. David stand neben ihr, in seinem weißen Dinnerjackett sah er blendend aus. »Und achte auf deinen Gang. Auf dem Weg in die Bar sahst du wie Margaret Thatcher aus.«

»Ich wollte mich von den Huren abheben«, zischte sie trotzig.

»Stört Sie dieser Gentleman, Lady?«

Der Türsteher stand neben David und überragte ihn um einen Kopf. Er wartete auf ihr Nicken. Sie lächelte David süß an und nickte. Der Türsteher wies mit einem Finger zur Tür. Er brauchte nichts zu sagen. Sein dunkles Starren sagte genug.

»Ja, ich habe schon verstanden«, sagte David kalt und ging, bevor er abgeführt würde.

Das Rasseln eines Handys schnitt in ihre Gedanken. Es war Jerrys Handy. Er meldete sich so laut, dass sie einen Moment lang glaubte, wieder in Henley zu sein, wo sie mit ihm gewohnt hatte. Sie musste unwillkürlich grinsen und fing wieder den Blick der jungen dunkelhäutigen Frau an seiner Seite auf. Jerry gab ihr und Kelly einen Kuss auf die Wange.

»Entschuldigt mich, Mädchen, aber der Boss braucht mich.« So laut, dass alle in der Bar hören mussten, was für ein bedeutender Mann er war.

Kelly schmollte und verzog sich beleidigt. Die andere Frau setzte sich zu Rachel, bestellte einen Erdbeer-Daiquiri und bot auch Rachel einen an.

»Gern, danke«, sagte Rachel und ahnte, dass sie am späten Abend betrunken sein würde. Das passte bestimmt nicht zu Davids Verhaltensregeln, aber nachdem er sie heute so mies behandelt hatte, konnte er sich seine Verhaltensregeln sonst wohin stecken.

»Ich bin Amelia. Und du?«

Rachel hätte beinahe die falsche Antwort ausgespuckt. »Kim«, sagte sie rasch und streckte die Hand aus. Amelia schlug ein und sah auf den Diamantenglitzer auf Rachels Nagelspitzen.

»He, das ist geil. Bist du Engländerin?«

»Ja, stimmt.« Die junge Frau war eine Schönheit, fand sie. Viele kleine Locken im kurzen schwarzen Haar. Kaffeebraune Haut und ein makelloser Körperbau. Kleine Brüste und eine schlanke, fast knabenhafte Figur. Eigentlich überhaupt nicht Jerrys Typ.

»Bleibst du lange hier?«, fragte Amelia. Sie hatte einen amerikanischen Akzent, und die großen Augen blickten Rachel abschätzend an.

»Eine Woche. Ich mache Urlaub.« Sie wollte freundlich sein, aber sie durfte nicht zu viel verraten.

»Bist du allein?«, wollte Amelia wissen. »Allein zu verreisen bringt nichts, was?«

Sie wusste, dass Rachel etwas verheimlichte. Also musste sie sich was einfallen lassen. Ihre schauspielerischen Fähigkeiten hatte sie zuletzt beim Laienspiel in der Schule bewiesen.

»Nun ja, wenn du schon fragst«, begann sie seufzend, »ich erhole mich gerade von einer Beziehung, mit der es schon lange bergab ging. Nun ja, kein Wunder, denn ich hatte zwei Beziehungen gleichzeitig. Und beide Beziehungen waren schlecht, und ich will auch nicht weiter darüber reden.«

Amelia schien sich damit zufrieden zu geben. »Ja, klar, wie du willst. Ich erwähne es nicht mehr. Du kannst aber auch dein Herz ausschütten, wenn dir danach zumute ist.«

»Nein, nein, ich will doch meinen Urlaub genießen. Und was ist mit dir? War das dein Freund eben? Scheint ein cooler Typ zu sein.«

Amelia lachte empört auf. »Er ist nicht mein Freund. Ihm gefallen viele Mädchen.«

Rachel hob die Augenbrauen. »Alle auf einmal?«

Amelia lächelte geheimnisvoll und rutschte näher an Rachel heran.

»Manchmal. Wir nennen ihn Jo Blo, weil er Blowjobs liebt. Eines meiner Mädchen hat ihn mal eine Stunde mündlich bedient.«

»Oh, Mann!«, rief Rachel. Als sie mit ihm zusammen war, hatte sich sein Sextrieb in Grenzen gehalten. Vielleicht hatte Kelly ihn schon vorher im Büro gemolken. Armes Mädchen. Kein Wunder, dass ihre Unterlippe immer wie der Ausguss eines Milchkännchens aussah. Sie musterte ihr Gegenüber mit neuen Augen. »Dann bist du also ...« – sie senkte die Stimme zu einem Flüstern – »... eine Hure?«

»Ich war eine. Jetzt manage ich ein paar einheimische Mädchen. Sage mir bloß nicht, dass du schockiert bist. Ich habe mich zu dir gesetzt, will ich dachte, dass du auch in unserem Gewerbe arbeitest. Das Letzte, was meine Mädchen brauchen, ist ausländische Konkurrenz.«

»Glaube mir, sie haben von mir nichts zu befürchten. Und bei Jo Blo erst recht nicht.« Sie wechselte das Thema. »Was ist denn mit Kelly? Ist sie auch eines deiner Mädchen?«

Amelias Brauen wölbten sich. »Wer?«

Rachel erkannte ihren Fehler sofort. »Oh, ich dachte, ich hätte eben ihren Namen gehört – ich meine die Blonde«, stotterte sie. »Sie schien verdammt sauer zu sein.«

»Ach, das war Sherry. Sie ist ein Arsch. Er hat sie mitgebracht. Weiß der Himmel warum. Sie ist absolut doof. Sie schläft mit einigen von Jermaines Leuten, aber sie kriegt kein Geld dafür.« Amelia betrachtete Rachels gebräunten Körper. »Es überrascht mich, dass du ihm noch nicht aufgefallen bist. Unser Jerry mag weißes Fleisch.«

»Ich würde mich nie in dein Geschäft drängen wollen«, sagte Rachel rasch.

»Mein Schatz, er ist Müll. Aber ich beschütze meine Mädchen. Wenn er mal über die Stränge schlagen sollte, wird er mich kennen lernen.«

»Geraten denn die Mädchen manchmal in Schwierigkeiten?«

»Ja, das geschieht. Wenn die Kerle zugedröhnt sind, werden sie überhebliche Machos und unberechenbar. Nur der King of Bling ist untadelig. Und er hat seine Leute im Griff. Jerry glaubt zwar, dass ihm nichts passieren kann, aber wenn der King of Bling mal sehen sollte, wie er sich eine Nase holt, kann er Jamaika in einer Kiste verlassen. Jermaine macht keine Gefangene, wenn es um Junkies geht.«

»Ein ziemlich Furcht einflößender Mann, oder?«, fragte Rachel und hoffte, dass ihre neue Freundin weiter in Redelaune blieb.

Amelia nickte. »Aber er ist auch ein guter Mann. Gut fürs Geschäft. Er kümmert sich um die armen Kinder in Montego Bay und Kingston. Aber mit seiner Menschenkenntnis ist es nicht weit her, deshalb hat er ein paar schräge Vögel unter seinen Leuten. Sie haben nicht die Moral, die er hat. Er verlangt absolute Loyalität, und er merkt nicht, dass einige hinter seinem Rücken in die eigene Tasche arbeiten.« Sie sah verärgert und frustriert aus.

Rachel nickte und verfolgte das Thema nicht, denn sie wollte keinen Verdacht nähren. Sie sprachen über das, was man sich auf der Insel unbedingt ansehen sollte, und allmählich spürte sie die Müdigkeit, die von der Zeitumstellung herrührte. Nachdem sie das fünfte Mal gegähnt hatte, während sie über ihre angebliche Arbeit als Marketingsekretärin erzählte, entschuldigte sie sich und erhob sich.

Amelia sagte, sie wäre morgen auch wieder in der Bar, und lud Rachel auf einen Drink ein. Sie sagte zu, und unterwegs zu ihrem Hotel fragte sie sich, warum Amelia so freundlich zu ihr war. Vielleicht war sie misstrauisch geworden. Rachel wünschte, Sharma wäre da, sie würde wissen, wie man sich in solchen kniffligen Situationen verhielt.

Auf ihrem Zimmer zog sie die Perücke ab und ließ die Haare fliegen. Nackt ging sie auf den Balkon hinaus und blickte aufs Meer. Der Mond schickte ein sanft schimmerndes Licht über die Bucht. Die Nacht war warm und würzig und überlagerte das Entsetzen, das sie gepackt hatte, als sie Jerry wieder gesehen hatte. Zum ersten Mal, seit er sie verlassen hatte, dachte sie an Rache.

Dreizehntes Kapitel

Sie schlief lange und wachte erst um neun Uhr auf. Unten im Frühstücksbereich unter freiem Himmel, mit dem prächtigen Blick über die Bucht, bestellte sie Kaffee, Grapefruitsaft und eine kleine Schüssel mit frischen Papayas, Melonen und Mango, alles mit griechischem Yoghurt zugekleistert. Sie steckte den letzten Löffel in den Mund, als David sich zu ihr setzte.

»Sage mir, wie sehr du mich hasst«, sagte er.

Ihr Mund war voll, deshalb konnte sie im Moment gar nichts sagen. Sie spülte den Rest mit einem Schluck Kaffee hinunter, tupfte sich mit der steifen Leinenserviette den Mund ab und starrte ihr Gegenüber an.

»Ich hasse dich«, sagte sie.

Er sah sie gereizt an. »Wie kannst du so etwas sagen, wenn du in der letzten halben Stunde so ausgesehen hast, als wäre der Himmel auf die Erde gekommen?«

»Weil deine Anwesenheit an meinem Tisch der Beweis dafür ist, dass das nicht stimmt. Es war grausam, mir Jerry auf diese Weise vorzuführen. Ich will nichts mehr mit dir zu tun haben, Geh.«

»Ich gehe«, sagte er eisig. »In ein paar Minuten werden zwei Mitarbeiter zu dir kommen. Sie werden dir erklären, wer sie sind und welche Aufgabe sie haben.«

Er stand auf und verschwand wie ein Geist.

Rachel seufzte und bestellte mehr Kaffee. Dann fiel ein Schatten über ihren Tisch. Sie blickte auf. Ein junger gut aussehender Mann stand da. Er bückte sich, küsste sie auf die Wange und stellte sich als Carlos vor.

»Baby, entschuldige, dass ich mich verspätet habe. Kannst du mir noch mal verzeihen?«

»Eh … ja?« Sie wusste nicht, welche Reaktion von ihr erwartet wurde. Carlos lächelte sie strahlend an.

Er trug einen weißen Anzug, runter der Jacke ein schwarzes Hemd, das bis zum Nabel aufgeknöpft war, so dass man seinen Waschbrettbauch bewundern konnte. Als sein Zwillingsbruder Pepe eintraf, fühlte sich Rachel von einer Charmeoffensive konfrontiert.

»David sagt, wir sollen dich unterhalten«, sagte Pepe in einem italienischen Akzent, der so klang, wie Tiramisu schmeckte. »Er sitzt im Büro und erledigt Schreibkram.« Er hob die Schultern, als hätte er kein Verständnis dafür, dass jemand lieber Schreibtischarbeit erledigte, statt sich amüsant mit einer solchen Lady zu beschäftigen.

Sie fuhren mit einem schlanken blauen Motorboot hinaus auf die Südseite der Insel. Eine Zeit lang vergaß sie Jerry und David und Adrian. Die Zwillinge unterhielten sie leicht und flüssig, und sie wollte trainieren und verhielt sich blond, wobei ihr das schwerer fiel, als sie sich vorgestellt hatte.

Bei köstlichem Hummer in einem Restaurant am Strand sprach sie mit den Zwillingen darüber.

»Du brauchst nur dumme Fragen zu stellen, dann quasselt der Mann zehn Minuten lang, weil er stolz ist, dass er dir was erklären kann. Ab und zu nickst du, aber du musst ihn dumpf anblicken, als hättest du kein Wort begriffen. Und versuche bloß nicht, witzig zu sein.«

»Sarkasmus ist auch nicht gut«, fügte Pepe hinzu.

»Und benutze keine Wörter mit drei Silben und mehr.«

Sie amüsierten sich prächtig, Rachel, weil sie viel von der Insel sah, und die Zwillinge, weil sie die Genehmigung hatten, Rachels Brüste anzustarren und schon mal über ihren Po zu streicheln. Es war unglaublich, welche Portionen sie verschlangen, und sie begriff nicht, wie sie bei ihrem Appetit so schlank bleiben konnten.

»Viel Sport«, sagte Pepe.

»Und Sex«, ergänzte Carlos.

»Viel, viel Sex«, berichtigte Pepe und grinste sie lüstern an.

Nach dem Essen mieteten die Brüder einen alten Golf GTI und fuhren mit ihr in die Berge. Rachel musste sich daran gewöhnen, dass Pepe mit italienischem Tempo über die staubigen Wege fuhr und sich dann umdrehte, weil er ihr was zeigen oder erklären wollte. Carlos warnte rechtzeitig vor Richtungswechseln oder Gefahren.

»He, pass auf die Kuh auf, Mann!« Kurz danach: »He, hast du nicht gesehen, dass du den Mann in den Graben gefahren hast?«

Rachel drehte sich um und sah einen Mann mit seinem umgekippten Obstkarren wütend die Faust erheben. Zum Glück war er nicht verletzt, aber sie war trotzdem froh, als sie in einem sehr schönen exotischen Wald anhielten.

Vögel sangen in einem gewaltigen Mahagonibaum, und alle ihre Sinne wurden angeregt von der Vielfalt der Farben und Düfte. Ganz schwach hörte sie Wasser rauschen. Carlos trug einen zusammengeklappten Picknickkorb, und Pepe ging voraus und fand einen schmalen Pfad, der zu einer Lichtung führte. Das Wasserrauschen wurde lauter, und kurz darauf sahen sie auch schon, wie das Wasser eines Flusses sechzig, siebzig Meter in die Tiefe stürzte und gleich unter ihnen einen herrlich klaren See bildete, umgeben von glatten runden Felsen.

Rachel stand offenen Mundes da und bewunderte die Schönheit des Naturschauspiels. Im nächsten Moment flitzte jemand an ihr vorbei. Sie sah gerade noch Carlos nackten Hintern, ehe er sich in den See stürzte. Sie setzte sich auf einen Felsen und begnügte sich mit einem Sonnenbad, während sie die Füße ins kühle Wasser tauchte. Pepe und Carlos jagten sich eine Weile im Wasser, dann stand Pepe plötzlich vor ihr. An seinen langen Wimpern hingen kleine glitzernde Wassertropfen.

»Komm«, sagte er.

Sie zeigte auf ihre blonden Haare. »Es geht nicht«, sagte sie bedauernd.

»Okay.« Er hob die Schultern und verschwand wieder. Rachel streckte sich aus und schloss die Augen, aber sie riss sie schnell auf, als sie spürte, wie sie vom Felsen gerollt wurde. Ihr Schrei brach abrupt ab, als sie untertauchte. Hustend und fluchend tauchte sie wieder auf, während die Zwillinge schallend lachten. Sie zeigten auf ihre klatschnassen Haare und hielten sich die Bäuche.

Sie amüsierten sich noch eine Weile, dann öffnete Pepe den Korb und verteilte Red Stripe Bier in Dosen und kleine würzige Fleischpasteten. Danach dösten sie ein, Pepes Kopf in Rachels Schoß, Carlos zu ihren Füßen. Sie spielten ausgelassen wie junge Welpen miteinander. Die beiden Männer testeten aus, wie weit sie bei Rachel gehen konnten, aber sie war noch zu verletzt von ihren jüngsten Erfahrungen. Pepe und Carlos akzeptierten ihre Haltung ohne zu jammern und brachten sie am frühen Abend zurück ins Hotel.

»Wenn du uns für irgendwas brauchst«, sagte Carlos und gab ihr einen Kuss auf die Wange, »dann werden wir für dich da sein.«

»Ja, für alles sind wir zuständig«, fügte Pepe hinzu und küsste ihren Mund.

Rachel bedankte sich, ging zurück auf ihr Zimmer und bereitete sich für den Abend vor.

Sie wartete bis nach elf Uhr, ehe sie hinunter zur Bar ging. Hoffentlich war Jerry schon gegangen; es würde ihr auch schon genügen, dass er inzwischen zu betrunken wäre, um sie noch zu erkennen.

Sie zog ein trägerloses Top und eine weiße weite Hose an, die so durchsichtig war, dass man den String darunter sehen konnte. Wenn sie an der Bar saß, würde der Ansatz des hinteren Dreiecks oben herauslugen, wie bei den unglücklichen Promifrauen, die dann in den Hochglanzmagazinen veröffentlicht wurden.

Sharma würde entsetzt sein, dachte Rachel und musste einräumen, dass ihre Rolle immer mehr Spaß bereitete. Da sie heute offenbar nicht im Dienst war, beschloss sie, ihre Wanze nicht mitzunehmen. Falls sie einen interessanten Mann kennen lernte, brauchte niemand zuzuhören.

David kam in ihr Zimmer, als sie den Lidschatten auflegte.

»Dir gefällt das alles immer besser, was?«

»Welcher Frau würde es nicht gefallen, einmal in eine völlig andere Rolle zu schlüpfen?«

»Ist es eine völlig andere Rolle?«, fragte er kalt.

»Ich habe keine Lust, mit dir über mich zu diskutieren.«

David ging hinaus auf den Balkon und starrte auf die rote Sonne, die allmählich im Meer versank. Sie stellte sich neben ihn, und gemeinsam sahen sie zu, bis die Sonne verschwunden war. Im letzten Moment war ein smaragdgrüner Blitz zwischen Meer und Himmel zu sehen.

»Was war das?«, fragte sie, ganz benommen von der Schönheit des Augenblicks.

David sah dumpf hinaus. »Ein Omen«, sagte er düster. »Himmel, das kann ganz schön vertrackt werden.«

»Und das hast du jetzt schon herausgefunden? Für einige von uns ist es schon längst vertrackt«, sagte Rachel scharf, verärgert über seine Unfähigkeit, sich an einer einmaligen Schönheit zu erfreuen. Selbst die Diamanten, mit denen er beruflich zu tun hatte, waren kostbar, wertvoll oder beste Qualität. Vokabeln wie ›wunderschön‹, ›betörend‹ und ›zauberhaft‹ gab es nicht in seinem Wortschatz.

»Hat dir der Tag heute gefallen?« Er bellte die Frage, als wollte er die Antwort nicht wirklich hören. Wahrscheinlich hatten Pepe und Carlos schon berichtet.

»Die Jungs waren sehr fürsorglich. Ich muss sagen, sie haben mich ganz schön abgefüllt.« Sie meinte damit die verschiedenen Ess-Orgien, aber sie hatte nichts dagegen, wenn er ihre Aussage anders interpretierte.

Offenbar tat er das, denn er drehte sich wortlos um und ging aus ihrem Zimmer.

Sie saß also wieder an der Bar; eine neue Nacht, ein neuer Silver Mercedes, der ihr durch die Kehle rann. Sie musste an den lockeren, ungezwungenen Sex denken, den Pepe und Carlos ihr angeboten hatten. Manchmal konnte sie wirklich blöde sein. Wieso hatte sie wegen eines übelgelaunten Regierungsbüttels, der nichts als seine Karriere im Kopf hatte, schönen, entspannenden Sex abgelehnt?

Plötzlich war Jerry da und verdrängte ihre depressiven Gedanken. Ihr stockte der Atem, als er an die Bar trat und einen Red Stripe verlangte. Er hatte schon einiges intus, wenn der trübe Glanz seiner Augen nicht täuschte. Rachel fragte sich, was sie mal in ihm gesehen hatte.

Er war immer schon ein stämmiger Typ gewesen. Gebaut wie ein Fernfahrer, hatte ihre Mutter mal abschätzig gesagt, die ihn auch charakterlich nicht mochte. Aber jetzt sah er aus wie ein Bär, der sich seinen Winterspeck angefressen hatte. Auch jetzt tat es noch weh zuzugeben, dass die Bedenken ihrer Mutter berechtigt gewesen waren.

Sie ließ die Haare ins Gesicht fallen und zog am Strohhalm. Hoffentlich tapste er an seinen Tisch zurück, an dem drei kichernde Frauen saßen. Aber offenbar hatte Jerry sein Radar an diesem Abend auf Blond eingestellt. In seinem Gesicht war kein Erkennen zu sehen, als er sie ansah, nur ein stumpfes Interesse, das sich aber auf ihre Brüste beschränkte.

»Hallo, Schatz. Biste in Urlaub?«

Nein, ich bin Spionin für eine dubiose Regierungsorganisation. Das hätte sie am liebsten gesagt, aber Jerry hatte nur was für Scherze übrig, wenn er sie machte.

»Ja.« Sie kicherte und ließ die langen Miss Piggy Wimpern flattern. »Und du?«

»Nee. Ich arbeite für den starken Mann hier. Jermaine. Ich bin sein Chauffeur.«

»Das hört sich interessant an. Welchen Schlitten fährst du denn?«

»Einen roten Bentley Continental. Und einen kugelsicheren Mercedes der S Klasse.«

»Traumhaft! Ich liebe einen fetten Benz. Darfst du sie auch in der Freizeit fahren?«

»Den Benz ja. Der Bentley ist sein ganzer Stolz. Würde ich da mit einer Beule nach Hause kommen, müsste ich Angst um mein Leben haben.« Er sah sich in der Bar um; wahrscheinlich wollte er überprüfen, ob es lohnenswerte andere Objekte gab, falls er bei ihr keinen Erfolg haben sollte. In ihr Gesicht hatte er immer noch nicht geschaut.

»Hast du denn schon mal einen Promi hier gesehen?«, fragte sie und drückte ihm die Brust noch ein bisschen weiter entgegen.

»Ja, klar, immer wieder mal. Shaggy, J-Lo, Ashanti. Nach einer Weile kennt man sie alle.«

»Mann, wie ich dich beneide!« Was für ein Arsch. War sie wirklich zwanzig Jahre lang mit ihm verheiratet gewesen?

»Vor ein paar Wochen war Nic Cage hier. Er kommt

regelmäßig auf die Insel«, fuhr Jerry fort. »Und auch Joaquim Phoenix.«

»He, ich bin total beeindruckt. Hast du denn auch schon mal was Schräges hier erlebt?«

Er starrte sie an, und sie fluchte über sich selbst, weil sie eine dumme Frage gestellt hatte, mit der sie sich verdächtig machte.

»Was ist?«, fragte sie. »Warum starrst du so?«

»Ach, nichts. Du gleichst einer Frau, die ich mal kannte. Und du hörst dich auch ein bisschen wie sie an. Verdammt, hast du mir einen Schrecken eingejagt.«

»Ich? Das glaubst du doch selbst nicht! Ich bin zahm wie ein Kätzchen.« Sie versteckte ihre Angst hinter einem frischen Kaugummi, den sie sich in den Mund schob. Das war ein Tipp von Sharma. Wenn du dich gewöhnlich anhören willst, musst du beim Sprechen auf einem Kaugummi kauen. Sharma hatte Recht. »Du musst viel verdienen in deinem Job«, sagte sie, und ihre Augen funkelten vor Gier. »Und ich wette, die Frauen stehen bei dir Schlange.«

Jerry grinste dümmlich. »Nun ja«, sagte er, die Brust vor Stolz geschwollen, »ich kann mich nicht beklagen.«

»Das glaube ich gern.« Ich habe viel mehr Grund, mich zu beklagen, weil du mich auf einem Haufen Schulden sitzengelassen hast, du Schuft. Sie zündete sich eine dünne Zigarre an und sah erstaunt, dass ihre Finger nicht zitterten. Es war faszinierend, unwissentlich vom eigenen Ehemann angemacht zu werden, dachte sie, als er wieder schamlos auf ihre Brüste starrte. Er trug eine weite weiße Hose, aber wegen seines Bierbauchs konnte sie nicht sehen, ob er einen Steifen hatte. Sie saugte verführerisch an ihrem Strohhalm.

»Ich habe läuten hören, dass morgen eine große Party steigt. Bist du auch dabei?«

Jerry grinste selbstgefällig. »Jermaines Alte wird vierzig.

Sie will groß feiern, und wenn nichts dazwischen kommt, bin ich natürlich dabei.« Er rülpste und strahlte sie an, um ihr zu zeigen, dass er eine Schlüsselrolle in Jermaines Leben spielte.

»Du bist wohl eine große Nummer bei ihm, was? Kommt denn der eine oder andere Promi auch zur Party?«

Jerry schlürfte sein Bier. Nach fünf Minuten kannte sie die Gästeliste, aber Adrian Grodin war nicht dabei. Jerry schob sich näher an sie heran und stieß ihr seinen Bieratem ins Gesicht.

Rachel hielt den Atem an und hoffte, dass er ihr Muttermal an der Schläfe nicht bemerkte. Ihr Gesicht war von einer dicken Make-up-Schicht bedeckt, aber er war ihr so nahe gerückt, dass sie das Weiß seiner Augen sehen konnte, wobei das Weiß eine schmutzige Farbe angenommen hatte. Er sah krank aus. Offenbar sprach er dem Koks in solchen Mengen zu, dass seine Position bei Jermaine gefährdet war.

»Lust zu tanzen?«, fragte er ihre Brüste.

»Ja, warum nicht.«

In den zwanzig Jahren ihrer Ehe hatten sie nie zusammen getanzt. Er hatte nie Lust dazu gehabt, aber in den letzten sechs Monaten schien er vom *Saturday Night Fever* erfasst worden zu sein. Es tat weh, ihm zuzusehen. Sie bewegte ihren Körper zum pulsierenden Beat, während er die Hüften ruckweise und tollpatschig nach vorn streckte. Wie der betrunkene Vater auf der Hochzeitsfeier des Sohns. Als sie sich fragte, wie lange sie noch leiden musste, näherte sich ein großer Mann in einem weißen Leinenhemd und einer cremefarbenen Hose.

Er trat zwischen sie, nahm ihre Hand, legte die freie Hand auf ihre Taille und führte sie in einem sinnlichen Tango durch die Bar. Sehr intim, sehr sexy. Es hatte weniger als zwei Sekunden gedauert, sie aus Jerrys Umarmung zu lösen. Das gefiel ihr.

»Hättest du nicht zuerst um Erlaubnis fragen sollen?«

»Er ist ein Arsch«, sagte er. »Warum sollte ich ihn um Erlaubnis fragen?« Er sprach in einem gebrochenen Englisch.

»Ich meinte eigentlich, du hättest mich um Erlaubnis bitten müssen«, stellte sie klar.

Er bewegte sich mit der sinnlichen Gewandtheit eines Aals. Er schob ein Bein zwischen ihre Schenkel und beugte ihren Rücken wie ein Profi. Es fiel ihr leicht, ihm seine Unverschämtheit zu verzeihen, während sie über seine Schulter zu Jerry blickte, der ihnen verdutzt und verärgert zuschaute. Aber dann wurde er von seinem Harem getröstet, und Rachel konnte sich ganz ihrem strahlenden Ritter überlassen. Er hatte dunkel glänzende Haare, und seine Haut war gebräunt wie Honig. Er hatte einen schmalen Schnäuzer, der ganz weich aussah. Wenn er diesen Schnäuzer nicht gehabt hätte, sähe er fast aus wie ...

He, mal langsam. Ihr Ausdruck änderte sich nicht. Sie ließ sich von ihm über die Tanzfläche führen und tat weiter so, als hätte sie nichts bemerkt. Solange sie so tat, als hätte sie keine Ahnung, würde er weiter mit ihr tanzen.

»Ich bin Kim. Wie heißt du?«

»Marco.« Er beugte sie wieder nach hinten und lehnte sich tief über sie, und einen Moment lang waren ihre Körper von den Schultern bis zu den Zehen miteinander verbunden.

»Du tanzt sehr gut«, sagte sie, »aber meine Mutter hat mich vor Männern gewarnt, deren Vornamen auf ›o‹ enden.«

»Deine Mutter ist eine kluge Frau.«

Sie war nicht sicher, ob David wusste, dass sie ihn durchschaut hatte. Wenn ja, war er offenbar zufrieden damit, seine Rolle weiter zu spielen, denn er schien seinen Spaß dabei zu haben. Er schmiegte seinen Körper an ihren, und sie spürte, wie die Anspannung der letzten Tage von ihr abfiel.

»Können wir hier raus?«, fragte sie, als die Musik endete. »Ich würde gern an die frische Luft gehen.«

»Was ist mit deiner Mutter?«, fragte er. Er behielt seinen starken südländischen Akzent bei.

»Sie hat nichts von Männern gesagt, deren Vornamen auf ›d‹ enden«, flüsterte Rachel, nahm ihn an der Hand und führte ihn aus der Bar.

Sie gingen am Strand entlang, bis es ruhiger wurde; weniger flackerndes Neon, weniger laute Musik. Obwohl es fast Mitternacht war, stolperten sie in eine Party hinein, auf der dicke saftige Garnelen gegrillt und mit scharfer Salsasauce serviert wurden.

»Woher hast du gewusst, dass ich es bin?«, fragte er, als sie ihren Mitternachtssnack mit Cocktails hinunterspülten. Auf ihre Bitte hin hatte er den Schnäuzer abgenommen. Gesichtshaare waren einfach nicht ihr Ding.

»Hast du wirklich gedacht, ich erkenne dich nicht? Wenn du jemandem körperlich und gefühlsmäßig nahe warst, kannst du das nicht vergessen.«

Er starrte sie einen Moment lang verdutzt an, aber er verzichtete auf einen Kommentar. Stattdessen fragte er: »Glaubst du denn, dass Jerry dich erkannt hat?«

Rachel seufzte. »Ich war mit ihm verheiratet, aber so traurig das auch ist, das bedeutet nicht, dass ich ihm körperlich und gefühlsmäßig nahe war.«

Sie hatte keine Lust, länger über diesen unerfreulichen Teil ihres Lebens zu reden, erst recht nicht jetzt und hier. Sie sog den Duft des Hibiskus ein. Die Luft war voller exotischer Düfte. Sie wollte die Gelegenheit nutzen, mehr über David zu erfahren. Vielleicht war dies ihre einzige Chance.

Er war nicht der Mann, der von sich aus über sich redete, aber Alkohol und tropische Umgebung konnten ihn vielleicht öffnen.

Sie bestellte neue Drinks und begann mit ihren persönlichen Fragen. Zuerst sträubte er sich, aber dann gab er zu, dass er in eine wohlhabende Familie hineingeboren worden war, die hohe Erwartungen an ihn hatte. Er hatte zwar eine hohe Position erreicht, aber nicht in einem Genre, das von der Familie geschätzt wurde.

Offenbar war er das schwarze Schaf der Familie. Sie sagte ihm auf den Kopf zu, dass er nicht wusste, was er wollte. Er widersprach nicht, und sie war gerührt von seiner Verletzlichkeit. Bedränge ihn nicht weiter, mahnte sie sich.

Nach dem Essen schlenderten sie weiter, tiefer hinein in die Dunkelheit. Andere Paare drängten sich in kleine Nischen und feierten ihre eigene Party. David zog Rachel in seine Arme.

»Ich wünschte, ich wäre Marco. Dann könnte ich Liebe mit dir machen.«

»Wer sagt denn, dass du das nicht kannst?«

»Das uralte Dilemma zwischen Geschäft und Vergnügen.« Sie verschloss seinen Mund mit einem Kuss. Sie fühlte seine Zurückhaltung, aber kampflos würde sie nicht aufgeben. Das Leben ist zu kurz, würde Sharma sagen. Rachel schlang die Arme um seinen Nacken, damit er ihr nicht weglaufen konnte. Sie spürte, wie der Körper sich widersetzen wollte, dann aber nachgab. Das Geräusch der Brandung war wie Musik in ihren Ohren, und ihr Kuss wurde immer leidenschaftlicher. Ihre Zungen schmiegten sich aneinander.

In ihrer Begierde nahm sie gar nicht wahr, wie er sie sanft zu Boden gleiten ließ, hinein in den weichen, noch warmen Sand. David küsste ihren Hals, die Kehle, die Schultern. Seine heiße Zunge hinterließ eine feuchte Spur seiner Lust.

»Rede spanisch mit mir«, keuchte sie, als er mit der Zunge über ihre Brüste strich. Ihre Nippel richteten sich auf, und sein Mund schnappte nach ihnen.

»Me vuelves loco, señorita. Te quiero«, murmelte er, und dabei öffnete er ihre Hose und streifte sie ab. Gut, dass niemand am Strand zu sehen war, sonst wären die Nachtschwärmer über sie gestolpert. Sie wälzten sich herum, und der Sand drang in ihre Haare, aber das war ihr egal. Sie hatte *Verdammt in alle Ewigkeit* gesehen, und sie fühlte sich wie Deborah Kerr in ihrer Strandliebeszene.

Alle Gedanken an keusche Romanzen aus den Fünfzigern wurden vertrieben, als sie fühlte, wie seine Finger sie wie eine Blume öffneten, ehe die Zunge in ihre Pussy tauchte und Nektar trank wie ein Kolibri.

Sie packte in seine Haare und ritt auf seiner Zunge. Sie biss sich auf die Lippen, damit ihr Stöhnen nicht allzu laut klang. Als ob er ihren Drang nach Erleichterung ahnte, konzentrierte er sich auf die Klitoris und spielte damit, bis sie vor Wollust juchzte. Ihre Finger drückten die harten Brustwarzen. Der Orgasmus begann langsam und führte sie auf ein hohes Plateau des Genießens, und er zog sich lange hin, genau, wie sie es gern hatte, intensiver noch durch die Umgebung, den Mann und die Situation.

Er kam hoch und küsste sie, teilte die üppig geflossenen Säfte mit ihr. Gleichzeitig drang er in sie ein und füllte sie total aus. Ein faszinierendes Gefühl des Friedens erfüllte sie. Sie stieß von unten gegen ihn und spürte, wie die Wellen leicht gegen ihre Füße schwappten. Er rollte sie einmal herum, dann noch einmal, und dabei flüsterte er spanische Koseworte in ihr Ohr.

Eine Welle schoss weiter als die anderen und machte sie nass, aber sein Rhythmus des Vor und Zurück ließ er durch nichts unterbrechen. Als die nächste Welle ausrollte, legte er sich auf die Seite, damit er das meiste abfing.

Sie setzte sich auf seinen Schoß und bewegte sich auf und ab. Er drang so tief in sie ein, dass sie spürte, wie sie langsam die Kontrolle über sich verlor. Sein Hemd war völlig durchnässt, und seine Haare waren zerzaust, wie sie sie noch nie gesehen hatte.

Er hob sie auf, ihre Beine um seine Hüften geschlungen, und trug sie zum Strand auf den warmen Sand unter den Palmen, und dort setzte er die gezielten Stößen fort, härter, kräftiger und schneller als bisher. Als sich sein Orgasmus ankündigte, stöhnte er ihren Namen.

»Rachel, meine Liebe.«

Es vergingen einige sentimentale Momente, während sie darauf warteten, dass sich ihr Atem wieder normalisierte. Dann raffte David sich auf, stand auf unsicheren Füßen und klopfte sich den Sand aus den nassen Kleidern.

Rachel spürte, dass er seine Verlegenheit kaschieren wollte, als hätte er etwas gesagt, was er nicht hätte sagen sollen.

»Nun, das war nicht der klügste Schachzug in meiner Karriere«, murmelte er.

Er versuchte, entspannt und locker zu klingen, aber trotzdem war es ihr, als hätte er sie kopfüber ins kalte Wasser geworfen. Er sah sie an und bemerkte, wie entsetzt sie ihn anstarrte.

»Nein, ich meinte ... also, was ich gemeint habe war ...« Er spürte, dass er aus diesem Graben nicht so schnell herausfinden würde.

»Du bedauerst, dass du es getan hast, nicht wahr? Nun, jetzt ist es ein bisschen spät, um dich auf deine Professionalität zurückzuziehen.« Sie atmete rief durch, um sich zu beruhigen.

»Du warst es, die es unbedingt wollte, erinnerst du dich?«

Es war unglaublich, aber jetzt ging er sogar in die Defensive. Die alte ›Da-ist-ein-Mann-hilflos‹-Nummer. Worte konnten nicht beschreiben, wie schmutzig und missbraucht sie sich plötzlich fühlte.

»Ich habe dir nicht den Schwanz gehalten«, sagte sie absichtlich derb, »und ich hatte nicht den Eindruck, dass du zum Ficken erst überredet werden musstest.«

Er sagte nichts, richtete seine Kleider und traute sich nicht, sie anzusehen. Als wenn er ein kurzes Abenteuer mit einer billigen Hure gehabt hätte, das er sofort danach bereute.

»Warum?«, fragte sie schließlich. Sie zitterte vor Enttäuschung und Wut.

Endlich schaute er sie an. »Alles, was ich dir eben über meine Familie gesagt habe, ist wahr. Es ist das erste Mal, dass ich überhaupt jemandem von meiner Familie erzählt habe. Aber der Sex war ein Fehler. Ich will, dass du das weißt.«

»Ha«, sagte sie verbittert. »Du hast mich als emotionalen Sandsack benutzt, und jetzt wirfst du mich weg wie ein Stück Müll.«

»Tut mir Leid«, sagte er und ging den Strand hinunter.

»Und damit ist es gut?«, rief sie ihm hinterher, während die Tränen aus ihren Augen schossen. »Wenn das alles vorbei ist, solltest du professionelle Hilfe suchen.«

Vierzehntes Kapitel

Nachdem sie sich gefangen hatte, ordnete sie ihre Kleidung und ging zum Hotel zurück. Sie hoffte, dass ihre Perücke gerade saß. An den Enden war sie vom Meerwasser ziemlich ausgefranst. Rachel fühlte sich schmutzig und von Davids Grausamkeit gedemütigt. In ihrem erschöpften Zustand dachte sie sogar, dass sie mit Jerry an diesem Abend nicht schlechter gefahren wäre.

Wenn man an den Teufel dachte ... Rachel bog um die Ecke, und dann sah sie ihn, wie er eitel am Benz lehnte und sich mit Amelia und zwei anderen Frauen unterhielt. Rachel duckte sich und schlug einen Bogen, um ihr Hotel zu erreichen. Sie musste durch eine dunkle Straße, was um diese späte Stunde keine kluge Entscheidung war.

Sekunden später wurde sie in eine Gasse gezerrt, und während sie wild um sich trat und laut schrie, drückte sich eine Hand über ihren Mund und die Augen.

»Sei still, du Schlampe.«

Das war eine Frauenstimme. Rachel sah in die Mündung einer Waffe. Sie nickte rasch, und die Hand gab ihr Gesicht frei. Vor sich sah sie eine offenbar zu allem entschlossene Amelia. Hinter ihr standen drei weitere Frauen, und alle starrten Rachel an, als wäre sie gerade aus dem Abwasserkanal gekrochen.

»Wer, zum Teufel, bist du eigentlich?«, fragte Amelia. Das war die Frage, auf die alle Frauen eine Antwort haben wollten. »Ich habe da hinten deinen Namen gerufen, und du hast überhaupt nicht reagiert.«

»Ich habe dich nicht gehört.«

»Aha. Ich wette, dein Name ist nicht Kim. Du hast die andere weiße Hure mit einem anderen Namen angesprochen. Ich dachte von Anfang an, dass mit dir etwas nicht stimmt. Warum schnüffelst du hier herum?«

»Hör zu, du musst mir trauen ...«

»Wir haben genug von deinem Scheiß. Also, rück schon raus mit der Sprache. Was ist mit dir los?«

Rachel sah in die entschlossenen Gesichter. Sie würden erst Ruhe geben, wenn sie die Wahrheit wussten. Seufzend hob sie die Hände.

»Vorsicht«, warnte Amelia und zielte mit dem Revolver auf Rachels Herz.

Rachel nahm die Perücke ab. »Ich heiße Rachel Wright. Ich bin Jerrys Frau.«

Damit hatte niemand gerechnet. Eine Frau lachte ungläubig.

Auch Amelia war nicht überzeugt. »Und was soll die Verkleidung?«

»Er hat mich vor sechs Monaten nach zwanzig Jahren Ehe sitzen lassen. Mir blieben seine Schulden und ein kaputtes Geschäft. Heute ist Jerry mir völlig egal, aber ich will nicht, dass er ungeschoren davonkommt. Ich habe inzwischen mein eigenes Geschäft aufgebaut, aber das ist jetzt gefährdet, und deshalb bin ich hier. Ich will ihm den Arsch versohlen.«

»Und wie willst du das anstellen?«

Gute Frage. »Ich weiß es noch nicht«, gestand Rachel. »Ich denke jede Stunde darüber nach. Glaube mir, ich will euch keinen Ärger machen. Es gibt auch noch einigen anderen Wirbel, und wenn ihr mir helft, kann ich dafür sorgen, dass man euch da raushält.«

Amelia starrte sie einen langen Augenblick an, dann wandte se sich an ihre drei Begleiterinnen. »Alles in Ordnung«, sagte sie. »Geht nach Hause.« Die Frauen verdrückten sich. Amelias Waffe zeigte immer noch auf Rachel, aber dann ließ sie sie sinken und ging den Weg hinunter, bis sie in einer Sackgasse standen. Amelia sah sich nach allen Seiten um.

»Von welchem Wirbel redest du?«

Rachel wusste, dass es keinen Sinn ergab, jetzt noch etwas leugnen zu wollen. Sie war zu sehr Amateurin, um in dieser Situation bluffen zu können.

Als Rachel noch zögerte, sagte Amelia: »Vergiss nicht, dass du hier ganz allein bist. Du brauchst uns, um deinen Arsch zu retten.«

»Ich weiß das zu schätzen«, murmelte Rachel und atmete tief durch. »Hast du schon mal was von Adrian Grodin gehört?«

»Ja, natürlich«, antwortete Amelia stirnrunzelnd. »Aber was hat er mit dem Wirbel zu tun?«

Amelia sah besorgt aus, sogar ein wenig verängstigt. Irgendwas stimmte da nicht, dachte Rachel und fragte: »Was ist an ihm so schlimm?«

Amelia schüttelte den Kopf, als ob die Frage zu gefährlich wäre – und die Antwort erst recht. »Was ist mit ihm?«

»Er kommt morgen. Er hat geschäftlich mit Jermaine zu tun, aber er hat nur gestohlene Ware anzubieten. Und es gibt Pläne, ihm das Handwerk zu legen.«

»Er will Jermaine heiße Ware anbieten?«, fragte Amelia fassungslos. »Ist er verrückt?«

»Keine Ahnung, ob er verrückt ist. Was weißt du über ihn?«

Amelia sah so verschlossen aus, als wollte sie darüber nicht sprechen, aber dann zündete sie sich eine Zigarette an und blies mit einem Seufzer den Rauch aus.

»Ich besorge den Jungs ihren Vorrat an Koks. Jerry und einige der anderen Typen können Koks nicht von Zucker unterscheiden. Ich könnte ihnen Babypulver verkaufen, und sie würden ihn für den feinsten Stoff der Welt halten. Aber Grodin kannst du nicht an der Nase herumführen. Eines meiner Mädchen hat ihm mal verschnittenes Zeug verkauft, aber er hat das sofort bemerkt. Seither erpresst er uns. Wir müssen alle für ihn springen, wenn er pfeift, sonst liefert er uns an den Galgen.«

»Und was verlangt er von euch?«

Amelia sah angewidert aus. »Lauter perverse Sachen. Meine Mädchen sind für die normale Nummer zuständig, verstehst du? Sie tun es des Geldes wegen, nicht weil sie Bock darauf haben. Perverse Nummern schieben sie nicht.«

»Ja, okay. Aber warum panschst du den Stoff überhaupt, wenn du weißt, wie gefährlich das werden kann? Ich meine, jemand wie Grodin wird allergisch darauf reagieren. Ein Betrüger lässt sich nicht gern betrügen.«

Amelia nickte nachsichtig. »Die Mädchen verdienen ganz gut, aber sie haben auch hohe Kosten. Wir müssen die Bullen zahlen, damit sie uns in Ruhe lassen und auch beschützen, wenn es hart auf hart kommt. Einige von uns haben Kinder, und wenn etwas herauskommt, nehmen sie uns die Kinder weg.«

»Kümmert sich denn Jermaine nicht um euch?«

»Jermaine ist ein respektierter Geschäftsmann. Er hilft armen Kindern, aber für Huren hat er nichts übrig. Wir bieten einen Service für seine Leute an, und er hat auch nichts dagegen, dass wir sie bei Laune halten, aber er würde sich niemals vor uns stellen.«

Rachel überlegte fieberhaft, wie sie das Minenfeld dieser Informationen unbeschadet durchlaufen konnte. »Okay, also Jermaine bietet euch keinen Schutz – aber wer denn sonst?«

»Na, rate mal.«

»Oh, nein.« Rachel presste eine Hand vor den Mund. Die beiden Frauen standen sich eine lange Zeit schweigend gegenüber, und wann immer sie Schritte hörten, wichen sie in die Schatten.

»Amelia, was nervt Jermaine am meisten?«, fragte Rachel.

»Ist doch klar. Er hasst Unehrlichkeit, er hasst Respektlosigkeit, und er hasst unprofessionelles Verhalten.«

Rachel nickte, überlegte eine Weile und fragte dann: »Falls ich dich brauchen sollte, kann ich auf deine Hilfe hoffen?«

Amelia lachte kurz auf. »Du weißt, wo du mich findest.« Dann war sie weg, verschwunden in der Dunkelheit.

Im Hotel stellte sich Rachel lange unter die Dusche. Dann legte sie sich aufs Bett und wartete auf den Schlaf. Unehrlichkeit, Respektlosigkeit und unprofessionelles Verhalten. Das alles traf auch auf einen Mann zu, den sie kannte.

Kurz bevor sie einschlief, musste sie an die drei zärtlichen Worte denken, die David ihr zugeraunt hatte. Was für ein Gegensatz zu dem kühlen Bastard, der er sonst war.

Am anderen Morgen wachte sie wie gerädert auf. Die Dusche half auch nicht. Sie ließ sich viel Zeit, um die Bräune neu aufzutragen und wieder in ihre Verkleidung zu schlüpfen. Erst das üppige Frühstück weckte ihre Lebensgeister wieder. Wenn sie nur sie selbst sein könnte und nicht jene andere Frau, die lüsterne Blicke der Männer und verärgerte Blicke der Frauen auslöste.

»Kann ich mich an diesen Tisch setzen?« Ein fetter Mann mit einer auffälligen Bräune und einer Kamera wollte sich auf den Stuhl niederlassen, der Rachel gegenüber stand. Sie entschied sich, höflich zu bleiben.

»Leider nein. Mein Mann kommt in ein paar Minuten, und er hätte bestimmt was dagegen.« Sie lächelte ihn an.

»Na, gut, dann gebe ich Ihnen das.« Er reichte ihr eine Karte mit dem Namen Darren Hawes und der Berufsbezeichnung Journalist, was Rachel spontan bezweifelte. »Sie haben genau das richtige Aussehen, Miss. Wenn Sie Arbeit wollen, kann ich Ihnen welche beschaffen, denke ich.«

»Welche Arbeit?«, fragte sie neugierig.

»Eh, also ... Pin-ups. Für Zeitungen.«

»Sie meinen die nackten Dinger auf Seite drei der englischen Boulevardblätter?« Sie musste an sich halten, um nicht lauthals zu lachen.

»Ja, zum Beispiel.« Er grinste sie lüstern an. »Rufen Sie mich an, wenn Sie Interesse haben.«

»Ich danke Ihnen, Mr. Hawes«, sagte sie, und er verzog sich. Jetzt gestattete sie sich das Lachen. Sie ein Nacktmodell für die dritte Seite? Warte, bis ich Sharma davon erzählt habe!

Sie lachte noch, als David sich zu ihr an den Tisch setzte und Kaffee bestellte.

»Was ist denn so lustig?«

»Ich bin gerade gefragt worden, ob ich ein Seite-3-Girl sein will«, sagte sie, ehe ihr einfiel, dass sie wegen seines erbärmlichen Verhaltens gestern Abend wütend auf ihn sein wollte. »Am liebsten würde ich dir jetzt ins Gesicht schlagen.«

»Ich weiß.« David hielt ihre Hand fest, bevor sie sie wegziehen konnte. »Die Taube ist gelandet. Er wird in einer halben Stunde oder so im Hotel sein. Geh nicht sofort auf ihn zu. Gewöhnlich schläft er ein paar Stunden, bevor er sich an die Bar am Pool setzt. Da kannst du ihn ansprechen.«

Rachel spürte, wie Kälte in ihre Knochen kroch. »Okay. Was ist, wenn ich mich irgendwie verrate?« Wie gestern

Abend zum Beispiel, als sie nicht auf den Namen ›Kim‹ reagierte, mit dem Amelia sie gerufen hatte.

»Du musst versuchen, dich zu entspannen. Dies ist nur eine Möglichkeit, an unser Ziel zu gelangen, aber es ist nicht die einzige. Wenn wir Glück haben, lädt er dich zur Party ein.« Er ließ etwas in ihren Schoß fallen, was wie ein Zuckertütchen aussah. Niemand hatte was bemerkt. Sie steckte die kleine Tüte rasch in ihren BH.

»Das sind Ko-Tropfen, die du nur im Notfall einsetzen darfst.«

»Falls er mich lieber bumsen statt zur Party mitnehmen will, meinst du.«

Davids Lippen wurden schmal. »Die Wirkung setzt innerhalb von zehn Minuten ein, und wenn er einen Schluck des Getränks zu sich nimmt, in das du das Zeug gibst, wird er wenigstens eine Stunde abtauchen. Aber wie ich sagte ...«

»Nur im Notfall. Danke.«

»Ich bin sicher, du brauchst sie nicht einzusetzen. Mach dir keine Gedanken.«

Sie wollte es versuchen. Aber es gehört zur Tradition ganz simpler Pläne, dass irgendwas immer schief läuft. Sie erschauerte, und plötzlich musste sie dringend zur Toilette.

Sie verbrachte den Morgen mit Einkaufen. Es war eine Lust, in den vielen kleinen Geschäften entlang der Promenade zu wühlen. Viele Modegeschäfte und Läden mit Kunstgewerbesachen. Sie stärkte sich in einem Café am Strand mit einem Capuccino, der mit drei kleinen Plätzchen serviert wurde, alle mit Zimt bestreut. Sie beruhigten ihren rumorenden Magen.

Sie kaufte einen Seidenschal für Sharma, weil ihr das

Batikmuster besonders gut gefiel, und dann dachte sie nach, ob sie Matt seidene Boxershorts kaufen sollte, aber dann entschied sie sich dagegen. Ihre Affäre hatte ein versöhnliches Ende gefunden, und ein solches Mitbringsel könnte ihn auf Ideen bringen.

Nach einem leichten Mittagessen – Gumboschotensuppe mit Maisbrot – schlenderte sie zurück zum Hotel. Sie fühlte sich den neuen Herausforderungen ihres Jobs nun besser gewappnet. Sie kleidete sich mit Bedacht. Glänzender Goldbikini, und da das Unterteil aus einem String bestand, bedeckte sie den nackten Po mit einem ebenfalls goldfarbenen Sarong. Mit der blonden Perücke und ihrem künstlich gebräunten Körper war sie unübersehbar, und Adrian musste schon blind wie Jerry sein, wenn er sie nicht zur Kenntnis nahm.

Am Pool wählte sie eine Sonnenliege dicht an der Bar aus, dann legte sie sich hin und schlug ihr Buch auf.

Eine Stunde verging, dann die zweite. Ihr Rücken fühlte sich wie geröstet an, und inzwischen dampfte auch ihre Vorderseite. Sie erinnerte sich daran, warum sie die Urlaube an der See hassen gelernt hatte – man wusste nie, was man an den langen Nachmittagen tun sollte. Ein paar Jungs tobten im Pool herum und amüsierten sich mit ihrem vom Testosteron gesteuerten Übermut.

Dann nahm sie ihn aus den Augenwinkeln wahr, den Mann, auf den sie gewartet hatte. Er trug ein langes weißes Hemd, das auch seine äußerst sparsame cremefarbene Badehose bedeckte, und dazu weiße Lederschlappen von Gucci. Er sah tief gebräunt aus, blieb stehen und ließ seinen Blick über die Frauen rund um den Pool schweifen, als könnte er aus seinem eigenen Harem auswählen. Sie alle reagierten fast ähnlich auf seine Blicke: Sie saugten die Bäuche ein, reckten die Brüste vor und warfen ihre Haare über die Schultern.

Alle außer Rachel. Sie betrachtete ihn diskret hinter dem neuesten Roman von Pat Booth. Obwohl das Hemd bis zur Mitte der Oberschenkel reichte, war es offen, deshalb konnte man nicht vermeiden, einen Blick auf die wohlgefüllte Badehose zu werfen. Rachel sah sich um und holte sich die Bestätigung, dass sie nicht die einzige Frau war, die ihm unters Hemd schaute.

Jetzt ließ er das Hemd von den Schultern gleiten, bevor er es auffing und auf einen Stuhl warf. Er ging zum Sprungbrett. Die Jungs ihm Pool machten bereitwillig Platz, sie lachten verstohlen und stießen sich an, während Adrian Grodin am äußersten Rand des leicht schwingenden Bretts stand. Die Teens waren sicher, dass er sich zum Affen machen würde.

Als er sicher war, die Aufmerksamkeit aller zu haben, führte er einen eleganten Kopfsprung ins Becken aus und teilte das Wasser so leicht wie ein Delfin, als er erst am anderen Ende auftauchte. Er warf die blonden Haare mit einer knappen Kopfbewegung zurück, und dabei flogen die Tropfen wie glitzernde Diamanten bis auf die Beine der Frauen, die dicht um den Pool lagen. Es gab sogar zaghaften Applaus von einigen, den er mit einer leichten Verbeugung quittierte.

Er stieg aus dem Becken. Die schmale Badehose war durch das Wasser fast durchsichtig geworden, was dem Bild, das er den neugierigen Augen bot, einen leicht obszönen Anstrich gab, fand Rachel. Aber gleichzeitig fand sie es auch unwiderstehlich. Nach Adrian traute sich niemand mehr aufs Sprungbrett, selbst die heißblütigen Jungs nicht, die bis vor zehn Minuten um die Wette gesprungen waren.

Adrian ging zur Bar und bestellte sich einen Manhattan, dann stützte er sich an einem Hocker ab, der gerade mal drei Schritte von Rachels Sonnenliege entfernt stand.

Der Barmixer schüttelte den Cocktailshaker und krönte den Drink mit einer saftigen grünen Olive. Er schob ihn bis dicht vor Grodins makellos manikürte Finger.

»Schön, Sie wieder zu sehen, Sir«, sagte er brav.

»Danke, Philippe. Es ist gut, wieder hier zu sein.«

Der exotische französische Akzent ließ ihr Herz sofort wieder höher schlagen, und dann legte es noch einmal zu, als sein Blick sie erfasste und auf ihr haften blieb. Er nahm eine Zigarette aus seiner Packung Gitanes und zündete sie an, wobei er den Blick nicht von ihr ließ. Sie lächelte ihn kurz durch die purpurfarbenen Gläser ihrer Brille an, wandte sich dann aber sofort wieder ihrem Buch zu. Sie musste zur Toilette.

Sie stand rasch auf, bevor er ein Gespräch mit ihr beginnen konnte, aber sie ließ ihr Buch zurück, damit er wusste, sie würde wiederkommen. Noch ein kurzes Lächeln, als sie an ihm vorbeiging, wobei ihre Hüften unter dem durchsichtigen Sarong einen langsamen Rumba tanzten. Als sie die Toilette betrat, wurde ihr bewusst, dass ihre Aufregung nichts mit Furcht zu tun hatte, sondern mit Begierde. Sie erneuerte ihr Make-up, das in der Sonne geschmolzen war, versorgte sich mit ein paar Spritzern des schweren *Poison* und fühlte sich stark genug, ihn zu konfrontieren.

Sie schritt durch die Hotelhalle und hörte eine vertraute Stimme. Ausgerechnet Robyn Grodin stand vor der Rezeption und attackierte den armen Hotelangestellten auf der anderen Seite. Rachel beschäftigte sich am Zeitungsstand mit den amerikanischen Presseerzeugnissen und lauschte unauffällig.

Das Zimmer, das man Robyn gegeben hatte, war etwas kleiner als das, was sie das letzte Mal bewohnt hatte, und der Jacuzzi sprudelte nicht so schön, wie es sein sollte. Aus ihren Klagen hörte Rachel, dass sie eben erst eingetroffen war, und zwar allein. Der Mann an der Rezeption nannte sie Mrs. Dufont.

»Nicht Missis, sondern Madame!«, fauchte Robyn Grodin und stampfte sogar mit dem Fuß auf. »Und weisen Sie Ihre Leute an, dass sie meinem Mann nicht von meiner Ankunft sagen. Ich will ihn überraschen.«

»Natürlich, Madame. Eine gelungene Überraschung«, antwortete der Mann ohne jeden Hauch von Sarkasmus.

Rachel schlich sich davon und rief Davids Nummer an, sobald sie im Zimmer war. Er meldete sich sofort.

»Wir haben ein Problem«, sagte sie.

»Wie groß?«

»Etwa einsfünfzig.« Sie berichtete von Robyns Ankunft.

»Verdammt.« Er überlegte eine Weile, dann: »Bleib auf deinem Zimmer.«

Fünfzehn Minuten später klopfte er an die Tür. Carlos und Pepe waren bei ihm.

»Ich habe einige Erkundungen angestellt. Robyn Grodin hat sich wieder mit ihrem Vater gestritten. Sie will sich an Adrian rächen, weil er eine Affäre hat oder hatte. Wir müssen sie irgendwie von der Bildfläche verschwinden lassen, aber ich weiß nicht wie.«

Rachel schaute auf die beiden prächtigen italienischen Hengste, die neben David standen.

»Das ist relativ einfach«, sagte sie. David verschränkte die Arme vor seiner Brust, als wollte er seine Abwehr gegen alles, was sie vorschlug, auch in der Körpersprache darstellen. Rachel sah Carlos an. »Du und Pepe, ihr müsst eure Phantasie spielen lassen, um Mrs. Grodin abzulenken. Ihr schafft das mit links, denn Madame ist sexverrückt und liebt gutes Essen.«

»Wirklich?«

»Ganz sicher. Und ich bin mir auch sicher, dass Adrian bei mir schon angebissen hat, das heißt, einer von euch kann die Halsbänder tauschen. Wenn er später scharf wird, kippe ich die Ko-Tropfen in sein Glas und verdrücke mich. Vorher schreibe ich ihm einen Zettel und bedanke mich bei ihm, dass er so ein Tiger im Bett war.«

Die Männer sahen sich an. Pepe hob die Schultern. »Hört sich gut an, Boss.«

»Glaubt ihr, Mrs. Grodin beschäftigen zu können, auch wenn es ein bisschen länger dauern sollte?«

»He, wartet mal.« David sah verärgert aus. Sie wusste genau, was er dachte – he, wer hat denn hier das Sagen?

»Wo liegt denn das Problem?«, fragte sie kühl. »Gefällt dir die Vorstellung nicht, dass ich meine Verantwortung sehr ernst nehme?«

David ging auf sie zu, entschlossen, sie in die Schranken zu weisen. Sie sah es in seinem Gesicht. »Vergiss nicht, dass du unserer Sache zu dienen hast und nicht deiner eigenen.«

Rachel sah ihn gelassen an. »Keine Sorge, David. Wenn diese Operation in den Sand gesetzt wird, dann nicht wegen mir. Vielleicht schaust du mal in den Spiegel und wiederholst dann noch einmal deinen letzten Satz.«

Er ging und schlug die Tür hinter sich zu. Es schien, dass solche Abgänge bei ihm zur Gewohnheit wurden, dachte sie traurig.

»Hui! Du kannst aber ganz schön rangehen, Lady!«, sagte Pepe und gluckste.

»Ich habe ihn nicht so scharf gesehen seit ... nein, verdammt, er war noch nie auf jemanden so scharf wie auf dich«, sagte Carlos mit Bewunderung in der Stimme. »Wir würden dich gern mal ohne Perücke sehen.«

»Wenn wir das hier hinter uns haben – vielleicht«, sagte sie und hakte sich bei Carlos unter. »Kommt, Jungs. Wir müssen Madame finden, bevor sie ihren Ehemann findet.«

Sie brauchten nicht lange zu suchen. Mrs. Grodin stand noch im Foyer und beschwerte sich laut, dass der Champagner, den sie bestellt hatte, zu kalt gewesen sei. Rachel beschloss, sofort loszulegen. Sie zupfte an Robyns Ärmel.

»Hallo, meine Liebe! Erinnern Sie sich an mich? Wir haben uns vor ein paar Monaten bei Flick und Justin kennen gelernt. Was für ein Zufall, Sie hier zu treffen. Warum genehmigen wir uns nicht einen Drink, während die netten Menschen die Dinge abklären, mit denen Sie unzufrieden sind.«

»Dinge?« Robyn Grodin sah verwirrt aus und wohl auch ein bisschen erschrocken darüber, dass sie offenbar mit dieser gewöhnlichen Frau auf derselben Party gewesen war.

»Ja, ich meine, man muss ihnen die Chance geben, alles so zu arrangieren, wie Sie es erwarten, meine Liebe. Ein paar Schritte die Straße hinunter gibt es eine sehr angenehme Bar, in der man sofort in Urlaubsstimmung gerät. Und wir können noch ein bisschen über die Party plaudern. Ich war ja so dankbar, dass Flick mich eingeladen hatte. Es war, als hätte sich eine neue Welt für mich geöffnet.« Sie zwinkerte ihr verschwörerisch zu.

Robyn wollte schon ablehnen, aber dann sah sie Pepe und Carlos, die sich neben Rachel stellten. Sofort war ihr Interesse geweckt.

»Oh, meine Liebe, diese beiden habe ich unterwegs getroffen.« Rachel senkte die Stimme zu einem vertraulichen Flüstern. »Sie sind Brüder. Wirklich heiß. Ich bin sicher, Sie werden Ihren Mann nach wenigen Minuten schon vergessen haben. Wo ist er eigentlich? Nicht, dass ich ihn vermisse, seit ich die beiden hier kennen gelernt habe. Sagenhaft, die Ausdauer dieser jungen Hengste.«

Sie blinzelte Pepe zu, der tatsächlich errötete und sich mit einer Hand verlegen an den Schritt fasste.

Carlos nahm Robyns Hand, küsste sie und stellte sich vor. Pepe nahm ihre andere Hand und tat es ihm nach.

Robyn grinste breit. »Ja, vielleicht ist ein Cocktail genau das, was ich jetzt brauche.« Bereitwillig ließ sie sich von den Männern aus der Hotelhalle führen.

Es war in letzter Sekunde. Adrian Grodin schritt durchs Foyer, als die Jungs mit Robyn durch die Tür hinausgingen. Als er Rachel sah, leuchteten seine Augen. »Mademoiselle, Sie haben Ihr Buch vergessen.« Er hielt ihr das Buch von Pat Booth hin.

»Ah, das ist sehr lieb von Ihnen«, flötete sie und sah ihn verlegen an.

»Gern geschehen. Ich würde Sie gern zu einem Drink einladen.«

Dies war nicht der richtige Augenblick, dachte sie, denn Robyn würde sich wundern, wo Rachel geblieben war.

»Oh, ich liebe Ihren reizenden Akzent«, sagte sie mit ihrer Kleinmädchenstimme. Er lächelte sie an, während er ihren Körper von oben bis unten musterte.

»Aber Ihr Akzent gefällt mir auch«, entgegnete er. »Wo kommen Sie her?«

»Ich bin Engländerin«, antwortete sie und ließ die Wimpern flattern.

Er lächelte gönnerhaft. »Sind Sie allein hier?«

»Ja, bin ich. Aber Sie bestimmt nicht, was?«

Lächelnd bot er ihr eine Gitane an. Sie lehnte ab und steckte sich ein schlankes Zigarillo zwischen die Lippen. Sie legte den Kopf schief und gab ihm zu verstehen, dass sie Feuer von ihm wollte. In seinen Augen blitzte neues Interesse an ihr auf, als ahnte er, dass sie nicht nur die billige Blondine war, für die sie sich ausgab.

»Was ist mit dem Drink?«

Sie zog am Zigarillo. »Ja, gern.« Sie schaute auf die Uhr. »Sollen wir uns um sieben am Pool treffen? Dann können wir uns vielleicht ein bisschen besser kennen lernen.« In ihren Augen lag ein Versprechen. Es entging ihm nicht. Er nickte eifrig.

»Ja, gut. Also um sieben. Vergessen Sie mich nicht.«

»Glauben Sie, das werde ich nicht«, antwortete sie, blies ihm einen Kuss zu und lief aus dem Hotel.

Zwei Stunden. Es blieb genug Zeit, um die Fortschritte der Jungs bei Robyn zu verfolgen, um sich dann so verführerisch anzuziehen, dass Adrian ihr nicht widerstehen konnte. Es sei denn, er hätte bis dahin schon eine andere Partnerin gefunden, aber daran wollte sie gar nicht denken.

Rachel hatte die italienischen Zwillinge in ein Restaurant mit Barbetrieb geschickt, das mehr als nur ein paar Schritte vom Hotel entfernt lag. Auch am Nachmittag war die Atmosphäre dunkel und verräuchert. Pulsierende Reggaemusik, zu der sich schwitzende Körper auf der Tanzfläche wanden. Das war eigentlich nicht Robyns Szene, und doch war Rachel überzeugt, dass die wohlhabende Madame sich köstlich amüsieren würde. Nach der steifen Pariser Gesellschaft, an die sie gewöhnt war, musste so ein ungezwungenes Lokal mit den ins Blut gehenden Rhythmen etwas sein, wo sie bereitwillig abhängen wollte.

Außerdem war das Essen sensationell gut, vielleicht das beste in Montego Bay. Robyn genoss die Aufmerksamkeit der beiden Männer, die sie behandelten, als wäre sie die einzige Frau auf der Welt. Rachel nippte am Champagner und schaute dem Trio zu. Carlos übernahm die Bestellung. Hummer, Riesengarnelen und Muscheln in Weißwein.

Zuerst zierte sich Robyn und sagte, mehr als einen Salat wollte sie nicht essen, weil es erst fünf Uhr am Nachmittag war. Aber als das Essen serviert wurde, lockte das saftige weiße Fleisch des Hummers, und nach einem weiteren Glas

Chardonnay glitten die Muscheln fast von selbst durch ihre Kehle.

Rachel stocherte auf ihrem Teller herum. Sie wollte nicht viel essen, denn sie war sicher, dass sie später noch einmal zum Abendessen eingeladen wurde. Sie sah fasziniert dem Spiel der Jungs zu, wie sie Robyn umschwärmten und darauf achteten, dass ihr Glas stets gefüllt war.

»Ihr seid böse Schelme«, raunte sie Carlos zu.

»Ich mag es, wenn meine Frauen ihr Essen und Trinken genießen«, flüsterte er in Rachels Ohr. »Dann sind sie gefügiger, verstehst du?« Seine Augen leuchteten erwartungsvoll. »Oh, ich liebe meinen Job.«

»Das sehe ich.« Sie sah wieder auf ihre Uhr. Die große Party fand erst um neun Uhr statt, aber sie musste jetzt dringend weg, um genug Zeit zu haben, Adrian zu bearbeiten.

Als der Nachtisch gereicht wurde, sagte sie zu Carlos: »Ihr braucht mich nicht mehr.« Sie sah aber noch ein paar Minuten zu, wie Robyn über die Schokoladentorte herfiel, die in der Form eines Pfaus serviert wurde, wobei die Federn aus Mango, Kumquat und Kiwi bestanden.

Pepe nahm eine schwarze Kirsche in den Mund und küsste Robyn, wobei er ihr die Kirsche zwischen die Lippen drückte. Carlos nutzte die Gelegenheit, erneut Robyns Glas zu füllen. Robyns Kleid mit dem tiefen Ausschnitt saß nicht mehr so untadelig wie zu Beginn; jetzt spannte es sich über dem vollen Bauch. Rachel fragte sich, ob die kleine Französin überhaupt noch aufstehen konnte. Sie lachte und kicherte viel, und sie hatte nichts mehr dagegen, dass Pepe und Carlos sie in aller Öffentlichkeit küssten.

Rachel verabschiedete sich, aber Robyn Grodin nahm das kaum zur Kenntnis.

Auf dem Weg zurück ins Hotel kam Rachel ein boshafter Gedanke, aber je länger sie ihn erwog, desto besser gefiel er ihr. Sie schritt an Jay's Bar vorbei und sah das große Schild HEUTE GESCHLOSSEN – PRIVATE FEIER.

An der Rezeption ließ sie sich ein weißes Blatt Papier geben, auf das sie mit verstellter Schrift (Man konnte nie wissen) eine kurze Nachricht schrieb. *Pariser Gesellschaftslöwin Robyn Grodin feiert ausgelassen mit zwei jungen Männern im Coco de Mer. Da geht gerade die Post ab.*

Sie summte fröhlich vor sich hin und schlenderte zur Bar. Vielleicht würde sie ihre Frühstücksbekanntschaft dort treffen. Sie hatte richtig getippt. Gerötete Haut, Doppelkinn und gierige Blicke auf alle Brüste und Pos gerichtet, die sich ihm rund um den Pool boten. Er zuckte leicht zusammen, als Rachel ihm auf die Schulter klopfte und ihm das Papier reichte, das sie eben erst beschrieben hatte.

»Eine Nachricht für Sie«, sagte sie und ging weiter. Aus sicherer Entfernung sah sie zu, wie er die wenigen Zeilen las, dann lief er hastig aus dem Hotel, die Kamera über der Schulter.

Fünfzehntes Kapitel

Also an die Arbeit. Was würde Adrian scharf genug machen, was aber auch noch als passend für Lady Blings Party empfunden wurde? Rachel begutachtete ihre bescheidene Garderobe. Der Mini aus Denim war absolut ungeeignet, und der Goldbikini und die schwarzen Lederhotpants schieden aus, weil sie zu nuttig wirkten.

Schließlich entschied sie sich für ein Kleid, das sie an dem Morgen mit den Jungs gekauft hatte. Weiße Seide, so tief ausgeschnitten, dass sich ein BH von selbst verbot. Der Rock schlicht und lang, aber auf einer Seite mit einem Schlitz bis zum Oberschenkel versehen. Als Rachel hätte sie das Kleid nie getragen, aber für Kim war es genau richtig. Es bildete einen herrlichen Kontrast zu ihrer künstlichen Bräune und den kunstvoll hergerichteten Locken ihrer blonden Perücke. Sie betrachtete sich im Spiegel, und selbst sie war von ihrem Aussehen hingerissen. Die weißen Sandalen mit den hohen Absätzen vervollständigten das Bild.

Sie drückte die durchsichtigen Plastikheben unter die Brüste, damit der Ausschnitt dramatischer wirkte. Es dauerte eine Weile, bis sie die Heben richtig platziert hatte, und als sie sich jetzt im Spiegel sah, stockte ihr der Atem.

»Verdammt«, murmelte sie, den Blick starr auf die nach oben gedrückten Brüste gerichtet. Sie beugte sich vorsichtig vor. Die Brüste bewegten sich gefährlich weit nach oben, wo der Ausschnitt breiter wurde, aber zum Glück fielen sie nicht heraus, dafür sorgte der clevere Unterbau. Sie hüpfte einige Male, schüttelte heftig den Kopf und war erst nach diesen Härtetests zufrieden, dass der kleine künstliche Kniff sie nicht im Stich lassen würde – ganz im Gegensatz zu den Männern, die sie in letzter Zeit kennen gelernt hatte.

Auf eigenartige Art fühlte sie sich gespannt und aufgeregt, als sie durchs Hotel schritt und der Versuchung widerstand, immer nach unten zu sehen. Ihre Brust schien eine Minute vor ihr den Pool zu erreichen und wurde schon von Adrian begrüßt, als sie noch gar nicht da war. In seinem cremefarbenen Seidenanzug und dem weißen Seidenhemd strahlte er lässige Eleganz aus. Das Jackett hatte er über eine Schulter geschwungen.

»Ah, das Goldmädchen«, sagte er fröhlich und gab dem Barkellner einen Wink. Rachel bestellte einen Cosmopolitan. Adrian legte eine Hand auf ihre Hüfte und drückte leicht. »Sie haben mich heute vor ein Problem gestellt, ich hoffe, Sie wissen das.«

Sie schob sich näher an ihn. »Welches Problem denn?«

»Das Problem, das ein Mann hat, wenn er knapp bekleidet ist und eine attraktive Frau sieht, die ebenso knapp bekleidet ist – und das in der Öffentlichkeit. Und gerade jetzt habe ich das Problem schon wieder.« Er starrte lüstern auf ihre Brüste. »Dies ist ein wunderschönes Kleid, chérie. Wie können Sie so nah bei mir stehen und nicht merken, von welchem Problem ich spreche?«

»Sic klingen so streng«, sagte sie bescheiden und drückte den Busen noch etwas weiter vor. »Was kann ich tun, damit Sie wieder nett zu mir sind?« Sie fuhr sich mit der Zungenspitze über die glänzenden Lippen und presste eine Hüfte gegen seinen Schoß. Sie wusste nicht genau, ob sie seine Erektion erwischte.

Mitten ins Ziel. Er hielt die Luft an, und eine tiefe Röte kroch in sein Gesicht, als sie die Hüfte wie zufällig an ihm rieb. Er wich nicht zurück.

»Vielleicht können Sie mir bei einem anderen Problem helfen«, sagte er und legte einen Arm um ihre Taille, um Rachel dicht bei sich zu behalten.

»Oh? Wovon sprechen Sie?«

»Ich bin heute Abend auf eine Party eingeladen, und ich habe niemanden, mit dem ich zur Party gehen kann.«

Nein, das durfte nicht wahr sein. Es konnte doch nicht so einfach sein, oder? »Das ist aber schade«, sagte sie und kicherte, was sich sexy anhörte.

»Ich weiß. Ich hatte gehofft, dass Sie mich begleiten wollen.«

»Und wenn ich nicht will?«, fragte sie und sah ihn mit einem perfekten Schmollmund an.

»Aber ich glaube, dass Sie wollen, mein Schatz, sonst muss ich Ihren süßen Po vertrimmen.« Er drückte ihre Backen so hart und unerwartet, dass sie einen leisen Schrei ausstieß, der in heiseres Lachen überging.

»Ist das ein Ja?«

»Zur Partyeinladung oder zum Vertrimmen?«

»Beides, wenn du willst. Wir können früh wieder von der Party verschwinden, dann bringe ich dich in ein verschwiegenes Lokal. Ich werde Kokosmilch von deinen göttlichen Brüsten schlürfen, und du kannst frische Ananasscheiben von meinem Schwanz nagen. Wie gefällt dir das?«

Also, von Verkaufstechniken verstand er was, das musste sie ihm lassen. Trotz allem, was sie über ihn wusste, fühlte sie, wie sie unter seinen heißen Karamellblicken zu schmelzen begann. »Kommen Sie immer so schnell zur Sache?«

»Warum noch Zeit verschwenden, wenn sich eine schöne Frau an mir reibt und nichts anderes im Sinn hat, als mir einen Steifen zu bescheren? Sie sind keine Frau, die sich durch unnützes Geplänkel beleidigen lassen will.« Er küsste ihre nackte Schulter und drückte seine Erektion fester gegen ihre Hüfte.

»Dann werde ich mich mal fertig machen«, murmelte sie.

»Warum? Du bist schön, wie du bist.«

Ihr war gerade eingefallen, dass sie den Draht aus ihrem Zimmer holen musste. Ohne diesen Draht würde David blind und taub sein, was das Geschehen auf der Party anging, und dumm, wie sie war, hatte sie ihn im Zimmer gelassen. Und nur wegen des aufregenden Kleids.

»Danke, Adrian. Ich will nur mal ganz kurz für kleine Mädchen. Dauert höchstens fünf Minuten.«

»Okay, aber beeile dich, meine Liebe.«

Als sie die Karte in den Schlitz ihrer Tür einführte, hörte sie Davids Stimme.

»Du wirst nie erraten, was ich gerade ...«

Sie brach mitten im Satz ab und starrte. David kniete auf dem Bett, splitterfasernackt, und vor ihm hockte Amelia auf allen vieren und krallte sich in die Kissen, während er sie von hinten bumste. Sie erstarrten wie ein Tableau und hatten ihre Augen auf sie in der Tür gerichtet.

»Was, zur Hölle, suchst du denn hier?«, fragte David heiser.

»Und was, zur Hölle, hat sie hier zu suchen?«, schrie Rachel zurück.

Er zog sich verlegen aus Amelia zurück, und sie lief rasch Richtung Bad, wobei sie ihre Kleider rasch zusammenraffte. Bevor sie hinter der Tür verschwand, sagte sie noch leise: »Es tut mir Leid.«

»Schon gut. Ich bin nur gekommen, weil ich mein Make-up auffrischen wollte«, sagte sie kühl. David saß jetzt auf dem Bett und bedeckte sich mit Rachels Rock, den sie am Nachmittag ausgezogen hatte.

»Du solltest mit Adrian zusammen sein«, sagte er.

»Ach, und deshalb findest du nichts dabei, dass du eine andere Frau in meinem Bett vögelst?« Sie stellte sich vor den Spiegel, sprühte Organza zwischen die Brüste und sprühte ihm dann eine Ladung des schweren Dufts ins Gesicht. Er würgte und hustete.

»Warum bist du so sauer? Du warst es, die gestern mit Carlos und Pepe herumgemacht hat.«

»Und du warst es, der mich gestern Abend gedemütigt hat. Was sollte dieser Schwachsinn? Und jetzt das hier.« Sie schüttelte den Kopf. »Ich habe keine Zeit. Adrian wird sich fragen, wo ich abgeblieben bin. Du weißt, wie viel davon abhängt«, sagte sie sarkastisch, denn es waren seine eigenen Worte, die sie ihm an den Kopf warf.

An der Bar hob Adrians Lächeln ihre Stimmung wieder. Erst jetzt fiel ihr der wahre Grund ein, warum sie auf ihr Zimmer wollte. Verdammt. Nun, noch einmal konnte sie sich nicht verdrücken. Vielleicht gab es ja jemanden, der alle ihre Schritte überwachte, wie David versprochen hatte.

Mit Gewalt verdrängte sie das Bild, wie David in die wimmernde Amelia hineinstieß. Sie nahm Adrians Angebot eines weiteren Cocktails an. Sie trank ihn schneller, als ratsam war, aber danach fühlte sie sich besser. Sie hörte Adrian fragen, ob sie mit ihm auf sein Zimmer gehen wollte.

»Keine Sorge, *chérie*«, sagte er, als er sie zur Treppe geleitete, »ich habe nicht die Absicht, dein herrliches Kleid zu ruinieren – jedenfalls noch nicht. Aber ich habe was für dich, was dir vielleicht gefällt. Du kannst es nicht behalten, es ist nur für den heutigen Abend.«

»Hört sich spannend an«, sagte Rachel und spürte einen Anflug von Nervosität.

»Schau nicht so besorgt drein. Ich werde dir nicht wehtun, jedenfalls jetzt noch nicht«, sagte er feixend. Dann hielt er eine Schatulle hoch und öffnete sie mit dem Elan eines Zauberers auf der Bühne.

Rachel hielt hörbar die Luft an. Ihre Faszination brauchte sie nicht zu schauspielern.

Kein Fälscher der Welt könnte ein solches Meisterstück nachmachen, das da auf schwarzem Samt lag und sie zu locken schien, danach zu greifen. Es war ein enges Band, überladen mit Diamanten und Platin, geschaffen für ein Kleid wie ihres. Das Mittelstück würde genau zwischen ihren Brüsten ruhen.

»Es ist phantastisch«, hauchte sie, als Adrian ihr das Halsband umlegte. Eine Million aus Diamanten und Platin. Ihr war bewusst, dass sie diesen Moment genießen sollte, denn so etwas Kostbares würde sie nie wieder tragen.

»An dir sieht es phantastisch aus«, korrigierte Adrian und küsste ihren Nacken. Im Spiegel sah sie zu, wie seine Hände ihre Brüste griffen. »Hm, *chérie,* du duftest wie eine Göttin, und du siehst wie eine Göttin aus, aber wenn du zur Party willst, musst du auf eine Bedingung eingehen.«

»Welche Bedingung?« Sie wollte das Halsband nicht mehr ablegen. Sie hörte etwas klicken, und dann sah sie die Handschellen. »Das Halsband ist sehr teuer, und da ich dich kaum kenne, muss ich darauf bestehen, dass du diese Dinger trägst. Eine Schelle um dein Gelenk, die andere um meins. Auf diese Weise wirst du immer ganz nah bei mir sein, was für mich ein zusätzlicher Bonus ist.«

Sie wusste nicht, was sie sagen sollte. Wenn sie das echte Halsband trug, würde es David unmöglich sein, es mit dem falschen zu tauschen. Was sollte sie also tun?

»Ich glaube, ich sollte dieses Halsband lieber nicht tragen«, sagte sie zögernd.

»Aber du musst!«, rief er. »Jermaine erwartet es. Bitte, *chérie,* tu es für mich.« Er zog sie an sich heran und hielt die Handschellen hoch. »An diesem Abend bist du mein

Besitz, mein Spielzeug.« Er küsste ihren Hals. »Für später habe ich feinen Koks, und wenn wir beide high sind, werde ich deine Pussy lecken, dass du glaubst, du wärst im Himmel.«

»Das hört sich gut an«, schnurrte sie, und das war ihre ehrliche Meinung, vom Koks mal abgesehen. Trotzdem spürte sie, dass er nicht mehr der Adrian Grodin war, den sie vor Monaten kennen gelernt hatte. Er war geheimnisvoller, dunkler, gefährlicher. Sie erinnerte sich an den Abend mit Justin und wie sie beide mit ihr auf diese demütigende Art geredet hatten.

Die Handschellen klickten, und dann waren sie aneinander gebunden. Die Kette dazwischen war lang genug, dass sie wenigstens ein bisschen Spielraum für ihre Bewegungen hatte. Mit einem Lächeln führt er sie aus dem Zimmer.

Sie betraten ein zauberisches Königreich aus märchenhaften Lichtern und jungen Frauen in winzigen brasilianischen Bikinis, die auf silbernen Tabletts rosa Champagner anboten. Rachel erkannte einige Gäste aus der Welt des Raps, mit Goldketten behangen und mit nacktem Oberkörper. Die Mädchen waren ausnahmslos sehr jung und sehr attraktiv.

Rachel war schmückendes Beiwerk. Niemand erwartete von ihr, dass sie sich an irgendeiner Unterhaltung beteiligte. Niemand sprach sie auf die Handschellen an. Als Künstler hatte Adrian das Recht, exzentrisch zu sein. Er stellte sie seinen Gesprächspartnern nicht vor, und niemand fragte sie nach ihrem Namen. Er reichte ihr wortlos eine schlanke Champagnerflöte und setzte sein Gespräch mit einem Diamantenhändler aus Florida fort, als wäre sie unsichtbar.

Sie sah sich um und entdeckte Amelia. Die Hurenmanagerin sah hinreißend aus. Sie trug ein weißes Kleid, das aus schmalen Streifen bestand. Sie überzogen ihren Körper wie ein Spinnennetz. Zwei Streifen bedeckten die Brüste, und ein Streifen lag über der Scham. Auf jedem schmalen Band glitzerten kleine Diamanten, und auch an ihren Ohren glitzerte es teuer. Sie sah Rachel und lief sofort auf sie zu.

»Es tut mir wirklich Leid«, flüsterte sie. »Er hat mich bezahlt, wenn es dir dann leichter fällt.«

»Nein, tut es nicht«, gab Rachel scharf zurück. Sie spürte, dass sie den Tränen nahe war.

Amelia nahm Rachels Hand und wollte sie zur Seite führen, aber Rachel wies auf ihre Handschelle.

»Ich habe dir doch gesagt, dass er pervers ist«, flüsterte Amelia ihr aufgeregt ins Ohr. Sie beugte sich noch näher heran, damit sie sicher sein konnte, dass nur Rachel sie hören konnte. »Wenn du Zeit hast, schau mal in deiner Handtasche nach.« Sie wich zurück, als Adrian ihre Anwesenheit bemerkte. Rachel sah stumm zu, wie die beiden höfliche Floskeln tauschten, dann zog sich Amelia so unauffällig wie möglich zurück.

Adrian zog ihren angebundenen Arm unter seinen und führte sie durch den Saal, offenbar gezielt auf einen kleinen, breiten Mann zu, der dunkel wie Bitterschokolade war und sich mit Platinketten und Diamantringen geschmückt hatte. Die Frau bei ihm war schlank und elegant.

Im Gegensatz zu ihm fiel ihr Schmuck relativ bescheiden aus. Sie hatte immer noch Gesicht und Figur eines Supermodels. Man mochte nicht glauben, dass sie ihren vierzigsten Geburtstag feierte. Ihre schwarzen Haare hingen wie ein Vorhang über ihre Schultern. Sie sah königlicher aus als viele Königinnen, dachte Rachel. Man nannte sie Lady, die Frau des King of Bling.

Diesmal stellte Adrian seine angebundene Begleiterin

vor. Rachel musste sich zurückhalten, um nicht unwillkürlich einen Hofknicks zu machen. Als Rachel Wright hätte sie sich mit Lady unterhalten können, aber als Kim erwartete das niemand von ihr.

»Kim, eh?«, fragte Jermaine nach. »Du solltest deine Haarfarbe ändern, Mädchen. Mit deinem Akzent machst du Liz Hurley Konkurrenz.«

Ohne es bemerkt zu haben, hatte sie ihren Essex-Dialekt aufgegeben, der zu ihrer Verkleidung beitragen sollte. Jermaine holte eine Lupe aus seiner Tasche und überprüfte die größten Diamanten des Halsbands. Sie konnte sein frisches Rasierwasser riechen und fühlte seinen warmen Atem auf ihrem Ausschnitt. Sie sah über seine Gelhaare hinweg und lächelte Lady zu. Jermaine trat zurück und nickte lächelnd.

»Gute Ware, Grodin. Wo kommt sie her?«

»Privatverkauf«, antwortete Adrian. »Das Stück war Teil einer Erbschaft.«

Rachel war erleichtert, dass sie vergessen schien, aber auf der anderen Seite war sie auch ein wenig verärgert darüber. Sie war die originelle Vitrine für das kostbare Schmuckstück, an dessen Ankauf Jermaine interessiert war.

Nach einer Weile spürte sie den Drang zur Toilette. Der Champagner hatte sich nach unten gearbeitet. Adrian schloss ihre Handschelle auf und schnipste die Finger, bis ein fast zwei Meter langer Kickboxer aufmerksam wurde. Er hatte die Aufgabe, Rachel zur Toilette zu begleiten.

Rachel erleichterte sich und sah sich nach einer Fluchtmöglichkeit um. Aber sie entdeckte keine. Sie erinnerte sich an Amelias Rat und drückte ihre Handtasche auf. Ein dicker goldener Vibrator lag ganz oben. Sie nahm ihn heraus, schüttelte ihn und stellte ihn an. Er bewegte sich nicht. Sie drehte die Kappe auf und fand drinnen die Imitation des Halsbands.

Jetzt steckte sie wirklich in der Klemme. Sollte sie das Original gegen die Fälschung tauschen, nachdem Jermaine sich von der Echtheit der Steine überzeugt hatte? Oder war es möglich, dass er es sich später noch einmal in Ruhe anschauen wollte? Bevor sie eine Entscheidung treffen konnte, hörte sie, wie die Tür zum Vorraum geöffnet wurde.

»He, ist da drinnen alles in Ordnung?«

»Ja, klar.« Rachel drückte die Spülung und schraubte den Vibrator wieder zusammen. Mit einem schwachen Lächeln trat sie aus der Kabine.

Der Leibwächter sah sie misstrauisch an. Er streckte eine fleischige Hand aus. »Ich will Ihre Handtasche inspizieren, Ma'am.«

Sie wusste, dass sie keine Wahl hatte. »Wozu?«, fragte sie und reichte ihm die Tasche.

Er öffnete sie, schaute hinein und nahm den Vibrator in die Hand. Er lachte anzüglich, legte ihn zurück und gab Rachel die Tasche wieder.

»Jermaine mag keine Drogen auf seinen Partys«, sagte er, »aber ich kenne seine Ansichten nicht, was das schnelle Abrubbeln auf seinen Toiletten angeht.« Grinsend hielt er ihr die Tür auf. Rachel, knallrot geworden, folgte ihm zurück ins Getümmel. Adrian wartete schon auf sie und schloss sie wieder an die Handschelle an. Der Leibwächter sah Adrian amüsiert an und bezog wieder Stellung an der Tür.

Was dann folgte, konnte man nicht Essen nennen; es war eher eine Reise in die Sinnlichkeit über die orale Befriedigung. Samten geräucherter Lachs auf zarten Timbale, besprenkelt mit einem Dressing aus Haselnussöl, wurde zuerst serviert. Dann gab es ein erfrischendes Limonensorbet, das herrlich auf der Zunge perlte, gefolgt von Hühnchen und Shrimps mit würzigem Reis und einer Mangosalsa.

Es gab nur runde Tische, damit man sich mit den anderen am Tisch leichter unterhalten konnte. Die weißen Tischdecken reichten bis auf den Boden. Das Silberbesteck glänzte makellos, als wäre es den ganzen Nachmittag über geputzt worden, und jeder Diamant wurde vielfach von den kunstvoll geschliffenen Kristallgläsern gespiegelt.

Im Hintergrund spielte eine Fünfmannband die liebsten Stücke des Geburtstagskinds, dazwischen immer mal wieder ein wunderbares Saxophonsolo. Adrian raunte Rachel zu, dass einige von Jermaines Konkurrenten ihn heimlich The Tramp nannten, aber nie in sein Gesicht, und das konnte Rachel gut verstehen.

Er sah böse aus, streng, wütend, und er war laut und flößte Respekt und Angst ein. Aber Rachel sah auch die gute Seite seiner Persönlichkeit; offenbar eine tiefe Liebe zu seiner Frau und ein Gefühl für Menschen, denen es nicht so gut ging wie ihm. Das gefiel ihr.

Adrian hingegen hielt ihn für einen Narren und versteckte seine Oberflächlichkeit hinter der Überheblichkeit des Europäers, der nichts für das fröhliche Leben der Jamaikaner übrig hatte.

Während des Essens konnte Jerry seine Blicke nicht von Rachel nehmen, aber seine Versuche, ihre Aufmerksamkeit auf sich allein zu lenken, wurden von Adrian immer wieder torpediert. Die Feindseligkeit der beiden Männer war mit Händen greifbar. Rachel nahm an, dass es an Adrians Nationalität lag, denn Jerry hatte aus seiner Abneigung gegenüber den ›eingebildeten Ausländern‹ nie einen Hehl gemacht. Sie fühlte sich wie ein Knochen, um den zwei Hunde rangelten, und das amüsierte sie ein bisschen.

Nach dem Essen spielte die Band zum Tanz auf, und Adrian kam Jerry zuvor, der sich schon erhoben hatte, um Rachel auf die Tanzfläche zu schleppen. Sie tanzten eine Weile, und je länger sie tanzten, desto enger umschlangen sie sich, bis aus ihrem Tanz ein sinnliches Vorspiel wurde. Adrians Lippen auf ihrem Nacken und der Druck seiner Hand auf ihrem Po ließen ihren Körper dampfen.

Sie nahm aus den Augenwinkeln wahr, dass Jerry sie beobachtete, und musste darüber lächeln. Er sah aus, als wäre ihm übel. Seine Hände waren zu Fäusten geballt, aber er wusste, dass er nichts ausrichten konnte, nicht gegen einen von Jermaines wichtigen Geschäftspartnern.

Rachel kannte seine Gedanken, als könnte sie ihn sprechen hören. Nach zwanzig Jahren Ehe kannte sie ihn schließlich in- und auswendig. Adrian knetete ihre Backen. Sie spürte seine Erektion und wollte sie unbedingt in sich haben. Offenbar hatte Adrian denselben Gedanken.

»Ich glaube, wir könnten mehr Spaß haben, wenn ich Liebe mit dir mache«, sagte er mit heiserer Stimme.

»Ich dachte, du hättest schon damit angefangen.«

Er mahlte seine Hüften gegen ihre. »Du hast noch eine Menge zu lernen, mein Täubchen.«

Aber statt mit ihr zurück zum Hotel zu gehen, führte er sie in eine andere Richtung.

»Wir wollen doch nicht, dass meine Frau uns überrascht. Vielleicht würde sie dann mitmachen wollen.«

Rachel kicherte, aber ihre Gedanken waren mit der Frage beschäftigt, wie David sie jetzt finden konnte.

Adrian führte sie aus den modernen Häusern mit den flackernden Neonlichtern hinaus in eine Gegend, in der schmucke Häuser aus der Kolonialzeit standen. Das Hotel, das sie betraten, hatte einen dunkelblauen Anstrich, und am Geländer der Veranda hingen Körbe mit üppigen rosa Geranien. Es war kein Problem, ein Zimmer zu mieten.

Das Bett mit den kühlen knisternden Laken war schon aufgeschlagen, und auf dem Kissen lag ein Stück Schokolade mit einer Kirsche in der Mitte. Adrian schob die Schokolade in Rachels Mund, dann wählte er den Zimmerservice und bestellte eine Flasche Champagner.

»Wir haben eine Menge zu feiern«, sagte er. »Jermaine glaubt, dass sein Kunde das Halsband haben will.«

Offenbar dachte er nicht daran, ihre Handschelle abzunehmen. Als der Champagner gebracht wurde, bat er den Kellner, die Flasche zu öffnen und einzuschenken. Der junge Mann mied es, auf ihre aneinander gefesselten Hände zu blicken, und zog sich so schnell es ging zurück. Adrian reichte ihr eine Kristallflöte und hob sein Glas.

»Auf dich, meine Liebe, und auf den finalen Schuss.«

Rachel erschauerte, als er vom finalen Schuss sprach. Wahrscheinlich meinte er damit den Abschluss seines lukrativen Geschäfts. Sie nippte am Champagner und merkte, dass sie schon zu viel getrunken hatte. Sie hatte ein drängendes Problem: Wie konnte sie die Tropfen in Adrians Drink geben, solange sie an ihn gefesselt war?

Er beugte sich zu ihr und küsste ihren Hals. Ein heißer, zärtlicher Kuss voller Leidenschaft.

»Ich habe den ganzen Abend darauf gewartet, dich endlich berühren zu können, *chérie*«, sagte er, nahm ihr Glas und legte sie behutsam aufs Bett. Er legte sich neben sie und rückte ihr ganz nah. Die aneinander gefesselten Hände lagen oberhalb der Köpfe. Mit der freien Hand fuhr er in den langen Schlitz ihres Kleids und strich über ihren Schenkel. Er bewunderte ihr winziges Höschen, ein Dreieck aus weißer Spitze, ziemlich durchsichtig, weil man es unter dem Kleid nicht sehen sollte.

Seine Finger kreisten auf ihrer Haut, und ihr Körper reagierte trotz der Gefahr, in der sie sich befand. Der Champagner und das Adrenalin fachten ihr sexuelles Feuer an, das in ihr tobte. Sie war bereit, ihn zum Löschen dieses Feuers zu benutzen, wie er sie bisher immer für seine Zwecke benutzt hatte.

Sie reagierte auf seine Küsse, biss zärtlich in seine Oberlippe und nahm seine Zunge tief in ihren Mund auf, während sich seine Finger in ihr Höschen stahlen. Als er entdeckte, dass sie unbehaart war, stöhnte er lüstern auf und zerriss ihr Höschen.

»Was für eine schöne seidige Pussy«, murmelte er und rutschte nach unten, um ihren Schlitz aus der Nähe zu bewundern. Er spreizte ihre Schenkel und öffnete sie, wie er eine delikate Frucht öffnen würde, doch dann begann er nicht sofort, sie zu lecken, was Rachel gehofft hatte. Sein Atem hauchte über ihre empfindlichsten Teile, es war wie eine süße Folter, während er mit den Fingerkuppen über ihren Schamberg strich, ihn klopfte und knetete.

Aber dann spürte sie plötzlich seine Zunge auf dem Dreieck oberhalb der Spalte. Sie hatte gar nicht gewusst, wie empfindlich sie dort war. Er leckte über die Haut, blies in sie hinein und freute sich, als sie ungeduldig die Hüften hob, um ihm zu zeigen, dass sie seine Zunge weiter unten spüren wollte.

»Ich weiß genau, was du willst, aber du kriegst es noch nicht«, sagte er, schwang sich hoch und küsste sie auf den Mund. Seine Lippen waren feucht und rot, entzündet vor Verlangen. Sie hinterließen eine feuchte Spur, als er ihre Kehle und das Halsband küsste. Gleichzeitig spürte sie die Härte, die gegen ihre Schenkel rieb. In diesem Moment wurde ihr bewusst, dass die Diamanten ihn ebenso erregten wie die Frau, die sie trug.

Mit zitternder Hand löste er den Verschluss des Bands und schob es nach unten über ihre Brust. Der rosige Nippel schob sich zwischen die Diamanten. Rachel schrie auf, als seine Zunge über ihren Nippel strich, immer und immer wieder, bis sie sich unter seinen Liebkosungen wand.

»Du liebst deine Diamanten, was?«, keuchte sie.

»Still, meine Liebe.« Er schien verärgert, dass sie ihn in

der Betrachtung der kostbaren Steine gestört hatte. Sie umgaben ihre zarten Reize, und es war schwer zu sagen, was ihn mehr aufgeilte – ihre Brüste oder die Diamanten. Er griff nach seinem Champagnerglas und ließ die Flüssigkeit auf Halsband und Nippel träufeln, dann leckte er den perlenden Alkohol und lächelte, als er spürte, wie sie erschauerte.

»Gefällt dir das, *chérie?*«

«Oh, ja.«

Er schob das Halsband von ihren Brüsten hinunter zu ihrem Schamberg, wo es wie ein exklusives Bikinihöschen lag. Das Mittelstück kitzelte ihre Klitoris. Adrian richtete sich auf und griff in seine Hosentasche. Er holte einen kleinen Schlüssel heraus, öffnete seine Handschelle und legte sie um einen Bettpfosten, sodass Rachel immer noch gefesselt blieb, während er beide Hände wieder frei bewegen konnte.

Aber sie vergaß ihre problematische Situation sofort, als sie seine Zunge spürte, die zwischen den Diamanten über ihre Labien strich. Jetzt träufelte er Champagner über ihren Schamberg. Unwillkürlich hielt sie die Luft an und spreizte ihre Schenkel noch weiter. Es perlte auf ihrer Klitoris, und sie flehte ihn an, sie zum Orgasmus zu bringen.

Er hatte andere Ideen. Er zog Hemd und Hose aus, behielt seine enge Unterhose aber an, unter der sie seinen pulsierenden Schwanz deutlich sehen konnte. Er schob das Halsband weiter nach unten, bis das Mittelstück tief in ihre Pussy glitt.

»Bewege dich nicht«, sagte er streng. Er starrte sie lange an, eine Hand um den harten Schaft unter der Seidenhose gelegt. Sie starrte auf seine stattliche Erektion, und ihre Pussy pulsierte erwartungsvoll.

Sie traute sich nicht zu sprechen, weil sie sonst seine Konzentration stören könnte. Endlich bewegte er sich. Er grätschte über sie und rutschte hoch bis zur Taille. Er rieb sich weiter, und sie wandte den Blick nicht von seiner zuckenden Beule. Er öffnete die Hose an der Seite und zog sie langsam weg. Der Schaft sprang heraus, ungestüm wie ein Hundewelpe. Er wippte vor ihrem Gesicht auf und ab. Seine Augen blickten fiebrig, seine Lippen waren feucht und leicht aufgebläht, und seine Eichel war bis zum Bersten geschwollen.

Sie fing sie mit dem Mund ein, und er rutschte ihr entgegen, wobei er einen tiefen Seufzer ausstieß, als sie so viel in den Mund nahm, wie sie schlucken konnte. Er schmeckte heiß und nach Moschus, genau wie ein Mann schmecken musste, wenn er lange genug gewartet hatte.

Während sie fortfuhr, mit der Zunge über die Eichel zu gleiten, griff er nach dem Halsband und legte es um den Schaft. Er rieb langsam auf und ab.

»Wie fühlt es sich an?«, fragte sie.

»Hart wie Diamanten«, antwortete er gepresst, nahm ihre Hand und legte sie um Halsband und Schaft. Jetzt rieb ihre Hand auf und ab. Eigentlich müsste es viel zu hart sein, dachte sie, aber wahrscheinlich strahlten die Diamanten eine solche Kraft aus, dass sie ihm diesen zusätzlichen Kick gaben.

Es kam ihm fast sofort, und es schoss so heftig aus ihm heraus, dass ihr Hals und der Brustansatz besprüht wurden. Zu ihrer Verwunderung sah sie, dass sein Schaft nichts von seiner Steife verlor. Er war für den nächsten Durchgang bereit.

Sie legte sich auf den Rücken, und er legte sich quer über sie und küsste sie auf den Mund.

»Sag kein Wort«, mahnte er, dann glitt er an ihr hinunter und schenkte ihr die Aufmerksamkeit, auf die sie die ganze Zeit gewartet hatte. Er schob das Halsband in ihre Pussy. Es fühlte sich seltsam an, aber gleichzeitig auch erregend. Sie schüttelte sich, als er sie zu lecken begann, abwechselnd Labien und Diamanten, Klitoris und Diamanten. Wieder hatte sie den Eindruck, dass ihn die Diamanten nicht weniger erregten als ihre nasse pulsierende Pussy.

Dann nahm er sich die Klitoris vor, wischte wie Quecksilber darüber, und sie hielt sich mit der freien Hand am Laken fest und ruckte ihm entgegen, rieb die ganze Spalte an seiner Zunge und fühlte, wie der erotische Tumult sich in ihr aufbaute. Er zog das Halsband langsam aus ihr heraus.

»Adrian«, stöhnte sie, »oh, ja ...«

Er stieß seinen harten Schaft in sie hinein, und mit einem Diamanten strich er über ihre Klitoris. Sie begann zu hecheln und zu schreien, und er stimulierte sie unbarmherzig weiter, während sie vom Orgasmus geschüttelt wurde.

Adrian strahlte triumphierend, der Schwanz noch so hart wie vorher. Er nahm das Halsband in die Hand und saugte ihre Säfte von den Diamanten, als lutschte er Trauben von einer frisch gepflückten Rebe. Dann schob er das Halsband wieder in ihre Pussy. Er nahm eine kleine Dose aus seiner Hosentasche und öffnete den vergoldeten Behälter.

»Das wird ein köstlicher Schmaus«, sagte er und schüttete weißes Pulver über ihre Nippel, dann noch einen kleinen Hügel auf ihre Klitoris. Es brannte und prickelte eigenartig. Er nahm eine Prise zwischen Daumen und Zeigefinger und hielt ihr das Pulver unter die Nase.

»Coke. Die beste Qualität. Probiere mal.«

Sie musste schnell schalten. »Ich habe es einmal versucht und musste mich übergeben, deshalb kommt das Zeug für mich nicht mehr in Frage. Ich habe meinen Spaß auch so.«

Er versuchte sie zu überreden, aber sie blieb dabei. Adrian beugte sich über ihren Nippel, und sie sah zu, wie er das weiße Pulver durch ein Nasenloch hochzog. Den zweiten Nippel befreite er mit dem anderen Nasenloch von seiner weißen Pracht. Er rutschte an ihr hinunter und schnaufte den kleinen Hügel in sich hinein, der ihre Klitoris bedeckte, und den Rest leckte er mit langen Strichen seiner Zunge auf.

Als er zu ihr aufblickte, hatten seine Augen einen unnatürlichen Glanz angenommen, und sein Schwanz schien vor ihren Augen zu wachsen.

»Komm, starker Mann«, grunzte sie und warf die Beine weit auseinander, »befreie meine Hand, damit ich dir geben kannst, was du willst.«

Sie warf sich herum, nachdem er die Handschelle aufgeschlossen hatte, kniete sich hin und stützte sich mit den Händen aufs Bett. »Besorg's mir von hinten«, forderte sie ihn auf, und im nächsten Moment drang er tief in sie ein.

Es wurde ein langer, scharfer Ritt, und mehrere Male glaubte sie sich einer Ohnmacht nahe. Sie genoss jede Sekunde, jeden Stoß. Ihr schwanden tatsächlich für ein paar Momente die Sinne, als er sich in ihr ergoss, und dabei röhrte er wie ein waidwund geschossener Löwe.

Eine Weile verharrte er hinter ihr, noch tief in ihr versenkt. Er hatte den Kopf in den Nacken geworfen, und seine Arme hingen schlaff an den Seiten. Rachel drehte den Kopf. Es war eines der erotischsten Bilder, das sie je gesehen hatte.

Schließlich zog er sich aus ihr zurück und ging ins Bad. Sobald sie hörte, wie er die Toilette benutzte, sprang sie auf und öffnete ihre Handtasche. Sie ließ die Tropfen in sein Glas fallen und schüttelte es kurz, damit sich die Substanz verteilte. Als er herauskam, lag sie wieder auf dem Bett, so sinnlich und bereitwillig wie vorher. Er legte sich neben sie und zündete sich eine Zigarette an. Adrian schenkte Champagner nach und trank aus seinem Glas.

Auch Rachel nahm einen Schluck, dann spürte sie den Drang zur Toilette.

Sie trat wieder ins Zimmer und sah ihn noch in der Position liegen, in der sie ihn verlassen hatte. Sein Glas war fast leer. Er streckte die Arme aus.

»Komm zu mir, dann ruhen wir uns eine Weile aus. Ich bin ganz benommen von unserem Lieben.«

Sie kuschelte sich an ihn. Fünf Minuten später war er eingeschlafen. Sie wartete noch weitere fünf Minuten, dann war sie davon überzeugt, dass er so schnell nicht aufwachen würde. Um sicher zu sein, gab sie ihm mit dem Ellenbogen einen Stoß in die Seite. Er rührte sich nicht.

Sie versuchte, so umsichtig wie möglich vorzugehen. Sie öffnete den Vibrator und holte die Fälschung heraus, während sie das Original in ihrer Handtasche verschwinden ließ. Der Vorgang hatte nicht einmal eine Minute gedauert. Sie warf sich das Kleid über und rannte mit dem falschen Halsband ins Bad. Sie hielt es unter den Wasserstrahl, dann sah sie auf und starrte Adrian im Spiegel an.

»Ich wollte es waschen«, stammelte sie und hörte, wie schuldbewusst das klang.

»Wie rücksichtsvoll von dir«, sagte er. »Ich nehme an, du hast mir das Zeug ins Glas gekippt, um sicher zu sein, dass ich gut durch die Nacht komme, was?« Er hob die Hand, und Rachel zuckte zurück, aber er streichelte nur über ihre Haare, was sie mehr ängstigte, als wenn er sie geschlagen hätte.

Ein leises Klopfen an die Tür verschonte sie, aber nur für einen Augenblick. Adrian öffnete die Tür, und sie erlebte den nächsten Schock. Jerry trat ein, ein breites fettes Grinsen im Gesicht.

»Hallo«, sagte er strahlend. »Hast du mir was aufgehoben?«

»Hast du darauf geachtet, dass dir niemand gefolgt ist?«, fragte Adrian streng.

»Ja, klar doch, reg dich nicht auf. Jermaine und seine Alte liegen friedlich im Bett. Alles ist geregelt. Es gibt kein Problem.«

»Abgesehen davon, dass diese Frau mit unseren Diamanten verschwinden wollte.«

»Nein!« Jerry sah enttäuscht drein, aber das war mehr Spott als sonst was. »Dann hat sie eine saftige Bestrafung verdient, nicht wahr?«

»Wir haben keine Zeit«, sagte Adrian. Er warf einen Blick auf seine Rolex. »Wir müssen los, obwohl es eine Schande für den Champagner ist.« Er schenkte den restlichen Champagner in die beiden Flöten, eine reichte er Rachel, die andere Jerry.

»Ich wäre in fünf Minuten mit ihr fertig«, sagte Jerry mit lüsternem Blick, trank einen Schluck Champagner und öffnete schon seinen Hosenstall.

Rachel trank den Rest Champagner und versuchte nicht zu starren, aber der Anblick von Jerrys wenig beeindruckendem und ihr so vertrautem Penis, der aus der schwarzen Smokinghose lugte, war schon krass.

»Komm, bedien dich«, forderte er sie grinsend auf.

Adrian verzog angewidert sein Gesicht. »Steck ihn weg«, sagte er verärgert. »Morgen um diese Zeit kannst du dich mit jeder karibischen Hure tot vögeln. Gehen wir.«

»Wohin?«, fragte Rachel. Es war das erste Mal, dass sie etwas sagte, seit sie entdeckt worden war.

»Großes Geheimnis«, antwortete Adrian lächelnd. »Keine Sorge, Täubchen, wir kümmern uns um dich.«

Als er einen Arm um sie legte, setzte ein seltsames Gefühl bei ihr ein. Der Boden schien sich unter ihr zu bewegen. Adrian nahm ihr Glas, stellte es ab und führte sie zur Tür. Sie schwankte und hielt sich an Adrian fest, um sich aufrecht halten zu können. Hand und Hirn kommunizierten nicht mehr miteinander.

Jerry war an ihrer anderen Seite und trug ihre Handtasche. Sie begriff, was geschehen war – man hatte sie mit den eigenen Ko-Tropfen ausgeschaltet. Als sie hinaus ins Freie traten, versuchte sie zu entkommen, aber es war, als wateten ihre Füße durch Sirup.

»Du fährst«, hörte sie Adrian zu Jerry sagen.

»Warum kann ich nicht mit ihr auf den Rücksitz?«, maulte Jerry. »Weil ich zu viel getrunken habe, du Idiot! Streite dich weiter mit mir, dann werde ich deinen Anteil halbieren.«

Welchen Anteil?, dachte Rachel benommen. Adrian setzte sich in den Fond und zog sie zu sich. Er legte einen Arm um ihre Schultern. Was er dann sagte, war das Letzte, was sie wahrnahm.

»Jetzt wirst du eine Weile schlafen, meine Liebe. Wer weiß, wo du sein wirst, wenn du aufwachst.«

Sechzehntes Kapitel

Die Couch fühlte sich nach Leder an und roch auch so. Ihr Gesicht lag in die Kissen gedrückt, und als sie sich drehen wollte, stellte sie fest, dass ihre Handgelenke gefesselt waren. Sie hob das Gesicht, um besser atmen zu können, und öffnete erst mal ein Auge, dann das andere.

Es war dunkel im Zimmer, und zwei Männer unterhielten sich. Einer von ihnen war Adrian, der andere Jermaine, der nicht sehr glücklich zu sein schien. Sie schloss die Augen wieder, täuschte Bewusstlosigkeit vor und lauschte.

»Die Schlampe ist Ihr Problem, Grodin. Warum haben Sie sie hergebracht?«

»Wohin sollte ich sie sonst bringen? Sie wollte mit unserem Halsband verschwinden.«

»Das ist immer noch kein Grund, sie mir aufzuhalsen. Was soll ich denn mit ihr anfangen?«

»Wieso fragen Sie mich das? Sie kennen sich in solchen Dingen doch viel besser aus.«

Es entstand eine längere Pause. Rachel erstarrte, als Schritte sich ihrer Couch näherten. Der Mann starrte sie so intensiv an, dass sie glaubte, seine Blicke durch die geschlossenen Lider zu spüren. Die Schritte gingen zurück.

»Mir gefällt Ihre Anspielung nicht, Mr. Grodin«, sagte er kalt. »Seit wann machen wir Geschäfte? Sie müssten wissen, dass ich mich streng an die Gesetze halte. Die früheren Zeiten sind vorbei. Aber Ihretwegen werde ich eine Ausnahme machen. Ich nehme das Halsband, und Sie können die Insel mit Ihrer Schlampe verlassen, aber ich will Sie nie wieder auf Jamaika sehen. Haben wir uns verstanden?«

»Oh, ich verstehe Sie sehr gut. Sie wollen das Halsband als Schweigegeld behalten. Entschuldigen Sie, *Monsieur*, aber das ist nicht die Lösung meines Problems. Die Frau wird auch danach noch reden können.«

»Das geht mich nichts an, Mr. Grodin. Nehmen Sie Ihr Problem mit und verschwinden Sie.«

»Ich fürchte, das geht nicht.«

Es gab ein metallisches Klicken, dann war Jermaines überlegenes Lachen zu hören. »Mann, jetzt reicht es mir aber! Meine Sicherheitsleute werden Sie am Arsch packen und aus meinem Haus entfernen.«

»Das wird nicht geschehen, Jermaine, denn bevor ich Ihr Haus betrat, habe ich Ihre Gorillas ausgeschaltet. Zeigen Sie mir jetzt den Inhalt Ihres Safes.«

Eine Tür wurde geöffnet. Rachel hörte Jermaine rufen: »Was ist denn …?« Die Stimme brach ab, und Rachel hörte eine andere Männerstimme und das Schluchzen einer Frau.

»He, was soll das?« Ein dumpfer Schlag, dann ein schmerzvoller Aufschrei, bevor jemand schwer zu Boden stürzte. Die Frau kreischte voller Angst. Dann ein Klatschen wie bei einem Schlag ins Gesicht, und die Schreie gingen wieder in ein verzweifeltes Schluchzen über.

»Rühr sie nicht an, du verräterischer Hundesohn!« Jermaines Stimme klang erregt, wütend und gequält zugleich. Er stöhnte, als ihm Handschellen angelegt wurden.

Dann hörte Rachel die forsche Stimme ihres Mannes. »Tut mir Leid, Mann. Ich brauche eine Menge Geld, und zwar sofort. Mr. Grodin hier zahlt mich besser als Sie.«

»Halt den Mund, du Narr!«, zischte Grodin.

»Sie werden doch eh alle bald hinüber sein, oder? Also

kann ich ihm gefahrlos sagen, warum ich die Seiten gewechselt habe.«

Rachel hörte schweres Atmen, wie von einem Mann, der große Schmerzen hatte. Sie wünschte, sie könnte sehen, was um sie herum vorging.

»Damit kommt ihr nicht davon«, stöhnte Jermaine.

»Ganz im Gegenteil«, sagte Grodin höhnisch. »Wir haben ein bisschen Sprengstoff rund ums Haus gelegt, und sobald wir draußen sind, wird der schöne Kasten hier in Flammen aufgehen. Ich muss nur noch die Zeituhr einstellen. Bis die Polizei hier ist, wird eine Stunde vergehen, und dann dauert es eine weitere Stunde, bis die Feuerwehr genug Wasser hochgepumpt hat. Aber bis dahin steht hier nichts mehr, und erst nach Wochen wird man Sie anhand Ihrer Zähne identifizieren. Zu dieser Zeit werde ich längst über alle Berge sein, und niemand wird mir etwas anhängen können.«

»Und was ist mit dir, du mörderischer Bastard?«, fragte Jermaine und sprach offenbar Jerry an.

»Ich werde auf den Cayman Inseln sein, aber das braucht Sie nicht zu interessieren, denn in einer halben Stunde werden Sie schwarz wie verbrannter Toast sein.«

Rachel konnte einen schmalen Ausschnitt von Lady Jermaine sehen, die aufrecht auf einem Stuhl saß, wütend und stolz, das Gesicht nass von Tränen. Rachels Gedanken überschlugen sich. Wo blieben denn ihre Helfer? Sie ahnte, dass sie sich selbst überlassen war.

War es ein Bluff, was Grodin über den Sprengstoff gesagt hatte? Sie traute Jerry solche Schweinereien zu. Er hatte bei der Armee gelernt, mit Dynamit umzugehen. Verdammt, sie hatte von Anfang an gewusst, dass Davids simpler Plan nicht funktionieren würde.

Jemand rüttelte ihre Schulter, aber sie spielte weiter die Bewusstlose und ließ sich wie eine Puppe auf den Boden fallen.

»Sie ist immer noch hin und weg«, sagte Jerry und stieß sie mit dem Fuß an, bis sie auf dem Rücken lag. »Schade. Hätte sie gern mal durchgezogen.« Er entfernte sich wieder.

»Zeigen Sie uns jetzt den Safe, bitte«, sagte Grodin. Gemeinsam mit Jerry hob er Jermaine auf die Füße. Sie schleppten ihn zum Safe, und er stöhnte vor Schmerzen.

Rachel arbeitete fieberhaft an ihren Fesseln. Die Stricke waren nicht mehr so fest wie vorher, und tatsächlich gelang es ihr, sich zu befreien. Sie kniete sich hin, rieb sich die Gelenke und schaute hinüber zu Lady Jermaine, deren Gesicht nichts als Entsetzen zeigte.

»Was ist geschehen?«, raunte Rachel.

»Sie haben ihm ins Bein geschossen.« Wieder begann sie zu weinen. Rachel richtete sich auf und sah sich um. Womit konnte sie die gefesselte Frau befreien?

»Im Schreibtisch«, flüsterte Lady. Rachel fand eine Schere. Der Kunststoff, mit dem die Frau an den Stuhl gebunden war, ließ sich nur mühsam schneiden. Mit einem Ohr konzentrierte sie sich auf die Schritte der beiden Verbrecher. Schließlich hatte sie Lady befreit.

»Was nun?«

Rachel hob die Achseln und hielt den Telefonhörer in der Hand. »Die Verbindung ist tot«, sagte sie und suchte ihre Handtasche, aber sie war nirgendwo zu sehen. »Hast du ein Handy?«

»Im Schlafzimmer, aber wir haben keine Zeit.«

Die Männer kamen zurück. Rachel griff eine kleine Steinstatue, und Lady hatte sich mit einem bronzenen Kerzenständer bewaffnet. Gemeinsam standen sie an der Tür.

»Ich nehme den ersten, du den zweiten«, flüsterte Rachel.

Jermaine kam zuerst, gefolgt von Grodin, hinter ihm Jerry. In dem Moment, in dem die Männer feststellten, dass die Frauen nicht mehr da waren, wo sie sein sollten, blieben sie wie angewurzelt stehen.

Rachel schlug die Statue mit voller Wucht gegen Grodins Schläfe. Jerrys Schrei brach ab, als Ladys Kerzenständer auf seinen Hinterkopf krachte. Beide Männer sackten zusammen und blieben bewusstlos auf dem Boden liegen. Der Revolver rutschte aus Grodins ausgestreckter Hand.

»Was für eine Schau, Mädchen«, rief Jermaine und lachte trotz seiner Schmerzen. Auch er lag auf dem Boden, weil er sich allein nicht auf den Beinen halten konnte.

Rachel griff in Adrians Tasche, um die Zeituhr zu finden. Er hatte sie schon eingestellt – in fünf Minuten würde das Haus in die Luft fliegen.

»Verdammt, wir müssen hier weg!« Wieder griff Rachel in Adrians Taschen, aber sie fand den Schlüssel für die Handschellen nicht. Fieberhaft durchsuchte sie Jerrys Taschen, und dort wurde sie fündig. Mit zitternden Fingern konnte sie Jermaine befreien.

»Kommen Sie!«, rief Rachel. Sie und Lady packten Jermaine an den Schultern und hoben ihn auf die Füße. Es war mühsam, denn er war ein schwerer Mann. Rachel blickte über die Schulter und sah, dass Jerry sich zu bewegen begann. Auf dem Tisch hinter ihm lag ihre Handtasche mit dem Diamantenhalsband.

»Geh weiter mit ihm«, rief sie Lady zu und lief zurück, um die Handtasche zu retten. Sie griff danach, und in diesem Moment schlug Jerry die Augen auf. Er wollte sie an den Fußknöcheln packen, aber sie trat auf seine Hand, und er schrie auf.

»Kimmy, hilf uns«, bettelte er mit schwacher Stimme.

Sie riss sich die Perücke vom Kopf und schüttelte ihre langen schwarzen Haare, während sie ihn triumphierend anschaute. Gerade begriff er, wer sie wirklich war, da trat sie ihn voller Wucht in die Weichteile.

»Ich hoffe, dass du brätst«, rief sie und rannte mit ihrer Handtasche hinaus.

Aber er raffte sich auf, stand gekrümmt da und drückte die Hände gegen seinen Schoß. »Komm her, du Luder!«

Diesen Gefallen tat sie ihm nicht. Sie rannte durchs Haus, an den toten Sicherheitsleuten vorbei und holte Lady ein, die sich kaum noch auf den Beinen halten konnte, weil sie ihren schweren Mann stützen musste. Die breite Treppe war für beide Frauen eine Herausforderung, aber sie schafften sie. In der Einfahrt blockierte der Mercedes den Bentley, und der Mercedes wurde von dem alten schwarzen Cadillac blockiert, in dem Adrian und Jerry gekommen waren.

»Versucht, das Tor zu erreichen«, rief Rachel und lief zu den Autos. Vielleicht hatte Adrian den Schlüssel stecken lassen – aber diese Hoffnung erfüllte sich nicht.

Lady bemühte sich verzweifelt, sich mit Jermaine vom Haus zu entfernen. Entsetzt blickte Rachel auf die Uhr. Nur noch zwei Minuten.

Sie erinnerte sich an einen Trick, den Jerry ihr vor vielen Jahren beigebracht hatte, als er ihr noch mit seinen Kenntnissen imponieren wollte. Seither hatte sie den Trick einige Male versucht, aber stets erfolglos. Diesmal musste er funktionieren; ihr Leben konnte davon abhängen.

In ihrer Handtasche hatte sie für den Notfall immer ein Taschenmesser mit Schere dabei. Es blieben noch neunzig Sekunden – einen größeren Notfall konnte es nicht geben. Sie hatte nur Zeit für einen Versuch. Sie schob das Messer in die Zündung des alten Cadillac und hörte das süße Brummen des Motors. Triumphierend raste sie auf das Tor zu und nahm aus den Augenwinkeln eine Gestalt wahr, die von der Treppe Richtung Tor rannte.

»Springt rein«, rief sie Lady und Jermaine zu. Lady half Jermaine auf den Rücksitz und sprang gerade noch herein, bevor Jerry sie packen konnte. Rachel gab Gas. Sie spürte, wie das Auto einen Schlag erhielt, dass es aufbockte wie ein störrisches Pferd, und im nächsten Moment hörten sie drei Explosionen hintereinander, und dann schossen auch schon die Flammen aus dem Haus.

»Oh, nein!«, rief Lady und blickte entsetzt zurück.

Rachel drückte das Gaspedal durch, denn es regneten große und kleine Stücke auf Kühlerhaube und Dach. Der Cadillac geriet ins Schleudern, aber sie schaffte es, dem dicken Steinpfosten des Tors auszuweichen, und erleichtert bog sie auf die Straße.

Lady und Jermaine sahen durch die Fondscheibe zurück, sie hielten sich an den Händen und sahen mit Tränen in den Augen, wie ihr Heim niederbrannte.

Rachel fühlte in der Handtasche nach ihrem Handy. Sie fragte nach der Nummer und rief die Polizei an, berichtete kurz, was geschehen war, und nannte auch Jerrys und Adrians Namen, die wahrscheinlich zu flüchten versuchten. Die Polizei versprach, auch die Feuerwehr zu rufen.

»Ich hoffe, die Bastarde rösten in ihrem eigenen Feuer«, ächzte Jermaine, und Lady schluchzte: »Jerry war derjenige, dem ich mehr vertraute als allen anderen.«

»Vor zehn Jahren haben sie ihn unehrenhaft aus der Armee ausgestoßen«, sagte Rachel.

»Mir hat er gesagt, er hätte die Armee verlassen, weil die Bezahlung so schlecht war«, klagte Jermaine.

»Das wollte er mir auch erzählen, aber ich habe dann die Wahrheit erfahren. Ich bin sicher, dass er die Explosionen ausgelöst hat. In der Armee hatte er mit Sprengstoff zu tun.«

»Woher weißt du das alles?«, fragte Lady, und erst jetzt fiel ihr Rachels neue Haarfarbe auf. »Wer bist du?«

Rachel hielt den Blick auf die Straße gerichtet. »Ich heiße

Rachel Wright und bin immer noch Jerrys Ehefrau.« Sie hörte ein Stöhnen von der Rückbank.

»Nein, nein, regt euch nicht auf. Ich stehe auf eurer Seite. Ich bin hier, um meinen Bastard von Ehemann zu überführen. Ihn und Adrian Grodin.« Sie wünschte, sie könnte ihre Gesichter sehen. »Und was das Halsband angeht, das er verkaufen will – nun, das ist eine Fälschung.«

»Wollen Sie sagen, er handelt mit Fälschungen? Ich hätte das Halsband sofort gekauft«, gestand Jermaine.

»Nein, eigentlich handelt er nicht mit Fälschungen«, stellte Rachel klar. »Alles, was er Ihnen angeboten hat, war gestohlene Ware.«

»Oh, Himmel. Sonst noch was?«

»Ja. Wo ist das nächste Krankenhaus? Sie müssen behandelt werden.«

Flackernde Lichter fuhren ihnen entgegen. Rachel hielt an der Seite der schmalen Straße an und ließ zwei Streifenwagen und ein Fahrzeug der Feuerwehr vorbei. Hinter ihnen raste ein anderes Fahrzeug im Schlepptau, aber es war ganz sicher kein Polizeiauto. Im Rückspiegel sah Rachel, wie das Auto bremste, umständlich drehte und ihrem Cadillac folgte.

»Verdammt, wer ist denn das?«, murmelte Rachel.

Sekunden später gab es eine erste Antwort auf diese Frage. Eine Kugel zerschmetterte die Fondscheibe, und Lady und Jermaine wurden mit Glassplittern überschüttet. Sie rutschten auf den Boden, und Rachel trat das Gaspedal durch. Wieder ein Schuss, und wieder ein Aufschrei von Lady. Das Auto begann zu schlingern, und Rachel wusste, dass ein Reifen getroffen worden war. Sie spürte, wie sie die Kontrolle über den Cadillac verlor, er drehte sich, stieß mit voller Wucht gegen etwas, wurde zurückgeworfen und prallte dann irgendwo auf.

Es war kein harter Aufprall, mit dem Rachel eigentlich

gerechnet hatte, sondern eher ein leichter Schubs. Als klatschte man gegen eine nasse Matratze. Einen Moment lang begriff sie nicht, dass sie sich nicht mehr bewegten, dann hörte sie irgendwo über sich Jermaines Stimme. Er rief nach Lady, und sie antwortete bibbernd, dass sie heil geblieben war.

»Aber da ist Wasser«, klagte sie. Rachel konnte es auch fühlen, es war kalt an ihren Beinen. Sie drehte sich nach den Verfolgern um, aber sie sah nichts als Sterne. Der Cadillac lag auf der rechten Seite in einem schmalen Bach, der von hohen Farnen gesäumt war. Es roch nach Benzin.

»Wir müssen hier raus!« Lady klang hysterisch und riss am Türgriff. Dann hörten sie eine scharfe Stimme, und sie erstarrten alle.

»Die Hände aufs Lenkrad, Grodin!«

Noch nie hatte Rachel sich so erleichtert gefühlt, Davids Stimme zu hören.

»Ich bin es, David!«, rief sie laut. Im nächsten Moment wurde die Fahrertür aufgerissen.

Es gab keine freundliche Begrüßung, sondern einen misstrauischen Blick ins Wageninnere, in dem er immer noch Adrian Grodin vermutete. David hielt den Revolver noch auf Rachels Kopf gerichtet, während er mit einer Taschenlampe die Rückbank anstrahlte. Lady und Jermaine lagen übereinander, zitternd, das Wasser bis zu den Hüften.

»Verdammt, schalten Sie das Ding aus und holen Sie uns hier raus«, knurrte Jermaine.

Man half ihnen aus dem Auto. Carlos und Pepe waren da und kümmerten sich um Rachel. Die Umarmung, die sie von David haben wollte, erhielt sie von Carlos.

»Ich brauche meine Handtasche«, sagte sie, als sie behutsam auf den Boden gesetzt wurde.

»Vergiss es. »Wir müssen euch schleunigst ins Krankenhaus bringen«, sagte David.

»Ja, okay, dann wird eben ein anderer das Millionenhalsband finden.«

Jermaine wandte sich ihr zu, als man ihm half, in Davids Auto einzusteigen. »Sie haben es die ganze Zeit bei sich gehabt?«

»Das erklären wir unterwegs«, sagte David. »Wo ist Grodin?«

»Er röstet«, antwortete Jermaine. David nickte, tippte in sein Handy und sagte den Polizeikollegen, dass sie auf Jerry Wright und Adrian Grodin achten sollten. Dann fuhr er schweigend zu einem Krankenhaus in Montego Bay.

Jermaine und Lady wurden in der ruhigen Privatklinik, zu der David sie gebracht hatte, königlich in Empfang genommen. Auch Rachel erfuhr eine Vorzugsbehandlung, als Jermaine erklärt hatte, dass die Engländerin ihnen das Leben gerettet hatte. Sie akzeptierte ein Beruhigungsmittel und fiel in einen langen, tiefen, traumlosen Schlaf.

Am nächsten Morgen wachte sie auf, als das Frühstück gebracht wurde. Der Duft frischen Kaffees und der Früchte auf einem großen Teller erinnerte sie daran, dass sie Hunger wie ein Wolf hatte. Bei der Visite teilte ihr der Arzt mit, dass sie am nächsten Tag nach Hause gehen konnte. Sie hatte das ganze Abenteuer einschließlich des Autounfalls nur mit wenigen Kratzern überstanden. Nichts, was in einem Urlaub in der Sonne nicht heilen würde, dachte sie.

Aber ihre Zeit auf Jamaika war abgelaufen. David hatte für morgen früh einen Flug nach London gebucht. In ihrem Innern kochte es, denn bisher hatte er kein Wort über ihre

Leistung in den letzten Tagen verloren, und erst recht nicht über sein eigenes bescheidenes Verhalten.

Mit Carlos' Handy rief sie Sharma an. Er hatte nur die Achseln gezuckt und gesagt, sie sollte so lange sprechen, wie sie wollte, die Gebühren würden ohnehin von Davids ›Firma‹ bezahlt. Sharma war außer sich vor Freude und gab die Information an Colin weiter, der neben ihr im Bett lag.

»Das darf nicht wahr sein! Das ganze Haus ging in Flammen auf? Was? Du hast Adrian ins Bein geschossen? Nein? Oh, mein Gott.« Dann, nachdem sie wieder eine Weile zugehört hatte: »Und warum kommst du morgen schon nach Hause? Brauchst du nicht ein paar Tage, um dich von dem Stress zu erholen? Ich meine, das müsste doch drin sein für dich.«

»David sagt, wir müssten nach Hause. Dafür gibt es rechtliche Gründe, glaube ich. Ich bin zwar nicht des Mordes an Tagger angeklagt, aber ich könnte immer noch wegen Behinderung der Polizeiarbeit belangt werden.«

»Das ist doch Unsinn. Gib mir die Telefonnummer dieses Kerls.«

Als sie sich nach zwanzig Minuten voneinander verabschiedeten, fühlte sich Rachel zwar emotional ausgelaugt, aber trotzdem viel glücklicher, weil sie wusste, dass sich an ihrer Freundschaft mit Sharma nichts geändert hatte. Carlos kam herein und leistete ihr beim Frühstück Gesellschaft.

»Ich gehöre überhaupt nicht hierhin«, murmelte sie und lutschte den Zimtzucker von den Fingern. Sie hatte sich angezogen, saß am Fenster und genoss die Sonne.

»Sie haben Grodin«, sagte Carlos und grinste Rachel an.

Adrian war noch am selben Abend von der Polizei aufgegriffen worden, als er um das brennende Haus stolperte, die Taschen voll von Ladys Schmuck. In der Nacht hatten sich Carlos und Pepe von Robyn davongeschlichen, als die damit begonnen hatte, ihren Rausch auszuschlafen. Auch Robyn war inzwischen von der Polizei festgenommen worden, weil vermutet wurde, dass sie an den krummen Geschäften ihres Ehemanns beteiligt gewesen war.

Sie und Adrian würden nach Frankreich ausgeliefert werden, denn französische Behörden hatten inzwischen herausgefunden, dass das Pärchen schon vorher in Südfrankreich tätig gewesen war. Offenbar hatten französische und britische Behörden sich geeinigt, die kriminellen Taten des Paars in England nicht an die große Glocke zu hängen, zumal die englischen Opfer sich dafür ausgesprochen hatten ›die Würde aller Beteiligten‹ nicht anzutasten.

»Was ist mit Jerry?«, fragte Rachel gespannt.

»Keine Sorge, Rachel. Er wird nicht weit kommen. Alle Häfen und Flughäfen sind alarmiert. Wenn sie ihn finden, ist es um ihn geschehen, denn er wird wegen Mordversuchs gesucht.«

Carlos ging, und sie saß weiter am Fenster. Das Meer glitzerte wie Diamanten auf blauer Seide, aber es stimmte nicht, dass die Sonne alles besser machte.

David war immer noch nicht zu ihr gekommen.

Am anderen Morgen ging sie zu Lady. Sie lag in einem großen Bett, umgeben von gewaltigen Kissen, und sah sie aus ihren großen Rehaugen an.

»Herzlichen Glückwunsch zum Geburtstag«, sagte Rachel. »Ich wünschte, ich hätte ein Geschenk bei mir.«

»Oh, was du getan hast, war mehr als genug«, sagte Lady. Sie sprachen eine lange Zeit miteinander. Lady bedrängte sie, ihr von *Interlude* zu erzählen, von Jerry und den Problemen, die er ihr mit Reginald Tagger aufgehalst hatte. Danach berichtete Lady von ihrem neuen Projekt in New York, wo sie von den Reichen Spenden sammelte für drogenabhängige Kids in der Karibik. Diese Frau wusste, woher sie kam, dachte Rachel, und hatte die Not der Menschen nicht vergessen.

»Wo wirst du wohnen? Es wird lange dauern, bevor das Haus wieder aufgebaut ist.«

Lady hob die zierlichen Schultern. »Ich will gar nicht zurück. Jermaine redet schon davon, in unsere New Yorker Wohnung zu ziehen. Da wäre ich meiner Arbeit nahe. Aber natürlich will ich auch wieder ein Heim auf Jamaika haben, denn hier bin ich zu Hause.«

Jermaine wurde mit dem Rollstuhl ins Zimmer gefahren. Sein Bein war eingegipst, und um den Hals hingen mehrere Goldketten.

»Es sieht gar nicht so schlimm aus für mich«, sagte er gut gelaunt. »Was ist eigentlich mit dem echten Halsband geschehen?«

»Mr. Fielding hat es. Ich glaube nicht, dass er es mir anvertrauen würde.«

»Ach! Aber er sollte es Ihnen geben«, rief Jermaine spontan. »Sie haben es sich verdient.«

Ja, das stimmt, dachte Rachel, aber aus ganz anderen Gründen. Sie erhob sich. »Ich muss gehen, sonst verpasse ich den Flieger.« Sie streckte die Hand aus.

»Ich kann nicht glauben, dass du schon gehst«, sagte Lady enttäuscht.

»Ich muss. Schließlich war ich hier nicht im Urlaub. Und zu Hause muss ich mich wieder um mein Geschäft kümmern.«

»Was machen Sie beruflich?«, fragte Jermaine.

»Ich bin Taxifahrerin und habe ein eigenes Fahrzeug«, antwortete sie und ging hinaus.

Am Flughafen warteten Carlos und Pepe mit ihren

Papieren und einem Koffer mit den Sachen von Kim Clarke.

»Die könnt ihr behalten«, sagte sie. »Selbst wenn ich dafür bezahlt würde, trage ich solche Kleider nie wieder.« Sie wandte sich an David und funkelte ihn an. »Und bezahlt hast du mich nicht für diesen Job.«

»Wir werden dich vermissen, Baby«, sagte Pepe und drückte sie an sich.

»Besonders jetzt. Ich liebe brünette Frauen«, schnurrte Carlos und rieb seinen Schoß gegen sie.

»Gehen wir«, brummte David kurz angebunden. »Gute Arbeit, Jungs.« Er schüttelte ihre Hand und führte Rachel von ihnen weg. Es war ein Zehn-Stunden-Flug nach London, aber ihr würde es wie zwanzig Stunden vorkommen.

Ein kleiner Mann näherte sich ihnen. Auf seinem T-Shirt prangte der Name eines Kurierdienstes. Er reichte Rachel einen Umschlag und wartete, bis sie den Empfang quittiert hatte. Sie riss den Umschlag auf und sah David an. Drinnen fand sie einen Zettel, auf dem nur stand: »Vielen Dank für alles. Jermaine.« Da war noch ein Stück Papier im Umschlag. Sie blinzelte auf die vielen Nullen, auf ihren Namen oben und auf seine Unterschrift unten rechts.

»Ich schätze, deine Finanzen befinden sich jetzt wieder im Plus«, sagte David in einem schwachen Anflug von Humor.

Sie atmete tief durch. »Ja, sieht ganz so aus.« Sie steckte den Scheck über fünfhunderttausend Pfund in den Umschlag zurück und deponierte ihn in die Handtasche. Sie konnte ihr Glück nicht glauben. Plötzlich gab es Alternativen für sie, neue Möglichkeiten, auf die sie zwanzig Jahre lang gewartet hatte. Sie konnte sich unten am Fluss eine Wohnung kaufen, wohin sie sich zurückziehen würde, wenn das Leben wieder zu verrückt würde.

Dann kam ihr der Gedanke, dass es in ihrem Leben nie wieder so verrückt zugehen würde wie in den letzten Wochen. Alles sprach dafür, dass sie ihr letztes Abenteuer hinter sich hatte. Jetzt ging es zurück ins graue, regnerische England, und dieser Gedanke deprimierte sie, also verdrängte sie ihn.

Während des Flugs sprach sie kein Wort mit David. Sie war zu sehr mit ihrer Zukunft beschäftigt, und in der würde er keine Rolle spielen.

Zwei Tage später war sie wieder eine freie Bürgerin; alle Beschuldigungen gegen sie waren fallen gelassen worden. Als sie Scotland Yard verließ, lief sie in Sharmas Arme und weinte.

»Komm, Rachel, wir gehen zum Mittagessen ins Ivy«, sagte Sharma und führte sie zu einer langen schwarzen Limousine. Drinnen saßen Colin und Matt und begrüßten sie mit Champagner. Ihre Familie.

Liebe Rachel,

Worte können nicht angemessen ausdrücken, wie beeindruckt wir in der vergangenen Woche von dir waren. Mir bleibt nur, mich herzlich bei dir für alles zu bedanken, und es war völlig unnötig, dass du dich bei meinem Mann für das kleine Zeichen unserer Wertschätzung bedankt hast.

Tatsache ist aber, dass ich nun ohne zuverlässigen Chauffeur dastehe. Uns kommt es wie eine Vorsehung vor, dass du da warst, als wir dich brauchten. Du hast bewiesen, wie schnell du agieren kannst, wenn Not am Mann ist, und als wir uns im Krankenhaus unterhalten haben, hatte ich das Gefühl, als würden wir uns schon Jahre kennen.

Ich möchte dir gern den Posten einer Fahrerin bei uns anbieten; du würdest hauptsächlich mich fahren, aber gelegentlich auch meinen Mann. Dies gilt zunächst für unseren Aufenthalt in New York, der etwa zwei Jahre dauern wird. Ich nehme an, dass wir alle zwei Monate für eine Woche oder zwei nach Jamaika fliegen. Natürlich würden wir dir eine angemessene Wohnung in Manhattan bezahlen, und auch auf Jamaika würden wir dir eine Unterkunft besorgen. Es wird eine neue Herausforderung für dich sein, und ich wäre sehr froh, wenn du sie annimmst, weil ich dann eine Freundin um mich hätte, der ich ganz vertrauen kann.

Und so weiter. Rachel las zwischen den Zeilen, dass Lady auch Gesellschaft haben wollte, eine Freundin und zuverlässige Vertraute. Und die Bezahlung war sehr, sehr gut. Sie saß da, zu verdutzt, um klar denken zu können. Sie blieb reglos auf dem Stuhl sitzen, bis das Telefon klingelte.

Es war David.

Siebzehntes Kapitel

Eine Stunde später fuhr ein Auto vor, mit dem sie abgeholt wurde. Auf dem Weg zu Scotland Yard konnte sie sich ein Grinsen nicht verbeißen.

Sie wurde in einen trüben, fast leeren Raum geführt, ganz ähnlich dem Verhörzimmer, in dem sie vor gut einer Woche gesessen hatte. Tisch mit Kunststoffplatte und zwei Stühle. Aber diesmal saß schon jemand auf einem der Stühle. Die Gestalt sah aufgedunsen und unrasiert aus und hatte rot unterlaufene Augen. Jetzt blickte der Mann hoch, und alle Farbe wich aus seinem Gesicht.

»Hallo, Jerry. Du bist so erschrocken, als hättest du ein Gespenst gesehen«, sagte sie in Kims Piepsstimme.

Jerry wandte den Blick. Wahrscheinlich wollte er nicht die Schadenfreude über seinen tiefen Fall in ihren Augen sehen.

»Meine beste Freundin hat mich damit getröstet, du würdest bald auf die Schnauze fallen. Ich schätze, sie hat Recht gehabt, was?«

»Hau ab«, knurrte er.

»Glaube mir, ich bleibe keine Minute länger als nötig«, sagte sie verächtlich. »Ich will dir was zeigen.« Sie öffnete ihre Handtasche und holte den goldenen Vibrator heraus. Jerry riss die Augen auf und errötete. »Ich werde ihn jetzt benutzen«, flüsterte sie, nahm ihn in die Hand und fuhr mit den Fingern verführerisch auf und ab. Jerrys Röte intensivierte sich noch. Sie sah den Widerstreit der Gefühle in seinem Gesicht.

»Macht dich das scharf, Jerry?«, murmelte sie. Er wandte

den Blick, aber sie kannte die Antwort auf ihre Frage. Er erinnerte sich an Kim mit ihren obszön nach oben gedrückten Brüsten und den lüsternen Versprechungen, die ihm einen Steifen beschert hatten. Und dann hatte er herausfinden müssen, dass Kim niemand anders war als die Frau, die er verlassen hatte. Daran hatte sein unterentwickeltes Hirn lange zu kauen. Sie sah grinsend, dass er auch jetzt wieder steif war.

»Freut mich, dass ich dich noch anmachen kann«, sagte sie, »denn umgekehrt funktionierte das schon lange nicht mehr. Deshalb kenne ich mich ja so gut mit diesen Babys aus.« Sie strich wieder über den Vibrator. »Aber dieser hier ist was Besonderes. Er enthält einen Sender und nimmt jedes Wort auf, das gesprochen wird. Auch alles, was du an der Bar und in Jermaines Haus gesagt hast. Erinnerst du dich noch? ›In einer halben Stunde werden sie braten . . .‹«

Sein Mund stand sperrangelweit auf, aber es kam kein Wort heraus.

»Sie werden dir dreifachen Mordversuch vorwerfen, Erpressung, Diebstahl . . ., ach, ich habe bestimmt noch was vergessen, oder, David?«

David hatte in einer dunklen Ecke gestanden und auf sein Stichwort gewartet. »Es kommt noch eine Menge hinzu«, bestätigte er. »Aber ich habe nichts mehr mit ihm zu tun, meine Assistenten sollen sich damit beschäftigen.«

Er hielt für Rachel die Bürotür auf. »Komm, wir gehen, Rachel.«

Jerry sprang vom Stuhl hoch. »Warte, Baby. Es tut mir Leid, ja, wirklich. Ich war verzweifelt.«

»Verzweifelt genug, um für Geld zu töten?«

»Ja – nein!«, fügte er schnell hinzu, aber es war schon zu spät.

»Du solltest hoffen, dass sie dir lebenslänglich geben,

denn wenn du herauskommen solltest, hast du gar nichts mehr. Kein Zuhause, keinen großen Schlitten, kein liebendes Weibchen. Du wirst auf der Straße enden. Und wenn ich an dir vorbeigehe, werde ich dir keinen Penny in den Hut werfen.«

Sie schritt durch die Tür und mied es, ihn noch einmal anzusehen. Draußen im Freien blieb sie stehen und atmete kräftig durch.

David holte sie ein. Er zündete eine Zigarette an und lehnte sich an die Mauer. »Wie hat sich das angefühlt?«

Rachel nahm ihm die Zigarette aus der Hand und sog gierig den Rauch ein. Längst nicht so angenehm wie der Rauch der Zigarillos in Montego Bay. Naserümpfend gab sie ihm die Zigarette zurück.

»Ich habe ihm gesagt, was ich ihm sagen wollte. Ich hatte ein Recht dazu, finde ich.« Sie hatte angenommen, die Wirkung wäre viel größer, die Genugtuung, ihn in seinem Elend zu sehen, wäre eine riesige Freude für sie, aber das war es nicht. Sie fühlte eine gewisse Befriedigung, mehr nicht.

Jetzt nahm sie aus den Augenwinkeln wahr, wie Davids Blicke ihren Körper abtasteten. Sie senkte den Blick auf den Boden, sah zum Himmel, sah überall hin, nur nicht in sein Gesicht. Ihre Erinnerungen verblassten nicht so schnell. Er hatte sie hintergangen, aber er wollte immer noch nicht begreifen, warum sie sauer auf ihn war. Als er sie küssen wollte, wandte sie den Kopf zur Seite.

Er atmete scharf ein und wich einen Schritt zurück. »Da steht der Wagen. Lady Longmere möchte dich diesen Nachmittag sehen. Ich bringe dich hin.«

»Soll ich die Perücke tragen?«, fragte Rachel sarkastisch.

»Du kannst tragen, was du willst«, gab er zurück und ging mit schnellen Schritten zurück in das graue Gebäude.

Das Wetter war warm und stickig an diesem Nachmittag. Sie trug ihr leichtes graues Leinenkleid und dazu ein Halsband aus handgemachten Perlen, das sie in Montego Bay gekauft hatte. Sie hatte die Haare zurückgekämmt und im Nacken mit einer türkisfarbenen Spange gebändigt. Punkt drei Uhr hörte sie den schnurrenden Motor vor ihrem Haus. David klingelte.

»Fertig?«

»Ja.« Sie schaute nicht in sein schmallippiges Gesicht, sondern auf den Aston Martin vorm Haus. »Oh, Himmel, es ist ein Vanquish.« Sie vergaß seine schlechte Laune und lief hinaus und strich mit einer Hand über eine glänzende schwarze Flanke. David folgte ihr und sah die Lust in ihrem Gesicht. »Ich habe den Bond-Film vergangenes Jahr gesehen, aber in Metall habe ich diesen Wagen noch nie gesehen. Wie kommst du mit der Schaltung zurecht?«

»Ich gewöhne mich langsam daran.« Offenbar war er nicht in der Stimmung, über sein neues Spielzeug zu reden. »Wir müssen los.«

Das cremefarbene Interieur sah wie ein *Penthouse en miniature* aus. Das weiche Leder quietschte unter ihrem Po. Am liebsten hätte sie alles angefasst und gestreichelt. Aber dann sah sie nur in Davids starres Gesicht, als er den Motor startete.

»Weißt du, was ich nicht verstehen kann?«, fragte sie, als sie in halsbrecherischem Tempo unterwegs waren.

»Nein, was?«

»Wie ein Mann hinter einem solchen Kunstwerk der Technik sitzen und dann noch so verdammt mies gelaunt sein kann.«

Er reagierte nicht. Sie fuhren fünf Meilen in absolutem Schweigen.

»Gibt es irgendwas, was ich bei der alten Schachtel nicht

sagen sollte?«, fragte sie, als sie durch das Dorf fuhren, hinter dem Longmere Hall lag.

»Das ist mir egal.«

Sie hatte genug. »Okay, halt an«, sagte sie wütend.

»Wir haben keine Zeit mehr.«

»Das ist mir egal. Halt das verdammte Auto an!«

Er fuhr an den Straßenrand und hielt an. Sie sahen sich an, bevor er sie an der Gurgel packte und so heftig küsste, dass es schmerzte.

»Was ist denn mit dir los?«, fragte sie und leckte sich die wunde Unterlippe. »Sage es mir endlich, bevor ich es aus dir herausprügeln muss.«

»Alles liegt nur an dir. Ich bin verrückt nach dir, und dich interessiert das nicht. Du redest nicht mit mir, du schaust mich nicht an. Ich weiß, dass ich nicht eine Minute deiner Zeit verdient habe, aber ich kann es nicht ändern – ich brauche dich.« Er schlug mit der Faust aufs Lenkrad. »Es ist alles so sinnlos, und ich weiß nicht, wie ich damit umgehen kann.«

Totales Schweigen. Sie konnte die Hilflosigkeit in seinem Gesicht lesen.

»Du könntest damit beginnen, dass du dich entschuldigst«, sagte sie langsam. »Und dann könntest du dich bedanken. Das wären schon zwei Schritte. Und ein dritter Schritt wäre das Eingeständnis, dass du dich schon ganz lange wie ein störrischer Esel verhalten hast.«

»Es tut mir Leid. Ich habe mich wie ein Esel benommen, wie ein Schwein. Und danke. Du hast meine Erwartungen übertroffen.«

»Ich habe deine Erwartungen übertroffen? Was soll denn dieser gestelzte Satz? Was ist aus dem Mann mit dem Diamanten im Ohr und dem Sexspielzeug geworden?«

»Das war ich nicht. Damals habe ich nur eine Rolle gespielt.« Aber das klang nicht sehr überzeugend.

»Das glaube ich dir nicht. Ich denke eher, dass du damals dein wahres Ich gezeigt hast. Damals hast du dich gegeben, wie du bist. Du warst nicht dieser arrogante steife Mistkerl – der ist dir anerzogen worden. Auf Jamaika hast du mir davon erzählt, erinnerst du dich? Das habe ich dir geglaubt, und ich glaube es auch jetzt noch. Ich bin sicher, dass du erst richtig glücklich bist, wenn du ein anderer sein kannst. Ich hingegen bin glücklich, so wie ich bin.«

Er nickte und verstand, was sie meinte. »Heißt das, der Porsche ist dir lieber?«

Sie prustete laut drauflos. »Nun, es gibt einige Vorzüge des arroganten steifen Mistkerls, an die ich mich gewöhnen könnte.« Sie nahm sein Gesicht in die Hände und drehte es leicht, damit er sie anschauen musste. »Du hast eine Menge gutzumachen. Gibt es noch mehr Überraschungen, auf die ich mich einstellen muss?«

Er legte einen Gang ein und grinste. Es war ein lässiges, entspanntes Grinsen, das zu dem Mann passte, den sie sich wünschte. »Nur noch eine«, sagte er.

Aber er wollte nicht sagen, mit welcher Überraschung er noch hinter dem Berg hielt. Die Atmosphäre zwischen ihnen war ganz anders als vorher. Er strömte Energie und Entschlossenheit aus und fuhr mit männlichem Wagemut. Er wirkte wie ein Mann, dem ein Fels von den Schultern gefallen war, und als hätte Rachel ihn von dem Mann befreit, den er hatte darstellen müssen.

Die großen eisernen Tore öffneten sich geräuschlos, und David fuhr hindurch und die Einfahrt hoch. Er bremste so hart, dass Kieselsteine gegen den hohen Brunnen flogen, der mitten auf dem Platz stand. Der Butler lächelte amüsiert, als er Rachels Tür aufhielt.

»Guten Tag, Mrs. Bond«, sagte er augenzwinkernd. Sie musste lachen und war ein wenig außer Atem, was sie auf eine Mischung aus Furcht und Aufregung zurückführte.

»Ihre Patentante erwartet Sie im Garten, Sir«, sagte der Butler.

»Deine Patentante?«, wiederholte Rachel und starrte David offenen Mundes an.

David grinste. »Wer, glaubst du, hat den Trip nach Jamaika finanziert? Tony Blair?«

Der Butler hatte sich diskret zurückgezogen. Rachel starrte immer noch David an und wusste nicht, ob sie ihn schlagen oder umarmen sollte.

Er ging auf sie zu und nahm sie in die Arme. »Komm. Die alte Schachtel beißt nicht.«

Rachel verzog das Gesicht. »Oh, Gott. Es tut mir Leid.«

»Nicht nötig. Sie ist eine alte Schachtel.« David führte sie durchs Haus in den Garten, wo der Tee serviert wurde.

Lady Longmere begrüßte sie und dankte Rachel für ihre Hilfe, das Halsband wieder aufzufinden. Justin war auch da, aber er verhielt sich still, und Rachel sah ihm an, dass er sich unbehaglich fühlte. Man konnte fühlen, dass er und David sich nichts zu sagen hatten. Felicity, Justins Frau, hatte mit strahlenden Augen aufgeschaut, als David den Garten betreten hatte. Rachel sah ihr deutlich an, wen sie sich lieber unter den Nagel gerissen hätte. Sie war etwa in Rachels Alter, hatte aber das überlegene Lächeln einer Frau, der man gesellschaftlichen Schliff schon in die Wiege gelegt hatte.

Lass dich bloß nicht beeindrucken, redete Rachel sich stumm zu. Vergiss nicht, wer mitverantwortlich war für den Dienstahl.

Der Tee bei Lady Longmere war eine steife, formelle Angelegenheit. Jeder überlegte sich jeden einzelnen Satz, bevor er ihn aussprach. Jeder achtete darauf, mit geschlossenem Mund zu kauen, und niemand hätte es gewagt, Tee auf die Untertasse des Royal Worcester Porzellans zu verschütten. David fing einige Male Rachels Blick auf und versuchte, sie zum Lachen zu bringen. Schließlich erhob er sich.

»Rachel interessiert sich sehr für Kunst, deshalb möchte ich ihr deinen Corot zeigen.«

»Das sagt er zu all seinen Mädchen«, murmelte Justin.

Rachel blickte auf und lächelte. »Oh, ja, den würde ich mir gern ansehen.«

Als sie im Haus waren, drückte David sie hart gegen eine mit Seide behangene Wand und küsste sie fest auf den Mund.

»Wo ist der Corot?«, keuchte sie.

»Oben in der Bibliothek.« Er nahm sie an die Hand und führte sie das dunkle Treppenhaus aus Eiche hoch, in dem Porträts vieler Vorfahren hingen. Als sie den obersten Treppenabsatz erreichten, zog er sie wieder an sich und rieb seinen Schoß gegen sie. Sie kniff in seinen Hintern.

»Schade, dass Felicity so nicht auch von Justin behandelt wird«, sagte sie lachend. »Dann müsste sie dir nicht so hinterher hecheln.«

»Du täuschst dich. Justin besorgt es ihr anständig.« Er senkte die Stimme. »Wenn es ihr kommt, hört sie sich wie ein Elch an.« Er ließ ein tiefes Schnaufen hören, und sie musste lachen. Er führte sie den breiten Korridor entlang und dann in ein Schlafzimmer. Es war ein maskulines Zimmer, mal abgesehen davon, dass das Bett mit vielen Plüschtieren zugedeckt war.

»Das ist Justins altes Zimmer. Sie sind beide ganz verrückt nach Plüschtieren. Ist das nicht krass? Und sieh dir das an.« Er hielt einen großen Dildo hoch, den man sich umbinden konnte.

»Ist der für sie oder ihn?« Sie lachten beide, und er steckte das Gerät zurück unters Kissen.

»Und jetzt in die Bibliothek«, sagte er.

Sie standen vor einem wenig begeisternden Bild eines

grauen Himmels und eines grauen Sees, umgeben von schwarzen und grünen Bäumen. In der Mitte des Bildes ein kleines Ruderboot. Der Ruderer trug eine winzige rote Kappe.

»Das ist Corots Erkennungszeichen«, erläuterte David.

»Ich bin wahrscheinlich ein Kunstbanause, aber bei mir löst das Gemälde absolut nichts aus«, gestand Rachel.

»Bei mir auch nicht, aber es ist hunderttausend und mehr wert, also sollten wir nicht zu streng sein. Außerdem habe ich dich nicht hierher gebracht, um ein langweiliges Bild anzustarren.« Er lehnte sich an einen Schreibtisch und zog sie an sich heran. »Manchmal sitze ich hier und arbeite, wenn ich den Lärm der Stadt nicht mehr aushalte. Ein schönes Stück Mahagoni, wie du siehst.« Er strich liebevoll über das Holz. »Und sehr elegant mit dem eingearbeiteten Leder. Aber er sieht ein bisschen leer aus, nicht wahr?« Er fuhr mit den Fingerspitzen über die burgundfarbene Ledereinlage.

»Du meinst, der Anblick des Schreibtischs kann durch ein exklusives Spielzeug verbessert werden?«, fragte Rachel und setzte sich auf den Schreibtischrand, die Beine übereinander geschlagen. »Ist das die richtige Pose?«

»Vielleicht. Oder so.« Er legte ihre Schenkel nebeneinander und spreizte die Knie. Er setzte sich in den breiten Ledersessel und blickte unter ihren Rock.

»Wie ist es damit?« Rachel reckte die Brüste, löste die Haare und warf sie schwungvoll über eine Schulter, und dabei sah sie ihn unter gesenkten Lidern verführerisch an.

»Mhm, ja, möglich.« David drückte eine Hand gegen seinen Schritt. »Hier wird's allmählich ein bisschen eng.« Er zog den Reißverschluss auf, und durch den Schlitz presste sich eine dicke Beule in schwarzer Seide. »Ich krieg ihn gar nicht raus«, murmelte er und sah Rachel an, als wollte er ihre Hilfe erheischen.

»Du kriegst ihn nicht raus, bis alles raus ist, was?«, fragte sie grinsend. Wenn sie über die Schulter schaute, konnte sie hinunter auf die Teeparty sehen. Das Fenster stand offen, also würden sie leise sein müssen. Sie zog das Kleid die Schenkel hoch und sah die Lust in seinem Gesicht, als er auf die rasierte Scham und das winzige Höschen schaute, pink und in der Form einer Hibiskusblüte.

»Lass mich mal riechen«, sagte er heiser und barg sein Gesicht zwischen ihre Schenkel. Als seine Zunge an der Innenseite eines Schenkels leckte, stieß sie ein gepresstes Stöhnen aus.

»Was ist, wenn jemand kommt?«

»Genau das ist meine Absicht«, erklärte er. »Es soll jemand kommen. Du.«

Er fuhr fort, die Innenseiten ihrer Schenkel zu küssen, wobei er sich ihrer Pussy immer mehr näherte. Sein Atem war heiß und kitzelte ihre empfindliche Haut. Unwillkürlich spreizte sie die Schenkel weiter. Sie wollte, dass er mit dem Kopf höher kam. Im nächsten Moment drückte er die Zunge in ihre Pussy, und Rachel schrie auf. Das offene Fenster fiel ihr zu spät ein.

»Du hast nicht aufgepasst«, beklagte David, »dafür beugst du dich über den Schreibtisch, damit ich dir den strammen Arsch versohlen kann.«

Er drehte sie herum und drückte sie mit dem Kopf tief über den Schreibtisch. Sie fühlte, dass er zwischen ihren Beinen stand und seine Erektion in die Kerbe ihrer Backen rieb. Er legte die Hände auf ihre Hüften und knetete ihr Fleisch. Dabei keuchte er wie der ältere Oberlehrer eines Mädcheninternats. Rachel fühlte sich unanständig, denn von allen Wänden schauten die Vorfahren von den uralten Leinwänden auf sie hinab.

Er klatschte seine Hand auf eine Backe, und dabei entstand ein lautes Geräusch.

»Mach das Fenster zu«, zischte sie.

»Sie können dich da unten nicht hören«, antwortete er und klatschte die Hand auf die andere Backe. Ihr Po nahm eine rosa Farbe an. Er fuhr mit einem Finger an ihrer Bikinilinie entlang, und sie wackelte erregt hin und her.

»Bleib still stehen für Onkel David«, knurrte er gierig und ließ den Finger um ihre hintere Öffnung kreisen. Als sie spürte, wie sein Schaft gegen ihre Muschi stieß, öffnete sie sich weiter für ihn. Sie wollte ihn in sich spüren. Sie lechzte nach seinem harten Schwanz.

»Besorg's mir«, flüsterte sie, und dann drang er auch schon ein, mit einem einzigen Stoß spießte er sie auf. Sie ließ sich mit dem Oberkörper auf den Schreibtisch fallen, streckte die Arme aus und gab sich seinen wollüstigen Attacken hin. Sie spürte das vertraute Kribbeln, das einem Orgasmus vorausging, und offenbar spürte er das auch, denn völlig unerwartet zog er sich zurück, und sie empfand plötzlich nichts als Leere.

»Nein«, schnaufte er, »ich will, dass du mich bläst.« Er ließ sich wieder in den Sessel fallen, die Beine gespreizt in dem Gehabe eines aggressiven Mannes. Er starrte sie mit kalter Arroganz an, und sie erschauerte vor Lust.

»Wie du willst«, sagte sie fügsam und zog seine Boxershorts noch weiter hinunter.

Sie hörten Schritte vor der Tür und zuckten zusammen. Ohne lange zu überlegen, tauchte Rachel unter den Schreibtisch und griff noch rasch nach dem winzigen Höschen unter Davids Sessel. Er rutschte mit dem Sessel nach vorn und hielt sie quasi gefangen, während er in Papieren blätterte, als Lady Longmere die Bibliothek betrat.

»Wo ist Rachel?«

»Sie ... wollte noch ein Privatgespräch führen. Ich nehme an, sie wird irgendwo im Garten sein.«

»Justin und Felicity brechen auf. Kommst du nach unten, damit du dich von ihnen verabschieden kannst?«

Rachel konnte der Versuchung seines entblößten Schafts nicht widerstehen. Sie beugte den Kopf und strich mit der Zunge über die Eichel. David wäre beinahe aus dem Sessel aufgesprungen.

»Geht es dir gut?«, fragte Lady Longmere neugierig.

»Ja, bestens. Ich muss nur noch ein paar Berichte durchlesen, bevor ich Rachel nach Hause fahre.« Er lehnte sich vor, griff zu einer Akte und schob seinen Schwanz dabei tiefer in ihren Mund. Er gab einen wimmernden Ton von sich, den er durch verlegenes Hüsteln zu kaschieren suchte.

»Du hast wahrscheinlich Bakterien aus der Klimaanlage in diesen verflixten Flugzeugen eingefangen«, sagte sie, »denn du siehst krank aus.«

David war der Schweiß ausgebrochen, aber Lady Longmere weigerte sich zu gehen. Sie lamentierte, wie umständlich die Suche nach einem neuen Gärtner war, weil der bisherige Mann einen Bandscheibenschaden hatte. Und dann dieser Ärger mit Justin, der sich als so undankbar erwies, obwohl David seine Reputation gerettet hatte.

»Er ist eifersüchtig, das ist alles. Du kennst ihn doch. Ich muss jetzt kommen ... eh, ich meine gehen.«

»Sieh zu, dass ich mich von Rachel verabschieden kann. Sie gefällt mir.«

Der spekulierende Ton ließ Rachel lächeln, was ihren Druck auf Davids Stab noch erhöhte. Er war immer tiefer im Sessel gesunken, und seine Hüften ruckten rhythmisch vor und zurück, wobei er sich bemühte, das so unauffällig wie möglich zu tun, was ihm aber nicht gelang.

Lady Longmere drehte sich um und schritt zurück zur Tür, als Rachel einen Finger in sein Rektum steckte und gleichzeitig den Schaft in seiner ganzen Länge im Mund unterbrachte.

Von oben drangen Geräusche an ihre Ohren, die ihr verrieten, wie nahe er dem Höhepunkt war. Im nächsten Moment schoss es aus ihm heraus.

»Verdammte Hexe«, zischte er, als Lady Longmere gerade die Tür hinter sich schließen wollte.

»Was hast du gesagt?«

David saß mit erstarrter Maske da, die Augen weit aufgerissen, der Atem keuchend. Sein ganzes Sein wurde in diesen Momenten von seinem Schwanz bestimmt. Wild schüttelte er den Kopf, während Rachel seine letzten Schübe schluckend in ihrem Mund aufnahm.

»Entschuldige«, ächzte er, während Rachel unbarmherzig an seinem erschlaffenden Penis saugte. Lady Longmere hob eine sorgsam gezupfte Braue.

»Du brauchst dich nicht zu entschuldigen. Du bist vierzig Jahre alt, David, und wenn du dir von einem hübschen Mädchen unter deinem Schreibtisch einen blasen lässt, ist das ganz allein deine Sache.«

Sie ging hinaus.

Später an diesem Abend befanden sich Rachel und David in der Abgeschiedenheit seines luxuriösen Apartments; sie hatten gut gegessen und sich ausgiebig geliebt. Jetzt teilten sie sich ein schlankes Zigarillo, eines aus dem Vorrat, den sie aus Jamaika mitgebracht hatte.

»Wenn du dir das Rauchen dieser Dinger angewöhnen willst, brauchst du einen Feuchtigkeitsbehälter, in dem sie aufbewahrt werden müssen, sonst trocknen sie aus«, sagte er und atmete den würzigen Rauch ein. Sie rollte sich herum und legte den Kopf auf seinen nackten Bauch. Mit seiner freien Hand streichelte er ihr über die Haare. Sie fand, dies könnte der richtige Zeitpunkt sein, ihm von Ladys Brief zu erzählen.

»Und was willst du tun?«, fragte er nach einer langen Pause.

Sie seufzte tief. »Ich weiß nicht, ob ich *Interlude* fortführen will. Die Tage auf Jamaika haben mir gezeigt, dass es noch so viele Orte gibt, die ich sehen möchte. Der Job bei Lady würde mir das ermöglichen, und außerdem verdiene ich so viel Geld, dass ich anschließend ein paar Jahre davon leben kann. Ich habe keine Lust mehr, jeden Tag zu arbeiten, mich mit den Kunden und Kollegen herumzuschlagen, mich mit dem Finanzamt anzulegen. Ich will leben, David!« Sie drehte sich um und sah ihm ins Gesicht. »Und ich bin auch noch nicht bereit für eine neue enge Beziehung. Dafür liegt Jerry erst zu kurz hinter mir. Aber ich weiß, dass du eine Beziehung willst und ... nun ja, man kann nicht alles haben, nicht wahr?«

Er sah sie nachdenklich an. »Würdest du denn zu einer lockeren Beziehung mit einem Mann bereit sein, mit dem du Sex ohne Schuldgefühle genießen kannst und der nur einen Telefonanruf entfernt ist? Mit einem Mann, der sechs Stunden Flug auf sich nimmt, um zwei Stunden mit dir im Bett zu erleben? Mit einem Mann, der ein Apartment in New York besitzt und ein geräumiges Haus in England und ein beinahe unerschöpfliches Vermögen hat? Und der bereit ist, auf dich zu warten? Denn es gibt Menschen, auf die es sich zu warten lohnt.«

Rachel lachte. »Ja, sicher. Aber einen solchen Mann gibt es nicht.«

»Doch, es gibt ihn. Aber das gilt nur für genau zwei Jahre. Danach bin ich wieder auf dem Markt, und wenn du mich haben willst, musst du um mich kämpfen.« Er drückte seinen Mund auf ihre Lippen. »Abgemacht?«

Plötzlich fühlte sie sich federleicht, als wären ihr Flügel gewachsen. »Abgemacht«, stimmte sie zu. »Aber das heißt nicht, dass ich nach zwei Jahren zwischen dir und einem Job entscheiden muss?«

»Im Gegenteil. Ich liebe unabhängige Frauen.«

Sie zog ihn zu sich herunter zu einem neuen Kuss. Diesmal schmiegten sich ihre Körper aneinander, während ihre Zungen miteinander rangen. Als sie sich voneinander lösten, waren seine Augen vor Lust verhangen. Die leichten Bewegungen ihrer Hüfte gegen seine hatten ihn steinhart werden lassen.

»Stell dir mal all die Orte vor, an denen wir bumsen können«, murmelte sie. »Zum Beispiel auf dem Rücksitz eines Yellow Cabs an einem Samstagabend mitten auf dem Times Square.«

»Oder auf der Verrazano Bridge«, ergänzte David.

»Oder auf einem der kleinen Flöße, die vor der Küste vor Montego Bay schaukeln.«

David schüttelte den Kopf. »Auf denen kannst du dich kaum bewegen. Das letzte Mal, als ich es versucht habe, bin ich ins Wasser gefallen.«

»He, wo bleibt der Sinn fürs Abenteuerliche?« Ihre Augen funkelten ihn an. »Aber zuerst, glaube ich, sollten wir es auf dem London Eye probieren.«

Er lachte laut. »Jetzt legst du aber los! Kannst du dir den Skandal vorstellen, wenn wir erwischt werden? Das würde meiner Patentante den Rest geben.«

Sie kuschelte sich wieder an ihn. »Ich sehe schon die Schlagzeilen. ›Geiler Geheimdienstchef greift sich Groupie auf Londons neuem Wahrzeichen‹ oder so.«

David zog am Zigarillo und blies hellen Rauch zur Decke. Er küsste sie wieder und sagte: »Du solltest nicht lange mit deinem Anruf nach Jamaika warten.«

»Ich bin sicher, dass Lady noch ein paar Stunden warten kann«, sagte Rachel lächelnd. Sie nahm seinen pochenden Schaft in die Hand. »Bei dir bin ich mir da nicht so sicher.«

»Wir werden ja sehen. Schließ die Augen.«

Sie gehorchte und spürte, dass er etwas unter dem Kissen hervorzog. Es war kalt und schwer, als er es auf ihren nackten Schamberg legte. Etwas Hartes berührte ihre Klitoris, und im nächsten Moment spürte sie Davids Zunge, die sich über die Innenseiten der Schenkel nach oben und innen vorarbeitete und dann in ihre Pussy stieß, zusammen mit dem harten Objekt, das von der Zunge tiefer in sie hinein geschoben wurde.

»Mach sie auf«, sagte er, und sie spreizte die Schenkel. »Ich meinte die Augen, du kleine Schlampe.«

Sie blickte an sich hinunter und sah das Millionen-Pfund-Halsband, das wie gemalt im Delta ihres Geschlechts lag. Er leckte ihre geschwollenen Labien entlang, und sie hörte sich vor Wollust keuchen.

»Ich wette, so etwas hat noch niemand mit dir gemacht«, sagte er, richtete sich auf und fuhr mit dem harten Schaft tief in sie hinein, und auch die Diamanten wurden tiefer hineingedrückt.

Dies war nicht der Moment, ihm zu sagen, dass sie das so ähnlich schon mal erlebt hatte, aber es war längst nicht so erregend und so befriedigend wie jetzt. Adrian hatte nie diese beglückenden Gefühle in ihr ausgelöst.

David hatte ihr zwei Jahre Zeit gegeben. Aber sie wusste in diesem Moment, dass sie keine Bedenkzeit brauchte, und als der Orgasmus einsetzte, dachte sie glückselig, dass dies erst der Anfang war.

Das Leben war süß. Endlich.

Ende